Christine Lehmann

Pferdekuss

Ariadne Krimi 1171
Argument Verlag

Ariadne Krimis
Herausgegeben von Else Laudan
www.ariadnekrimis.de

Ähnlichkeiten mit lebenden oder toten Personen sind nicht beabsichtigt und wären rein zufällig.

Christine Lehmann bei Ariadne:

Vergeltung am Degerloch (Ariadne Krimi 1165)
Gaisburger Schlachthof (Ariadne Krimi 1167)
Pferdekuss (Ariadne Krimi 1171)
Harte Schule (Ariadne Krimi 1157)
Höhlenangst (Ariadne Krimi 1161)
Allmachtsdackel (Ariadne Krimi 1169)

Vollständig überarbeitete Neuausgabe

Glashüttenstraße 28, 20357 Hamburg
Telefon 040/4018000 – Fax 040/40180020
www.argument.de
Lektorat & Satz: Iris Konopik
Druck und Bindung: CPI Moravia Books, Pohorelice,
Printed in Czech Republic
Gedruckt auf säure- und chlorfreiem Papier
ISBN: 978-3-86754-171-8
Erste Auflage 2008

Anfang

»Er ist dein Schwiegervater«, sagte meine Mutter. »Wer weiß, wie lange er noch lebt. Da wirst du ihm wohl zum siebzigsten Geburtstag gratulieren können.«

»Er hat mich nicht eingeladen.«

»Wir gehen vormittags um elf hin, wie alle anderen auch.«

Die Telefonleitung knatterte energisch. Wenn ich gewusst hätte, dass meine Mutter den Siebzigsten meines Schwiegervaters zum Anlass nehmen würde, mich nach Vingen zurückzuzitieren, hätte ich das Telefon abgemeldet. Ich war vor fünf Jahren nach meinem Unfall aus dem Kaff unter der Schwäbischen Alb nach Stuttgart geflüchtet, um dreißig Kilometer Distanz zwischen die Argumente meiner Mutter und mich zu bringen.

»Ich weiß nicht«, sagte ich. »Was willst du denn noch von dem alten Gallion. Dich hat er doch auch nicht gerade verwandtschaftlich behandelt.«

»Ich kann verzeihen!«

Vermutlich hatte ich nur das Wesen des christlichen Verzeihens noch nicht begriffen. Meine Mutter rächte sich durch Demut an Krankenbetten siecher Feinde, verlängerte mit Gebeten deren Agonie und dankte dann am Grab Gott für ihre unerschütterliche Gesundheit und ihr reines Gewissen. Es musste dem alten Gallion schlecht gehen, wenn sie so erpicht darauf war, ihn zu besuchen.

»Na gut. Wann soll ich kommen?«

»Wann du willst. Mein Haus steht dir immer offen, wie du weißt.«

Nur zu gut. Es stand seit fünf Jahren offen wie der Schlund eines Drachens.

Gut sechs Jahre ist auch das jetzt schon wieder her, dass ich diese Reise ins Dorf meiner Kindheit vorbereitete wie eine Weltreise. Und noch einmal trete ich diese Reise an, zurück in die Welt des ausgehenden vorigen Jahrhunderts, als die D-Mark noch Zahlungsmit-

tel war und der Untergang der DDR noch gar nicht lang zurücklag, bevor Polen zur EU gehörte, als ich noch beim Stuttgarter Anzeiger arbeitete, man aufgehört hatte, übers Waldsterben zu reden, und nur einige wenige Wissenschaftler die Klimakatastrophe heraufziehen sahen. Eine ganz andere, ferne, rätselhafte Welt also.

1

Ich ordnete meine Papiere, schrieb ein Testament, in dem ich meiner Freundin Sally das Vermögen vermachte, das mir nach dem Tod Todt Gallions in Form seiner Lebensversicherung zugefallen war, ließ mich beim *Stuttgarter Anzeiger* wegen einer dringenden Familienangelegenheit beurlauben und dachte tagelang darüber nach, wie ich die Reisetasche packen musste. Nahm ich den Anzug mit oder das Kostüm? Sollte ich zu den Jeans noch die Reithose einpacken, mit oder ohne Stiefel, um für alle Unwetter gerüstet zu sein?

Ich rief in der Staatsanwaltschaft an und erfuhr von Sekretärin Roswita Kallweit, Herr Dr. Weber sei in der Sitzung. Dort war der Oberstaatsanwalt immer, wenn ich an Frau Kallweit geriet. Richards Autotelefon war nicht geschaltet. Blieb nur sein Anrufbeantworter und die Hoffnung, dass er rechtzeitig heimkehrte, um ihn abzuhören, sich mit mir zu treffen und beruhigend auf mich einzureden.

»Soll ich mitkommen?«, fragte er, als wir im *Sa Limba* im Gerichtsviertel bei Muscheln und Seezunge saßen.

»Bloß nicht! Meine Mutter ist praktizierende Katholikin. Sie würde uns in getrennten Zimmern unterbringen. Ich müsste auf der Couch im Wohnzimmer schlafen, auf der mein Vater gestorben ist.«

»Wir würden schon klarkommen, deine Mutter und ich«, sagte er lächelnd. Er setzte auf Anzug mit Schlips und Kragen.

Bei seinen eigenen Eltern in Balingen mochte das funktionieren, aber meine Mutter würde ihn sehen, von seinen fünfzig Jahren auf sein Einkommen schließen und mich in der Küche als Nutte beschimpfen und im Wohnzimmer das Gespräch auf das Sakrament der Ehe bringen. Dann würde sich herausstellen, dass er aus pietistischem Hause stammte und dass nicht er, sondern ich es war, die nicht heiraten wollte, nicht noch einmal. Meine letzte Ehe war vor fünf Jahren *(inzwischen über zehn, manchmal sage ich jetzt auch fünfzehn Jahre, aber wer will das so genau wissen)* und nach zweijähriger Dauer abrupt an einem Birnbaum zu Ende gegangen. Todt starb in den Trümmern seines Autos. Mir bescherte die berstende Windschutzscheibe ein vernarbtes Gesicht.

»Das stehe ich nicht durch.«

»Wovor hast du denn Angst? Du bist jetzt fast vierunddreißig. Was kann dir deine Mutter da noch anhaben?«

»Sie kastriert mich.«

Richard lachte. »Verwechselst du da nicht was?«

Ich verwechselte solche Dinge gern. Richard kannte das, aber meine Mutter ging immer noch davon aus, dass ich ein Mädchen war, dessen einziges Sodom und Gomorrha darin bestand, sich ohne Trauschein einem Mann hinzugeben.

»Du musst dich ja nicht gerade wie ein Hengst aufführen«, riet er. »Drei Tage wirst du das schon aushalten. Oder fürchtest du dich gar vor dem alten Gallion? Aber warum denn? Nach dem bisschen, was du mir erzählt hast, hat er dich zwar nicht gerade nett behandelt, aber du wohnst ja nicht bei ihm, und du musst dich nicht mehr mit ihm gutstellen.«

»Aber ich bin diejenige, die ihm seinen Sohn genommen hat.«

»Er saß am Steuer, nicht du. Und inzwischen bist du nicht mehr die kleine Sekretärin mit Dauerwellen. Du bist eine … eine … ähm …«

Richards Wortkunst versagte vor der Aufgabe, meine Erscheinung und mein Auftreten in die Begriffe zu fassen, die er eigentlich von Frauen hatte, entweder anschmiegsam oder elegant und karrieregeil. Vermutlich konnte er nur deshalb nicht von mir lassen, weil er noch keine Definition gefunden hatte. In Ermangelung warmer Worte suchte sein milchkaffeebrauner Blick, mich aufzurichten, von den Jeans über den Gürtel, das Joop-Hemd und den Blazer bis in die Spitzen meiner braunblond gefärbten Kurzhaare. Das können sie, die Männer, wenn es sein muss: mit ein paar kurzentschlossenen Komplimenten eine Frau aus den Selbstzweifeln scheuchen, bevor sie anfängt, das Aber ins Unendliche auszudifferenzieren und ihm den Abend mit Muscheln und Seezunge zu verderben. Richard wollte nachher lieber von einem übermütigen Fohlen zum Spiel aufgefordert werden als eine lahmende Stute animieren.

»Außerdem«, sagte er, »was sind schon drei Tage? Du fährst da morgen hin, trinkst mit deiner Mutter Kaffee, gehst Freitag früh dem Alten gratulieren, machst Samstag mit deiner Mutter einen Ausflug und bist Sonntagmittag wieder daheim. Deine Mutter ist zufrieden, Gallion hat seine Genugtuung und du weißt, dass du es überleben kannst.«

2

Die Reisetasche packte ich trotz tagelanger Planung erst am Morgen in aller Eile. Keine Reithose, kein Nadelstreifenanzug mit Weste und Krawatte, dafür das graue Leinenkostüm mit den roten Webstreifen, Seidenshirt und -bluse, Pömps, am Leib die Jeans, das T-Shirt und das Jil-Sander-Jackett. In Stuttgart-Degerloch tankte ich Emma voll, bedachte zufrieden, dass mein Golf Cabriolet gerade erst in der Inspektion gewesen war, und schlug das Verdeck zurück. Es war Anfang Juni und hochdruckbeständig und warm. Ich vergewisserte mich, dass mein Handy empfangsbereit war, und wagte mich dann auf der Schnellstraße gen Süden hinaus aus der Stadt. Vorsorglich hatte ich die Landkarte konsultiert, als ob ich den Weg nicht im Schlaf kennen würde. Zunächst unter der Münchner Autobahn durch Richtung Tübingen und Reutlingen, dann in der Einspurigkeit Richtung Reutlingen, Metzingen auf die blaue Front der Schwäbischen Alb zu. Neckartailfingen, Neckartenzlingen, Bempfingen. Es ging viel zu schnell. Auch in Metzingen gelang es mir nicht, mich zu verfahren. Lauthals zogen die Tafeln den Verkehr durchs Städtchen Richtung Urach. Vor dem Albtrauf, dem Anstieg in den Riegel der Schwäbischen Alb, die sich mit dem Hohen Neuffen, dem Roßberg, der Hohen Warte und dem Grasberg quer stellte, musste ich rechts ab, runter von den Hauptschlagadern des Unterwegsseins, hinein in die Kapillaren über Land. Immer noch das Schild an der Hauswand, auf die man zuhielt: Vingen fünf Kilometer. Die Straße schlängelte sich raus in Obstbaumwiesen.

Ich hätte Vingen auch von der anderen Seite über Reutlingen und Eningen anfahren können, aber besser, ich stellte mich dem Schrecken gleich. Unter der Mittagssonne über der Wand der Alb hatte das Sträßchen keine Ähnlichkeit mit der Herbstnacht meiner letzten Erinnerung: Dunkelheit und Raureif, heranspringende kahle Obstbäume, Erlkönige. Wir kamen von einem Konzert in Stuttgart. Todt pflegte zu rasen, wenn er verärgert war. Die Polizei zeigte mir später ein Foto von dem völlig zermatschten Porsche. »Ein Wunder, dass Sie da überhaupt rausgekommen sind.« Nach ihren Berechnungen waren wir mit mindestens hundert aus der Linkskurve geschossen.

Ich hielt Emma an.

Hier müsste es gewesen sein. Da die Böschung runter. In der Wiese hatten wir uns mehrmals überschlagen. Zwanzig Meter von der Straße entfernt waren wir in einen Birnbaum gekracht, vielleicht in den da unten. Ein Ast durchbohrte Todts Hals.

Junihitze dampfte aus der Wiese. Vögel zwitscherten von

Baum zu Baum. Mehr als siebzig konnte man auf dieser welligen Straße nicht fahren, die durch die Obstwiesen kurvte. Friedlich schwangen sich die Wiesen zur Ars hinab und stiegen dahinter sanft hinauf in die Ebene gen Norden. Linker Hand blockte der bewaldete Hang vor dem Roßberg mit seinen Jurakalkfelsen am oberen Grat. Der Blick auf Vingen war von Bäumen verstellt.

Wahrscheinlich war kein weiteres Fahrzeug an unserem Unfall beteiligt gewesen. Es hatte gedauert, bis man uns fand. Nach Aussagen der Ärzte war Todt bereits eine Stunde tot, als jemand das Auto da unten im Obstbaum bemerkte und die Polizei anrief. Ich soll halb erfroren auf der Wiese gelegen haben. Man vermutete, dass ich trotz eines gebrochenen Beines und blind von Blut und Glasscherben aus dem Wagen gekrochen war, um zur Straße zu gelangen und Hilfe zu alarmieren. Ich erinnere mich nicht. Ich kam erst im Katharinenhospital in Stuttgart wieder zu Bewusstsein. Der Hubschrauber hatte mich dorthin gebracht, weil man glaubte, meine Augen seien nur noch durch einen Spezialisten zu retten. Aber die Windschutzscheibe hatte nur meine Gesichtszüge zerschnitten. Inzwischen verblassten die Narben. Störend war noch der lange Schnitt vom linken Nasenflügel in den Mundwinkel. Lange Zeit glaubte ich, dass die Ärzte mich belogen hätten, als sie behaupteten, Todt wäre auch dann nicht mehr zu retten gewesen, wenn der Notarzt sofort zur Stelle gewesen wäre. Zuweilen fragte ich mich, ob es wünschenswert wäre, dass ich mich an den Unfall erinnerte.

Ein GTI röhrte an mir vorbei. Ich ließ Emma wieder anrollen. Die Dächer von Vingen tauchten auf. Der Zwanzigtausendeinwohnerort mit Tankstelle und holzverarbeitendem Betrieb am Eingang zentrierte sich um eine festungsartige protestantische Kirche, das Fachwerkrathaus und das Kriegsgefallenendenkmal in der Kehle zwischen Roßberg und Hoher Warte. Die Fußgängerzone war in den späten Siebzigern mit einem

Betonkomplex aufgerüstet worden, der Volksbank, Drogeriemarkt und Mode enthielt. Neu waren die Tempo-30-Schilder beim *Hotel König* im Dorfkern. Gegenüber, an der Flanke des Arstals, klotzte noch immer die alte Fabrik *Gallion Obstsäfte*. In den Fünfzigern hatte Gallion alle Obstbauern der Gegend unter Vertrag genommen, in den Sechzigern raubte ihnen die Fabrik bereits das Grundwasser, in den Achtzigern wurde das Obst dann aus Spanien und Griechenland importiert. Anfang der Neunziger hatte Juniorchef Todt Gallion versucht, auf ökologische Produktion umzustellen, ohne großen Erfolg, während sein Vater sich endgültig der Pferdezucht widmete, mit wesentlich größerem Erfolg. Heute wurden die Stadtkinder mit anderen Apfelsäften groß. Die Fabrik betrieb inzwischen ein Verwandter von Gallions verstorbener Frau, der sich der Ökologie verschrieben hatte und den Bauern und Kleingärtnern das Fallobst versaftete.

Das Gestüt Gallion entzog sich hinter der Bergnase der Hohen Warte im Arstal gen Eningen dem direkten Einblick von Vingen aus. Ich hatte meine Kindheit in einer Neubausiedlung für Deutschstämmige aus dem Ostblock verbracht, die nach dem Krieg dem strammen Pietismus dieser Landschaft mit ihrem Katholizismus zu Leibe rückten. Nur deshalb besaß Vingen neben der Stephanskirche auch eine katholische Kirche, die zur Wirkungsstätte meiner Mutter geworden war. Inzwischen gehörte die Reihenhaussiedlung, in der mein Elternhaus stand, zum Altenteil von Neu-Vingen. Ein Teil des Hangs unter der Hohen Warte war für Villen der Pendler nach Stuttgart erschlossen worden. Straßen mit Vogelnamen fraßen sich in den Wald vor. Es schien mir alles sehr eng. Die Bäume waren groß und alt geworden, die Straßenränder zugeparkt. Endlich passierte es: Ich fuhr am Haus meiner Mutter vorbei, musste wenden und nach den Hausnummern Ausschau halten.

Meine Mutter war seit siebzehn Jahren verwitwet, trug Schwarz aus Überzeugung und hatte mich noch nie umarmt.

Sie sah auch jetzt keinen Anlass dazu. Ihre Hand war trocken und knochig, ihr Gesicht zusammengehäkelt aus Scharfsinn und Demut. Ihre grauen Augen entdeckten alle Sünden, die ihre Mitmenschen bei der Beichte verschwiegen, ihre Lippen stülpten sich ein und aus, um moralisch zu rechten, und ihr hagerer Leib warf sich gerade auf wie ein Prügel. Mich verblüffte nur, dass sie kleiner war, als ich sie in Erinnerung hatte.

»Schön«, sagte sie, »dass ich dich vor meinem Tod noch einmal sehen darf.«

»Aber sonst geht's dir gut, ja?«

»Gott sei es gedankt.«

Am liebsten hätte ich gleich auf den roten Läufer in der gelblich gekachelten und ockerfarben tapezierten Diele gekotzt. Gerüche vergisst man nicht. Da stachelt die Erinnerung Gift in die Blutbahn. Es roch nach alten Strümpfen, erkalteter Rinderbrühe und Kloseife, genauso wie an dem Tag, als mein Vater, der in Reutlingen einen Autohandel betrieb, sich auf die ockerfarbene Plüschcouch in der Stube legte und entschlief. Am Abend deckte meine Mutter ihn mit einem Laken zu. So blieb er liegen, bis ihn des Morgens das Beerdigungsinstitut abholte. Danach nahm sie meine Erziehung energisch in die Hand.

»Du siehst schlecht aus«, bemerkte sie. »Bist du krank?«

»Nein.«

»Dann bist du schwanger.«

»Nein.«

Meine Mutter maß mit Missfallen meine Jeans. Wahrscheinlich hatte ich mich deshalb in ein Jackett gehüllt, damit ihr Blick so wenig Fläche wie möglich bekam, an meinem Leib herumzuzwicken. Als Siebzehnjährige hatte ich den Kauf eines Büstenhalters gegen den Verdacht meiner Mutter verteidigen müssen, ich hätte es auf Männer abgesehen, was so falsch ja nicht war. Heute würde sie gegen das Fehlen des BHs unter meinem T-Shirt mit derselben Argumentation anrücken.

»Etwas Besonderes kann ich dir nicht bieten«, sagte sie, als wir die Stube betraten. »Du bist sicher inzwischen Besseres gewohnt.«

Über dem Fernseher krümmte sich Jesus am Kreuz im vergeblichen Bemühen, das Leid der Menschheit auf sich zu nehmen, an der Wand über dem Sofa hing in Farbe und von Pfeilen durchbohrt der heilige Sebastian. Auf dem Tisch, der dem Sofa auf ganzer Länge die Beinfreiheit nahm, harrte noch eingeschlagen in Papier vom Bäcker ein Gebäck meiner Ankunft. Meine Mutter erklärte sich bereit, Kaffee zu machen, brachte aber nicht das gute Porzellan, sondern die alten Tassen. Ich setzte mich in den Sessel mit dem Rücken zum Kruzifix und mit Blick auf den heiligen Sebastian. Die Blutstropfen leuchteten rubinrot. Ich gierte nach einer Zigarette, traute mich aber nicht.

»Ich habe Apfelkuchen gekauft«, sagte meine Mutter und entfaltete mit gebremster Gier das Papier über zwei matschigen Tortenstücken auf einer Pappschale. Ich brauchte mir nicht den Kopf zu zerbrechen, welche mütterliche Grausamkeit sie auf die Idee gebracht hatte, mich ausgerechnet mit Apfelkuchen zu strafen. Immerhin hatte sie überhaupt etwas gekauft. Nie hatte sie die Notwendigkeit empfunden, meine Vorlieben und Abneigungen zu ergründen. Es wird gegessen, was auf den Tisch kommt. Und im Übrigen, was wollte ich auf dem Gymnasium in Eningen? Mädchen heirateten sowieso, und bis dahin war Fremdsprachensekretärin ein hinreichend ordentlicher Beruf. Letztlich hatte es mir ja nicht geschadet. Oder? Schon mit achtzehn hatte ich als Sekretärin im Im- und Export der Firma *Gallion Obstsäfte* wahnwitzige zweitausend Mark verdient.

Der Tortenheber mit dem Kuchenstück zauderte über den Tellern. Wem das größere Stück? Auch wenn die Hand nicht wollte, der Geist meiner Mutter war zu jedem demonstrativen Opfer bereit. Ich bekam die Ecke mit dem Apfelscheit mehr.

»Tante Trude hat dich vermisst auf der Beerdigung vom Onkel

Karle voriges Jahr«, sagte sie, als der Kaffee in die Tassen strullte, »ich habe gesagt, dass du im Ausland bist …«

Die katholische Denkungsart widersprach der Lüge nicht, im Gegenteil. Meine Mutter log, wann immer es galt, die Gebrechen der Familie vor dörflicher Schadenfreude zu verbergen.

Ich betrachtete das Papierbild an der Wand neben dem Fenster. Es zeigte einen Wanderer auf schmalem Steg über einem Abgrund, verfolgt von einem Schutzengel, der die Hand nach ihm ausstreckte.

Meine Mutter hatte immer gewusst, wo es langging. Gott strafte die anderen, zum Beispiel meinen Vater, weil er immer jüngere Büromädchen einstellte, oder Todt Gallion, weil seine Familie glaubte, sie sei was Besseres. Onkel Karle starb an Kehlkopfkrebs, weil er das Rauchen nicht lassen wollte, und Tante Trude stand jetzt ohne einen Pfennig da, weil sie vorher schon nie das Geld zusammenhalten konnte und einmal die Woche nach Reutlingen zum Friseur fuhr. Davon kam dann auch, dass ihr Sohn Roland mit seiner Frau Annemarie nach Reutlingen gezogen war und von der Mutter nichts mehr wissen wollte, weil da die Annemarie dahintersteckte. Dabei wäre Trudes Haus in Vingen groß genug für alle gewesen. Dasselbe galt für mich, nur dass meine Mutter sich nichts vorzuwerfen hatte und darum lieber herumerzählte, ich sei im Ausland verhindert.

Gegen sechs wollte sie zum Grab und hernach die Kirche für eine Hochzeit schmücken. Ich brachte meine Reisetasche ins Kinderzimmer hinauf und riss erst einmal das Fenster auf, das in der Gaupe zwischen schrägen Wänden auf Nachbars Garten wies. Hinter den Dächern der Siedlung spickten die Giebel der neuen Villen hervor. Dahinter erhob sich kühl die Wand der Hohen Warte mit ihrem Laubwald und Jurakalkfels. Süßer Sommerduft nach gemähtem Rasen, blühenden Wiesen und Kuhstall strömte herein, gemischt mit Autoabgasen und Hundegebell.

Ich nahm das Holzkreuz von der Wand und legte es in die leere Schublade meines Kinderschreibtischs. Die geschnitzte Madonna mit dem nackten Riesenbaby auf dem Arm konnte auf der Sockenkommode stehen bleiben. Vom Kopfkissen aus hatte ich einst das verzückte Gesichtchen vor Augen gehabt, wenn ich unter der Bettdecke verbotene Manipulationen an mir vornahm.

Die Kirche meiner Mutter war aus Beton und hatte ein knallbuntes Fenster, das den heiligen Georg beim Drachentöten darstellte. Sie lag am Alten Backhaus zwischen Alt- und Neu-Vingen. Die Blumen auf dem Grab meines Vaters hinter der Kirche bewiesen, dass meine Mutter jeden Tag auf den Friedhof ging. Seit siebzehn Jahren war mein Vater für mich nur noch ein Kreuz. Als meine Mutter losging, um sich den vom Grab meines Vaters geklauten Topf Margeriten zwei Gänge weiter vom Grab der Schäufeles wiederzuholen, verabschiedete ich mich. »Und warte mit dem Essen nicht auf mich.«

»Wie du meinst.«

Vingen war ein Erbteilungsdorf. Häuser und Häuschen, oft nicht breiter als eine Haustür und ein Stalleingang, reihten sich an den Gassen wie schiefe Zähne in einem Kindergebiss vor der Zahnregulierung. Es roch nach Kuh. Ein Misthaufen dampfte. Reichtum wurde versteckt. Am Albgürtel lebten heute die meisten Multimillionäre der Republik. Die Fußgängerzone verdankte Friedrich Gallions Spendierhosen das Schmuckpflaster und das Kriegsgefallenendenkmal. Unter demselben schwarzen Marmor lagen auf dem Friedhof hinter der Stephanskirche Todt Gallion und seine Mutter Karola Gallion, geb. von Sterra.

Ich setzte mich in die neue Pizzeria in der Fußgängerzone. In den Wühlschalen vor Schlecker probierten Mädels Parfüm. Zwei Frauen mit Lauchstangen in den Einkaufsbeuteln unterhielten sich an der Ecke. Mich schützten Narbe, Kurzhaarschnitt und Herrenjackett davor, erkannt zu werden. Aber mir fehlte auch ein Fremder an meiner Seite, dem ich lächelnd die Ecken meiner Kindheit hätte erklären können.

»Dort, wo diese popelige Festhalle steht«, hätte ich Richard beim Spaziergang am Waldrand unter der Hohen Warte erklären können, »dort war früher der Bauernhof, wo ich zum ersten Mal vom Pferd gefallen bin.«

Richard konnte nicht reiten. Sein Interesse wäre begrenzt gewesen. Er würde die Plakate fürs Kinderfest hinter den Festhallenscheiben lesen. »Es war ein Glück für mich«, könnte ich im Gegenwind der Erinnerung fortfahren, »dass zwischen meinem zwölften und sechzehnten Lebensjahr der Autohandel meines Vaters in Reutlingen in die selbstverschuldete Krise geriet.«

Mein Vater bereitete sich auf seinen Herzinfarkt vor, und meine Mutter suchte an seinen Hemden nach Lippenstiftspuren und Parfümduft, um ihm Verhältnisse mit den stets wechselnden Büroschreibkräften zu beweisen. Das hielt beide davon ab, sich darum zu kümmern, wo ich meine Nachmittage verbrachte. Ich mistete Ställe aus und striegelte Haflinger und Norweger, in der Hoffnung, dass die Mädels, denen die Pferde gehörten, mich auch mal reiten ließen. Dann legte sich mein Vater zum Sterben hin und meine Mutter steckte mich in eine Sekretärinnenschule. Von meinem Gehalt bei *Gallion Obstsäfte* konnte ich mir dann eine Reitbeteiligung leisten. Ich zahlte hundert Mark im Monat und ritt den Welsh Cop der Bäckerstochter, die sich mehr für Jungs denn für ihr Pferd interessierte. Vier Jahre lang gurkte ich mit Sandy über die Felder und durch den Wald, lernte, einem von galoppsüchtiger Hand gequälten Pferd Vertrauen in mich beizubringen, und träumte davon, eines Tages einen von den Shagya-Arabern zu besitzen, die in dem Gestüt hinterm Vorsprung der Hohen Warte gezüchtet wurden.

Eines Abends traf ich einen dieser Reiter aus dem Gestüt am Wasserwerk beim kleinen Stausee. Sein junger Trakehner-Rappe

Satan war mit der Hinterhand in eine Rolle Draht geraten, die an einer Baugrube neben dem Wasserwerk herumlag. Er konnte das panikbereite Pferd nicht gleichzeitig am Kopfzeug ruhig halten und seine Hinterhufe aus dem Draht befreien.

»Es war wie Dornröschen«, würde ich nicht Richard, sondern Sally erzählen. »Todt Gallion hatte Augen und Locken so schwarz wie sein Rappe.«

Sally würde kichern und ihre blonden Locken schütteln. Sie war erpicht auf Geschichten über Arm und Reich.

»Allerdings kam ich, die Prinzessin, um ihn zu erlösen. Sein Satan hätte sich sonst die Schlagadern am Draht aufgerissen. Damals wusste ich noch nicht, dass Todt von seinem Vater verhext worden war. Ich sah nur einen dieser Snobs vom Gestüt, deren Pferde umso höher im Blut stehen, je geringer die Intelligenz ihrer Halter ist. Er behauptete, er müsse Satan beruhigen. Darum war ich es, die sich schließlich an die Hinterhufe des Trakehners wagte, um den Draht zu entwirren.«

Damals war ich nur eine Sekretärin mit Dauerwellen. Aber Todt lud mich zum Dank aufs Gestüt ein. Und so kam es, dass ich mich in ihn verliebte. Dasselbe Phlegma, das mich befähigte, im Haus meiner Mutter zu leben, setzte mich in den Stand, Vollblüter zu beruhigen und Männer von noblem Geblüt. Todt befand sich in brisanter Lage, nicht nur mit seinem Pferd am Wasserwerk, auch auf dem Hof seines Vaters. Wir trafen uns in unserer Unfähigkeit, dem Elternhaus den Rücken zu kehren. Über ihn herrschte der Saftkönig von Vingen, der Kavallerist Friedrich Gallion, der seine Selbstgerechtigkeit aus dem Umstand ableitete, dass er bei Kriegsende zu denjenigen gehört hatte, die mit den preußischen Kriegsrössern von Trakehnen die Flucht aus Polen übers vereiste Frische Haff angetreten und den Treck nach Mecklenburg überlebt hatten. Todt nannte ihn nur »den General«.

Ein Frühsommertag verglühte im Arstal zwischen Albtrauf und welligem Land mit seinen knorrigen Obstbäumen,

Gehöften und reifenden Feldern. Meine Mutter saß unter dem heiligen Sebastian und umhäkelte Geschirrtücher für den kommenden Basar. Im Fernsehen unter dem geschundenen Leib Jesu versammelten sich Leute in Trachtenanzügen zum Finale. »Die Leute ham auf Gott vergessen, früher ist das anders g'wesen …« Die knotigen Finger meiner Mutter flitzten, das Sofa knarzte mit den Häkeleinstichen, in ihrem Schoß zuckte das Knäuel weißen Garns, die Zehen krümmten sich in ihren Pantoffeln aufwärts. Die Kiefer mahlten.

»Na«, sagte sie, »hat denn im Ort überhaupt noch jemand gewusst, wer du bist?«

Beim Blick in den Badspiegel fuhr mir der Schreck bis in die Kniekehlen. Meine Augen hatten nicht nur das Muttergrau, sie hatten auch denselben bösartigen Zuschnitt, dieses schlau auftrumpfende Schillern von Leuten, die sich immer geringschätzig behandelt, aber allen überlegen fühlen. Nur gut, dass ich Richard nicht mitgenommen hatte. Er hätte sonst womöglich noch entdeckt, was ihm blühte, wenn ich in die Jahre kam.

Gegen elf klingelte das Handy. Es war nicht Richard, sondern Sally, die gute Seele. Sie erkundigte sich, ob mit mir alles okay sei. Ich bemühte mich um einen vergnügten Abriss des dörflichen Idylls. Sally verdankte ich mein Leben. Sie lag neben mir in der Unfallmedizin des Katharinenhospitals, als meine Mutter kam, um mir von Todts Beerdigung zu berichten. Ich muss wohl versucht haben, mir die Verbände vom Gesicht zu reißen und aufzustehen. Die Infusion, die mich ruhigstellen sollte, löste einen allergischen Schock aus. Sally begriff, dass ich mich davonstahl, drehte den Tropf zu und alarmierte die Ärzte. Es handelte sich um Minuten. Dafür begleitete ich sie jetzt von Zeit zu Zeit im Nadelstreifenanzug oder in Bomberjacke auf Konzerte, damit die Kerle, die sie treffen wollte, nicht glaubten, sie sei solo.

3

Eine Stunde spachtelte ich am Morgen an meiner Selbstverleugnung, überschminkte die Narbe, gelte die Haare und versah die Ohren mit lupenreinen Brillanten. Das Auge meiner Mutter blitzte tückisch, als sie mich im grauen Leinenkostüm mit roten Webstreifen sah. Einerseits gefiel ich ihr im Rock besser, andererseits war er zu kurz.

Fünf vor elf bog ich mit meinem offenen Golf Cabriolet, grünmetallic mit roten Ledersitzen und Alufelgen, von der Eninger Landstraße nach rechts auf den Asphaltweg ab, der zuerst eine leichte Kuppe hinanstieg und sich danach geflankt von Koppeln ins Herz des Gestüts senkte. Auf dem gekiesten Parkplatz standen Roadster mit Hängerkupplung, Mercedes SKL und Zweitlimousinen. Das Witwenkleid meiner Mutter flatterte. Sie trug das Geschenk: Dürers betende Hände in Holz geschnitzt. Ich atmete den Geruch nach Pferd, diese die einen berauschende, die anderen abschreckende Mischung aus Dung, Heu, Pferdeschweiß und Huffett. Mein Puls beschleunigte.

Vom Parkplatz ging es zwischen Remise und Wirtschaftshaus auf den Hof. Die gesamte Anlage, die sich heute auf knapp achthundert Hektar erstreckte, verleugnete in ihrem Kern nicht die Anfänge als Aussiedlerhof mit Kutschenremise, Schuppen und alten Stallungen im Arsbogen. Der General hatte nie ein Gebäude abgerissen, sondern immer nur angebaut. Als ich im Neubau neben dem alten Bauernhaus einzog, war das Ensemble schon fertig. Es gab siebzig Privatpferden in Stallkasernen jenseits der Ars Raum. Im Wirtschaftshaus wohnten Stallknechte. Die Reithalle war groß genug, um Auktionen und Turniere abzuhalten. Die Zuchthengste deckten jedes Jahr an die dreißig Stuten, die sommers mit ihren Saugfohlen auf den Weiden im Norden standen. Die Generationen der Junghengste waren auf drei Nordweiden untergebracht.

Rauchschwalben kreischten von den Nestern unter den

Dächern und in den Außenboxen des Hofs in den Himmel. Freitagvormittag war nicht viel los. Ein paar Hausfrauen und Rentner trödelten mit ihren Gäulen. Die Berufstätigen kamen erst abends, die Mädchen erst, wenn die Schule aus war. Ich lotste meine Mutter um die Fährnisse eines Reiterhofs herum, Deichseln von Pferdeanhängern, Schubkarren, Holzstapel und Katzen.

Vom Wirtschaftshaus her kam eine junge Frau in Reithosen mit rappschwarzen Locken. Mein Herzschlag setzte aus. Warum hatte ich nicht damit gerechnet, sie zu sehen: Todts Schwester Siglinde, eine Amazone von Kindesbeinen an, trocken, breithüftig und mit harten Handgelenken, acht Jahre jünger als ihr Bruder und damit in meinem Alter. Ich hatte sie auf unserer Hochzeit das erste Mal gesehen und dann anderthalb Jahre lang nicht mehr. Als sie sich nach abgeschlossener Ausbildung in den Renn- und Zuchtställen von Oldenburg und Hannover wieder auf dem Hof einrichtete, beäugten wir uns verschiedentlich sogar mit Wohlgefallen, aber das streitsüchtige Klima, das ihr Vater zu schaffen verstand, verhinderte, dass wir uns näherkamen. Sie hatte Todts hämatitschwarze Augen, und sie besaß das Gallion'sche Kinn, diesen Kiefer puren Siegeswillens.

»Lisa? Bist du's wirklich? Ich werd verrückt!« Sie klang nicht so, als würde sie verrückt. Siglindes Gefühle bemächtigten sich nur im Zorn ihrer Stimme. Freundlichkeiten klangen immer wie einstudiert. »Wie geht es dir denn? Hast du endlich wieder den Weg nach Vingen gefunden? Was für eine nette Überraschung.«

»Wir kommen deinem Vater gratulieren.«

»So seht ihr auch aus.« Ihre Augen rutschten mein Kostüm herab. »Der Bürgermeister ist auch schon da. Wart, ich bring euch rauf. Papa wird sich freuen.«

Das war gelogen. Doch erleichterte es mich, auf dem Gestüt einer Gallion zu begegnen, die die Höflichkeit über die Wahrheitsliebe stellte, mit der der General seine Mitmenschen zu geißeln pflegte. Siglinde hatte in den fünf Jahren, die sie die Geschicke des Gestüts bestimmte, deutlich Umgangsformen dazugelernt. Ich kannte sie noch als ungezügeltes Gör, das sich gegen das Kavalleristenwissen des Generals und die ausgefeilten Urteile ihres Bruders durchzukeifen versuchte.

Beruhigend war auch, dass der Alte tatsächlich Geburtstag hatte. Ich neigte dazu, solche Termine für Phantasien meiner Mutter zu halten, die lediglich einen Anlass suchte, unter den Alten und Siechen des Kaffs neue Beute für christliche Hilfsdienste zu machen.

»Wie geht's ihm denn?«, erkundigte ich mich, während wir auf das alte Bauernhaus mit dem modernen Anbau zugingen.

»Der Jüngste ist er natürlich nicht mehr, aber geistig immer noch topfit. Nur das Rheuma macht ihm arg zu schaffen.«

Meine Mutter presste befriedigt die Lippen zusammen. »Rheuma, damit ist nicht zu spaßen.«

An der Tür zur Küche drehte sich Siglinde noch mal um und erklärte, sie warte auf einen Züchter mit einer rossigen Stute, der jede Minute eintreffen müsse. Dann streifte sie die Turnschuhe auf einem Putzlumpen ab und schlüpfte in Hauslatschen. In der großen Küche des alten Bauernhauses wirtschaftete immer noch die Haushälterin Kobel.

»Na, Mimi, kennst du Lisa wieder?«

Mimi Kobel zog die Hand aus dem Brustkorb eines nackten Kaninchens, ließ Herz und Nieren auf einen Teller fallen und wischte die Hände an der Schürze ab. Ihre Augen verfusselten sich in meinem Kostüm. »So, hosch uns doch no net vergesse'.«

Die schwierige grammatische Form des Sie wandte sie nur beim General an. Für mich war sie dennoch auch nie Mimi gewesen, so wie für die Gallion'schen Kinder, die sie nach dem Tod der Mutter bei Siglindes Geburt gefüttert und gewaschen und mit Familienstolz vollgestopft hatte. Für sie war ich bestenfalls eine neue Hausbedienstete gewesen, die sie nur nicht so anfegen durfte, wie es ihr richtig erschien.

Der General hatte nach dem Tod seiner Frau, einer Edlen aus ostpreußischem Adel, nicht wieder geheiratet. Er stammte aus dem Elsässischen, aber sein Vater hatte als SS-Offizier in Polen Aufgaben zu erfüllen gehabt, die im Hause Gallion niemand zu erwähnen wagte. Nach dem Krieg hatte er den Aussiedlerhof in Vingen gekauft und war reich geworden. Während Kobel resolut sein Haus führte, hatte er sich in lockerer Folge Geliebte in Eningen und Reutlingen gehalten. Das war allgemein bekannt, aber er machte es so diskret, dass sich das Gerede in Grenzen hielt.

Wir traten über den Gang ins Treppenhaus des Neubaus und stiegen die Treppe hoch. Als echter Bauer hatte Gallion nicht das Geringste übrig für das alte Fachwerkhaus mit seiner katzenreichen Großküche und den knarzenden Stuben. Er sah sich würdig repräsentiert nur in einem Neubau mit Tapeten, Teppich, Couchtisch und Tischdecke auf dem Esstisch. Das Mobiliar hatte Karola Gallion einst in den fünfziger Jahren angeschafft. Es war massiv und zeitlos. Sie soll eine feinnervige Frau gewesen sein mit Sinn für Blumen, Bilder und Musik. Dem Ganzen hatte Mimi Kobel bei Übernahme des Regiments Schondeckchen und Überteppiche angedeihen lassen.

Unerschrocken betrat meine Mutter die gute Stube. Am Fenster zum Hof stand der große Esstisch, an dem sonntags die Familiendramen eskalierten. An diesem Tisch lernte ich das Wort »güst« für Unfruchtbarkeit bei Kühen und Stuten, als der Alte mich fragte, ob sein Sohn eigentlich eine güste Erbschleicherin geheiratet habe oder ob er noch vor seinem Tod mit Enkeln rechnen dürfe, und als er Todt, der vor Wut zitterte, einen Schlappschwanz nannte.

Im Schatten einer Eichenschrankwand saß der General in seinem Lebensabendsessel zwischen Hengstbüchern und Pferdezeitschriften. Friedrich Gallion bestand nur noch aus Knochen, Sehnen und Kinn. Die Nase sprang ihm hakig aus dem Gesicht, die Kinnlade ankerte schwer an den löchrigen Schläfen.

Das Haar war weiß und spärlich, die Hämatit-Iris färbte seine Augäpfel rot. Zum ersten Mal in meinem Leben stellte ich mit Genugtuung fest, dass jemand an der Schwelle zum Grab stand, und erschrak, denn genau diesen Triumph teilte ich mit meiner Mutter.

Er blieb sitzen, während sich hinter dem Blumengebinde mit knirschender Klarsichtfolie Bürgermeister Wagner aus dem Sofa hochkämpfte und den Janker glattzog, der nicht recht zu seiner Brille und seinem Eierkopf passen wollte. Meine Mutter war in Fragen dörflicher Etikette trittsicher, missachtete den Bürgermeister, der zwar der christlichen Partei angehörte, aber nicht von hier war, und überreichte dem Jubilar das Geschenk mit Segens- und ausführlichen Gesundheitswünschen. Der Alte presste die Lippen zusammen und kräuselte die Mundwinkel.

»Ist das nicht nett«, sagte Siglinde im Versuch die Unhöflichkeiten des Vaters zu überblenden. »Alle denken Sie noch an dich. Sogar Lisa ist gekommen. Na, erkennst du sie wieder?«

Der General lachte tonlos, wie immer, wenn Siglinde ein Fauxpas unterlief. Ihr fehlte die Bremse zwischen Denken und Plappern, die andere daran gehindert hätte, auf meine Verunstaltung anzuspielen.

»Ist ja wieder ganz hübsch geworden, deine Fratze«, sagte er, denn er hatte es nicht nötig, taktvoll zu sein. Seine Augen verweilten zwischen meinen Schenkeln am Saum des Rocks, als ich ihm die Hand reichte, um meine Glückwünsche zu entbieten. Während meine Mutter nun den Bürgermeister begrüßte, öffnete Friedrich Gallion die Lippen und sagte ganz leise und mir direkt ins Gesicht: »Auf wen hast du es denn jetzt abgesehen, he?«

Siglinde nötigte uns zum Kirsch. Meine Mutter lehnte nicht ab. Der Bürgermeister sprach einen Toast. Ich zog mich ans Fenster zurück.

Emsiger Frieden lag über Hof und Stallungen und dem sanft gen Norden schwingenden Land. Rot die Dächer, grün die Weiden, darüber wie eine Haube der Himmel mit den Schwalben. Unten rundeten sich Pferdeleiber im Sonnenlicht. Hufeisen klapperten. Tiere schnaubten. Wozu sollte ich einem alten Mann grollen, dem der Tod in den Schläfen pochte? Er hatte seinen Sohn auf dem Gewissen. Damit musste er ins Grab, nicht ich.

Ein Geländewagen mit Pferdeanhänger fuhr auf den Hof. Ich wandte mich zu Siglinde um. »Die rossige Stute kommt.«

Sie sprang zu mir ans Fenster und blickte hinaus. Ich erhaschte den Stutengeruch ihres Haares. Sie musterte meinen Rock abwärts. »Na, kommst du mit?«

Wir entwischten die Treppe hinab und umsegelten auf dem Hof die Flotte der anrückenden Herren in Anzügen und schwerem Schuhwerk, Gemeinderäte, Bauern, Züchter, Abgesandte des Haupt- und Landesgestüts Marbach. Vor dem Wirtschaftshaus hatte der Geländewagen Halt gemacht. Ihm entstieg ein Mann im Poloshirt, den Siglinde als Herrn Epple begrüßte. »Fahren Sie über die Brücke zu den Zuchtställen. Hajo erwartet Sie da.«

Epple versicherte Siglinde, bevor er ins Auto kletterte, dass die Stute blitze und dass der Test mit seinem Island-Hengst daheim ergeben habe, dass sie gewiss in der Hochrosse sei. Siglinde kicherte sich ab, als er nicht weniger paarungsbereit als seine Fracht über die Brücke fuhr. Wir gingen zu Fuß hinterher.

»Hajo kennst du noch nicht«, erklärte Siglinde. »Als der alte Max in Pension ging, hab ich ihn zum Hauptbereiter und Zuchtwart gemacht. Ihm verdanken wir Palas, unseren Hauptbeschäler. Er hat ihn entdeckt. Palas steht in der Linie von Gazal.«

»Oh!«

Man musste nicht viel über Araberzucht wissen, um den Namen des legendären Schimmelhengstes Gazal zu kennen, Sohn von Gazal VII aus dem ungarischen Staatsgestüt Bábolna, das mit den Hauptbeschälern Kuhaylan Zaid, Shagya und O'Bajan die Zucht großrahmiger Araber begründete.

»Seit wir Palas haben«, sagte Siglinde, »sind wir auf dem

besten Wege, die größte Shagyazucht in Europa aufzubauen. Hajo wollte auch Rennpferde züchten, aber den Hengst dazu hat ihm kürzlich jemand vergiftet.«

»Was?«

»Er ist auf der Koppel krepiert. Ein hässliches Vieh. Aber Palas wird dir gefallen.«

Sie dirigierte mich, fast mehr besorgt um mein teures Schuhwerk als ich, um eine fäkal schimmernde Pfütze herum zu einem Stallgebäude, das etwas zurückgesetzt lag, während der Züchter mit seiner hochrossigen Stute noch hundert Meter weiterfuhr und von einem Stallangestellten gestoppt wurde. Ein Belgischer Schäferhund an einer Kette bewachte den Stall, der mit einer Schließanlage versehen war. Die Schiebetür stand jetzt offen. Zwei schneeweiße alte Stuten und eine hochträchtige Jungstute standen in drei Boxen. Über die Tür der vierten lauschte uns ein weißer Hechtkopf mit grauen Nüstern und gespitzten Gazellenohren entgegen.

»Sieht er nicht aus wie Gazal?«, fragte Siglinde mit mehr Wärme in den Worten als in der Stimme. »Schau dir die Beine an, staubtrocken.«

Drei trockene Dinge soll ein Araber besitzen, den Kopf, die Beine und die Gelenke, drei lange Dinge, die Hinterbeine, die Ohren und den Hals, drei kurze Dinge, den Knorpelansatz des Schweifs, den Rücken und die Vorderbeine, und drei breite Dinge, die Brust, die Stirn und das Hinterteil. Das Ohr soll dem einer aufgestörten Antilope gleichen, und die Nüstern sollen weit sein mit roten Höhlungen. Ein solches Pferd war Palas. Er stand so hoch im Blut, dass die menschliche Seele seufzte in ihrer Erbärmlichkeit.

Palas blähte die Nüstern. Noch hatte er keine Witterung von der rossigen Stute, aber ein Shagyahengst ist in jeder Minute ein Ereignis. Dem Bann eines solchen Bündels aus Muskeln, Nerven, Blut und Leben kann sich niemand entziehen. Schönheit, man ahnte es schon immer, ist Kraft.

»Fünfzehn Fohlen von ihm laufen dieses Jahr in der Herde mit«, sagte Siglinde. »Letztes Jahr waren es dreizehn. Drei seiner Hengstfohlen wurden gekört und haben uns bei der letzten Herbstauktion allein eine halbe Million gebracht.«

Während Siglinde schön wurde, stolz und rassig vor diesem Hengst, rupfte mir die hochtragende Schimmelstute aus der Nachbarbox den Knopf vom Ärmel meiner Kostümjacke. Hamsun ox stand auf dem Schild an der Boxentür.

Gleichzeitig kam ein Mann in den Stall, ein leichtgebauter sehniger Bursche in speckigen Reithosen, abgewetzten Stiefeln und verschwitztem T-Shirt, Arme und Gesicht von der Sonne verbrannt, die Haare von der Farbe alten Heus und die Augen geschliffen wie Aquamarine.

»Ah, Hajo«, sagte Siglinde.

Er musterte mich von den Fesseln aufwärts bis zum Brustbein und streckte dabei die Hand unter Hamsuns Maul. Um den Mund hatte er so einen gemeinen Zug von Männern, die sich gegen die geistige Überlegenheit der Frauen dadurch zur Wehr setzen, dass sie sie mit dem Blick bis auf Brustwarzen und Schamhaar ausziehen. Hamsun spuckte ihm meinen Knopf in die Hand.

»Das gehört wohl Ihnen. Sie halten besser Abstand. Pferde sind keine Kuscheltiere.«

Ich hasse Männer mit blauen Augen, die mir eingesabberte Knöpfe in die Hand gleiten lassen und grinsen, weil sie wissen, dass ich im Kostüm meinem Impuls nicht nachgeben kann, ihnen unter der Hand das Knie in die Eier zu rammen.

»Lisa kennt sich aus mit Pferden«, sagte Siglinde. »Sie war die Frau von meinem Bruder.«

»Aber jetzt gehören Sie wohl mehr zu den passiven Reitern«, sagte er mit Blick auf meine Beinmuskulatur, »Verzeihung, Reiterinnen, eh.«

Siglinde lachte. Wie hatte ich mich nur dazu verführen lassen können, wieder einen Stall zu betreten, dieses Zuchthaus von Schadenfreude und Prahlerei? Die speckigen Burschen wie Hajo verdankten ihr Ansehen als Mann lediglich dem physischen Geschick, ein Pferd so zu vergewaltigen, dass es nichts Schöneres kennt, als seinem Reiter zu Willen zu sein. So ein Kerl holte sich jeden Abend einen runter in dem Bewusstsein, dass es keinen gab wie ihn, keinen, der wie er jedes Pferd zu nehmen wusste, mit Schlauheit, mit Tricks und mit Kraft. Wenn die Stute zwischen seinen Knien kirre wurde, dann schmolzen auch die Weiberherzen, so wie Siglindes. Doch war Siglindes Schmelzen eine komplizierte Angelegenheit, wie ich sah. Sie wollte ihn, aber nicht die Herrschaft verlieren.

»Hast du dir Hannibal angesehen?«, sagte sie, als Hajo an die Box von Palas trat und der Hengst ihn mit Kopfstoß vor die Brust begrüßte.

»Hannibal ist in Ordnung.«

»Aber er schwitzt stark«, widersprach Siglinde mit einem schrillen Oberton.

»Es ist warm.«

»Nicht, dass er dir krepiert wie dein Arabal.«

In Hajos Augenwinkel blitzte Gift. Siglinde freute sich, dass sie ihn getroffen hatte. Er zeigte uns die Schulter und inszenierte Männersolidarität mit dem Hengst, der mit verspielter Miene nach der Hand seines Herrn zwickte. Als der Zuchtwart nach dem Deckhalfter am Haken neben der Box griff, wölbte der Hauptbeschäler den Mähnenkamm, suchte mit geweiteten Nüstern Fernwitterung und stieß unvermittelt das helle gellende Hengstwiehern aus.

»Ja, Palas«, gurrte der Mann, »ja, jetzt geht's zur Stute.«

Siglindes Miene verfärbte sich trotzig. »Willst du gleich? Willst du die Stute nicht erst mal in den Stall bringen, damit sie sich eingewöhnt?«

»Wozu? Sie ist bereit.«

Palas sandte erneut seinen markschneidenden Kontaktschrei aus und drängelte Hajo, der die Boxentür geöffnet hatte, in die Arme. Tänzelnd ließ er sich das Halfter überstreifen und piaffierte in den Stallgang. Den ganzen Weg an der Seite des Zuchtwarts zeigte der Hengst hohe Schule, hob die Beine, wölbte den Hals, schlug mit dem Schweif und stieß erregte Schnorrlaute aus. Siglindes schwarze Augen schwankten zwischen Bewunderung, die man einem Araberhengst niemals versagen kann, und Unwillen über den Aufwand an Männlichkeit. Der Trab ist ja ursprünglich nichts anderes als die Gangart, um zu imponieren. Die Sonne spritzte Silber in Palas' Schimmelweiß. Sein Leib schwang, vibrierte, entfaltete versammelte Kraft.

Dabei hatte die Stute, die aus dem Hänger geholt und außen am Probierstand angebunden war, gar keine Wahl, als ihren Beschäler anzunehmen. Sie war grauschimmelig, jung und schön, fast übertrieben dekadent mit ihrem mächtigen, vom schlanken Rumpf abgesetzten Hinterteil und dem sehr konkaven Nasenbein des von uns so geschätzten Arabertyps. Palas tanzte, schnaubte und stieß ein Imponierwiehern aus, das Gesicht mit hochgewölbtem Mundwinkel auf urviehhafte Begrüßungsartigkeiten eingestellt, nur dass sich beim Araber bei solcher Mimik der Hengsteckzahn nicht zeigt, weil seine Nüsternpartie zu lang ist.

Die Stute war beeindruckt. Herr Epple nicht weniger. Er stemmte die Hände in die Hüften, und sie stemmte die Vorderbeine nach vorn und die Hinterbeine nach hinten und stand da wie ein Sägebock, Schwanz und Kopf erhoben, die Antilopenohren rückwärts gerichtet. Ein Bild der Bereitschaft.

»Sie blitzt, sie blitzt!«, jubelte Herr Epple. »Sehen Sie, sie blitzt.« Er konnte sich nicht mehr einkriegen über die deutlichen Signale organischer Bereitschaft. »Soll ich Fatimah jetzt in den Probierstand führen? Sollen wir sie nicht besser einspannen, falls sie ausschlägt? Sie ist Maidstute. Es ist das erste Mal, dass ich … dass sie …«

»Was wollen Sie denn da noch probieren?« , fragte Hajo trocken neben dem heißen Hengst. Für den sogenannten Sprung aus der Hand, bei dem der Hengst die Tage der Vorrosse nicht nutzen konnte, um sich der Stute vertraut zu machen, führte man Stuten oft hinter eine Bretterwand in den Probierstand, damit sie in der Beschnüffelungsphase nicht etwa nach dem kostbaren Beschäler ausschlagen konnte. Aber Hajo und Palas verstanden ihr Geschäft. Palas piaffierte und grunzte sich mit gewölbtem Hals am Strick des Züchters von schräg vorn an die Stute heran.

Herr Epple trat besorgt vom einen Bein aufs andere. Siglinde knabberte missmutig an der Unterlippe, und ich hielt mich im Hintergrund auf. Auf der anderen Seite des Deckplatzes waren vier hübsche drei- oder vierjährige Trakehnerhengste auf der Koppel erschienen und hatten sich am Zaun aufgereiht. Dies gab Palas Gelegenheit zu demonstrieren, dass er den Platz unbestritten beherrschte.

Fatimah behielt ihr friedliches Paarungsgesicht bei, als Palas Nüstern an Nüstern den ersten Kontakt herstellte. Er beschnoberte Schultern und Flanke und näherte sich nicht ungeduldig, aber bestimmt ihren blitzenden Genitalien. Sie stand wie ein Lamm. Palas trat hinter sie und trank ihren Geruch und ließ ihn mit erhobenem Kopf und aufgestülpter Oberlippe genüsslich durch den luftdicht verschlossenen Nasenraum rinnen.

»Er flehmt, er flehmt!«, rief Herr Epple beinahe erstickt vor Erregung. »Und jetzt schachtet er aus.«

Nicht nur Palas hatte seinen Begattungsrüssel ausgefahren, sondern auch die jungen Trakehnerhengste am Zaun. Als Palas grunzend aufsprang, die Stute zwischen die Vorderbeine klemmte und sich mit lustvoll entblößten Unterkieferzähnen in ihrer Mähne verbiss, begannen die Junghengste am Zaun, den Schlauch gegen den Bauch zu schlagen, und samten ab. Was in der Maidstute vor sich ging, die ihre vier Hufe in den Boden stemmte, wissen wir nicht. Palas rammelte grunzend und fellzwickend.

Hajo legte die Hand an den Schlauch des Hengsts, um zu fühlen, wann er absamte, und grinste. Siglinde wandte sich augenblicklich ab. Fast schien es mir, als hätte sie dabei mit dem Fuß aufgestampft. Was für ein gemeines Spiel spielte dieser Hauptbereiter da eigentlich mit seiner Chefin? Oder spielte er es auch schon mit mir, dieser Herr der Vermehrungskraft?

Siglinde nahm mich am Arm und zog mich um die Ecke auf den Hauptweg, der das Gut mit den äußersten Weiden im Norden verband. »Manchmal könnte ich ihn«, keuchte sie, »wenn er nicht so genial wäre. Er hat Palas auf einem verrotteten Bauernhof in Ungarn entdeckt. Als er bei uns anfing, erzählte er mir, dass er ein Fohlen kennt, das etwas für uns wäre, einen Gazal. Wir sind hin und haben ihn gekauft, halb verhungert und struppig, und haben ihn gekört. Inzwischen erreichen uns Anfragen aus Amerika wegen seines Samens. Bei guter Fütterung kann so ein Hengst hundertmal im Jahr decken …«

In freier Wildbahn schaffte er gerade mal zwölf Stuten. Siglinde glitzerte das Geld in den Augen.

»Arabal war auch so einer, auch so eine Entdeckung Hajos. Ein Mu'niqi, hat er immer gesagt. Hässlich wie die Nacht, aber schnell. Seine Fohlen würden in Iffezheim gewinnen. Darauf hätte er sein letztes Hemd verwettet. Aber … tja … den hat uns, wie gesagt, vor drei Wochen jemand vergiftet. Aus der Traum. Hajo versteht sein Sach, aber er ist ein Träumer.«

Das schien mir knapp daneben. Hier tobte nur der uralte Machtkampf zwischen Mann und Frau darum, wer die biologische Reproduktion in den Fingern behielt. Siglinde beanspruchte auch die Verfügungsgewalt über den genetischen Reichtum des Gestüts, nachdem sie als einziges Kind Friedrich Gallions die ökonomische Leitung so gut wie sicher hatte. Leider hatte sie einen genialen Zuchtwart, der nicht nur wusste, welches Pferd mit welchem zu paaren war und was dabei herauskam, sondern auch, dass Siglinde ihn wollte. Er ließ sie an langer Longierleine um sich herumtraben und hielt sie mit der Peitsche auf Abstand. Bevor er seine Chefin nahm, musste sie sich seinen Wünschen beugen lernen. Das alte Unbehagen stellte sich ein. Ich wusste es wieder. Wir waren auf dem Gallion'schen Hof. Da war es nie um etwas anderes gegangen als darum, wer die Gewalt hatte über die Samentöpfe.

»Und wie«, fragte ich, »wie wurde dieser Hengst Arabal vergiftet?«

»Mit Eibe, am helllichten Tag auf der Weide. Es war …«

Ein fürchterlicher Schrei gellte. Siglinde fand schneller als ich die Richtung und rannte los. Ich hinterher. Scheiß Pömps! Sie stieß die Schiebetür zum Schulstall auf.

Im jähen feuchten Dunkel des alten Gebäudes mit seinem geschwärzten Kopfsteinpflaster im Stallgang leuchteten irre die rosa-hellblauen Teenager-Klamotten von drei Mädchen auf, zwei völlig verscheucht, die dritte kreischend und um sich schlagend, sobald sich eine ihrer Freundinnen näherte.

Die Pferde kreiselten in ihren Boxen und keilten knallend gegen die Wände. Ich sah, wie Siglinde nach einer Mistgabel griff, als könnte sie damit den kreischenden Horror beenden. Mir klirrten die Ohren. Die Nerven schrillten. Ohne zu überlegen, fing ich die Fäuste des Mädchens ab und ohrfeigte sie mit aller Kraft. Der Schrei verröchelte. Das Mädel fiel in sich zusammen.

Stille ächzte durch den Stall. Die Pferde standen und spitzten die Ohren. Auf dem kalten Pflaster des Stallgangs lag ein dickliches Mädchen im nabelfreien Kurz-Shirt und Schlagjeans von vielleicht dreizehn Jahren, eines jener Mädchen, die überall dort auftauchen, wo mehr als zwei Pferde beisammenstehen, um einen Liebling mit Brot, Zucker oder Möhren zu erfreuen. Mir kehrte die Besinnung zurück und damit die Angst, ich könnte mit meinem Schlag den lebenswichtigen Halsnerv getroffen haben. Aber das Mädchen lebte. Allerdings hatte sie die Augen ins Hirn verdreht.

»Ein Notarzt muss her.«

Allerlei gestiefelte und ungestiefelte Leute waren mittlerweile in den Schulstall gestürzt, die Augen noch schreckgeweitet von dem irrsinnigen Geschrei. Siglinde stellte die Mistgabel wieder an die Wand neben der Tür der Sattelkammer und atmete aus. »Ein Notarzt … ja. Mein Gott.« Sie wandte sich an die herumstehenden Leute. »Holt einer mal Dr. Hilgert. Ich habe ihn vorhin irgendwo gesehen.«

Jemand ging. Siglinde strich sich die Locken aus dem Gesicht und gewann plötzlich ihre Linie wieder.

»Was macht ihr überhaupt hier?«, fuhr sie die beiden anderen Mädels an, die sich wie zwei Schafe an die gegenüberliegende Boxenwand drückten.

»Wir haben nichts gemacht! Ehrlich nicht. Julia wollte nur Prinz ein paar Möhren geben.«

»Ich habe euch schon hundert Mal gesagt, ihr sollt Prinz in Ruhe lassen«, fuhr Siglinde auf. »Das ist kein Pferd zum Streicheln. Wann begreift ihr das endlich? Er schlägt euch noch mal tot. Raus hier jetzt. Alles raus, aber ein bisschen plötzlich. Und ich will euch hier morgens nicht mehr sehen. Eure Reitstunde ist am Nachmittag.«

Mir dröhnten die Ohren. Ich hatte vergessen, wie schnell in Reitställen gebrüllt wurde, wenn irgendetwas schiefging. Das war es, was mich anwiderte, auch wenn ich einsah, dass man in dem von Missverständnissen geprägten Miteinander von Mensch und Pferd schon mal brüllte, um einen Unfall zu verhindern. Dreizehnjährige Mädchen begriffen selten, dass Reiten ein reiner Machtsport war und kein Tierliebhaben.

»Wir brauchen einen Notarzt«, meldete ich mich wieder. Das Mädchen war kalkweiß und ihre Haut trotz der sommerlichen Temperaturen bedenklich frostig. Mein Handy war leider mit der Handtasche im Wohnhaus geblieben.

»Ach ja«, sagte Siglinde, blickte kurz auf die Halbleiche am Boden und verließ den Stall.

Auch leichte Klapse auf die Backe brachten das wie knochenlos hingeworfene Mädel nicht zu Bewusstsein. Die Umstehenden mutmaßten, sie habe einen Huftritt von Prinz abgekriegt. »Prinz« stand an der Boxentür schräg gegenüber. Im Dunkel dahinter zeigte ein riesenhaftes Pferd sein Hinterteil. Auf jeden Fall hatte Julia einen Schock erlitten. Jemand schlug frische Luft vor. Jeweils drei vergriffen sich auch sofort an den jeansbehosten Beinen. Ich griff der Bewusstlosen unter den Achseln hindurch, legte ihren Unterarm vor den Bauch und hob sie an. So ließ sich das Kind bequem vor die Stalltür schaffen und auf eine Bank betten.

Von der Arsbrücke kam auch schon langen Schrittes ein gestiefelter Mann mit grauen Schläfen und blassem Bürogesicht, Dr. Hilgert, Vingener Kinderarzt und Autoliebhaber. So manches Vingener Kind hatte sich von ihm auf die Mandeln schauen lassen und war ihm dann sonntags zur Hand gegangen, wenn er unter seinem Opel Kapitän lag und nach Schraubenschlüsseln tastete.

Er legte den Zeigefinger an den Puls des Mädels. »Wahrscheinlich ein Hitzschlag. Diese Mädchen trinken alle zu wenig.«

Die beiden anderen Mädchen nutzten die Aufmerksamkeit der Umstehenden, um noch einmal zu versichern, dass sie schuldlos seien. Julia habe plötzlich losgeschrien.

Im Augenwinkel sah ich, dass die Schiebetür des Schulstalls sich bewegte. Der, der eben hineingehuscht war, zog sie von innen zu. Aber sie rollte ein Stück wieder auf. Ich verließ den Sonnenschein und zwängte mich durch den Spalt. Schwarz imprägniert von Urin buckelte das Kopfsteinpflaster zwischen den Boxen, deren Zwischenwände noch gemauert waren. Neu waren nur die Holzwände zum Stallgang mit den Schiebetüren, alle übermannshoch vergittert, weniger um die Reitschüler vor Pferdebissen zu schützen als vielmehr die Pferde vor den allfälligen Zärtlichkeiten tierverliebter Mädchen.

Es war Hajo, der langsam den Stallgang entlangging. Er sah

aus, als lausche er dem, was die glucksenden und Heu malmenden Pferde ihm zu erzählen hatten. Die etwa zwanzig Schulpferde waren von jenem buntscheckigen Rassegemisch, das sich in jedem Reiterhof ansammelt, der übriggebliebene Privatpferde und altgediente Freizeitgäule nicht sofort dem Pferdemetzger überlassen will. In der Sattelkammer hingen die Sättel säuberlich auf beschrifteten Holmen. An der Tür lehnte die Mistgabel. Die Boxentür von Prinz lag schräg gegenüber. Das Pferd dahinter war ein schwarzer Wallach.

Hajo drehte sich am Ende des Stallgangs um.

Als ich die Hand auf den Riegel an Prinz' Boxentür legte, kehrte der Wallach mir sein mächtiges Hinterteil mit dem Württemberger Brand zu. Den Schädel hatte er erhoben, die Ohren flach angelegt.

»Da können Sie nicht rein«, sagte Hajo, der plötzlich neben mir war und schnell die Hand nach dem Riegel ausstreckte. »Sehen Sie denn nicht, dass er ausschlagen wird. Das sollten Sie aber erkennen.«

Keine Drohung ist selbst für den Laien so unmissverständlich wie angelegte Ohren und ein zugekehrtes Hinterteil. Mindestens genauso deutlich war die Entschlossenheit Hajos, mir keine Gelegenheit zu geben, ihm in Sachen Pferdeverstand das Wasser zu reichen. Hätte ich Reithosen angehabt, wäre ich mit der Gerte in die Box gegangen und hätte Prinz verdroschen, sobald er einen Huf hob, bis er das Unterlegenheitskauen angefangen hätte. Mir fiel ein, dass schon zu meiner Zeit ein Schulgaul namens Prinz als notorischer Schläger gegolten hatte. Aber in diesem Moment ging es weniger um ein übellauniges Pferd, das gelegentlich die Machtfrage stellte, wenn es allzu unsachgemäß angegangen wurde, sondern um die Überlegenheit, die Hajo aufführte, indem er mir die Grundlagen des Umgangs mit Pferden erklärte. Vielleicht ging es aber auch noch um etwas anderes. Darum, dass ich keinen Blick in die Box warf.

»Und schlägt er auch nach Ihnen?«, fragte ich kalt.

Hajo schürzte die Lippen, schob den Riegel zurück und schnalzte mit der Zunge. Prinz fuhr die angelegten Ohren hoch und linste mit dem Auge über die Kruppe. Ohne Zögern schob Hajo die Boxentür auf, während Prinz sich bereits umdrehte und ihm den riesigen Schädel entgegenstreckte. Sofort griff Hajo ihm ins Halfter und schob ihn von der Boxenschwelle zurück.

Julias Schrei gellte mir wieder in den Ohren, aber ich glaube, weder Hajo noch ich gaben einen Ton von uns.

Vor Prinz' tellergroßen Hufen lagen verklebt von Mist und Stroh lederne Reitstiefel. Der zweite und dritte Blick war unerträglich, eigentlich unausführbar. In den Reitstiefeln steckten Beine, die aus den Kniegelenken gedreht waren. Am Schenkel war das Fleisch samt roter Reithose vom Knochen getreten. Eine blaue Reitweste bauschte unter Stroh und Mist. Der Brustkorb war zermatscht, das Gesicht war in der Urinrinne hinter der Boxenwand mit Mist und Stroh eine unmenschliche Verbindung eingegangen. Es gab kein Gesicht mehr, nur Scheiße und Blut und Haare.

Ich weiß nicht, warum ich glaubte, dass es die Leiche einer Frau war, wahrscheinlich wegen der Stiefelgröße. An irgendetwas erkennt man das todsicher. Ob jung oder alt, groß oder klein, war nicht zu entscheiden, denn die Glieder hatten kaum noch Bezug zueinander.

Aus Hajos Miene war jeder Triumph verschwunden. Auch solche Männer traf der Schock. Auch sie vergaßen für Sekunden zu beweisen, dass sie alles unter Kontrolle hatten. Ihm rutschte die rüde Maske vom Gesicht und zeigte die Gräben einer schrecklichen Sammlung von Katastrophen, die ihn in vielleicht vierzig Jahren Leben bereits angefallen hatten. Ich roch seine Angst, die Angst vor dem Ende.

4

O Gott, was für ein Tod! Nein, was für eine grässliche postmortale Zerstörung. Was für ein furchtbares Pferd, das Hajo da am Halfter festhielt, damit es nicht noch einmal in die Leichenteile trat. Als ob es darauf noch ankam. Die Ewigkeit fiel in Sekunden zusammen, in Hajo kam Leben. Seine gletschereisfarbenen Augen sprangen mich an, als sei ich verantwortlich dafür, dass sich plötzlich alles nach links wendete, dass sich der Teufel zeigte, dass sich das Böse reckte, dass Pferde immer Pferdefüße haben. Der gemeine Zug um seinen Mund war wieder da, diese schmutzige Mischung aus sexueller Angriffslust und intellektueller Defensive. Aber Fatalismus auch nach den Sekunden reinen Entsetzens.

Schnell machte er die Boxentür zu, hieb den Riegel in die Halterung, drehte wortlos um und eilte aus dem Stall. Zurück blieb der Geruch nach Drama. Bedrängt vom Gefühl, hier habe sich auf einmal alles zusammengeballt, was in meiner Vergangenheit an dunklen Punkten herumlag, verlor ich kurzfristig die Orientierung. Ich merkte es, als ich gegen die Mistgabel stieß, die gegenüber neben der Tür zur Sattelkammer lehnte. Mistgabeln sind immer gefährlich. Einem alten Stallreflex folgend, stellte ich sie aus der Bahn, hinein in die Sattelkammer zwischen Sättel und Wand. Jetzt war Ordnung notwendiger denn je.

Draußen knallte die Sonne. Dr. Hilgert saß inzwischen allein auf der Bank bei der immer noch ohnmächtigen Julia. Selig die, die so in Ohnmacht fallen konnten. Vielleicht würde das Mädel sich nie an das erinnern, was sie da gesehen hatte, als sie Prinz mit Möhren lockte und dabei in die Box blickte. Gut, dachte ich, dass ich auch nie gesehen hatte, wie der Ast des Birnbaums Todts Hals durchbohrte.

»Ist Ihnen nicht gut«, sagte der gestiefelte Arzt, »Sie sehen blass aus. Nicht, dass Sie mir auch noch umkippen. Übrigens, ich heiße Hilgert, Norbert Hilgert.«

»Lisa Nerz. Ich bin Siglindes … äh … Schwägerin.« Bei Verwandtschaftsbezeichnungen war ich immer unsicher.

»Dachte ich mir doch, dass ich Sie kenne.«

Obgleich die meisten Reiter per du sind, waren Dr. Hilgert und ich es offenbar nicht. Er hatte zwar auch meine Masern behandelt, und ich hatte mit andern Kindern auf der Straße gestanden, während er im Motor eines Opel Kapitän schraubte, aber als ich im Gestüt lebte, hatten wir nicht genügend miteinander zu tun gehabt, um uns als erwachsene Menschen zu verbrüdern.

»Ihr schönes Kostüm«, bemerkte er. »Das ist fällig für die Reinigung. Sie sehen wirklich blass aus. Setzen Sie sich lieber.«

»Nur die Hitze.« Hätte ich Reithosen getragen, hätte der Arzt mich nicht halb so gesprächserpicht angeschaut. Ich vergaß oft, dass meine Signale für Männer schrill waren, wenn ich versuchte, mich unter Rock und Bluse zu verstecken. Hier im Kaff, allemal unter den gestiefelten Amazonen, die mit lauter Stimme und rabiater Hand als Herrinnen gegen ihre Tiere auftrumpften, versprach hellgraues Leinen mit roten Webstreifen Abenteuer. Nur dass mir nach ländlichen Abenteuern nicht der Sinn stand.

Ich traf Siglinde auf der Arsbrücke.

»Der Notarzt ist unterwegs, die Polizei kommt. Ich habe Hajo noch nie so … so verrückt gesehen …«

Das traf es nicht. »Erschrocken«, schlug ich vor.

»Ja, erschrocken. Er war kreidebleich.«

Siglinde schüttelte den kleinen verbalen Missgriff ab. Im Grunde hatte sie es in ihrer Unfähigkeit, sich auf das richtige Wort zu besinnen, viel genauer getroffen. Ich hatte selbst gesehen, wie Hajos Maske sich verschob. Aber bitte keine Wortklauberei in diesem Moment.

»Wie?«, fragte Siglinde. »Ich meine …«

»Möchtest du wirklich wissen, wie die Leiche aussieht?«

»Ich werde diesen dummen Gören den Zutritt zum Stall verbieten müssen.«

Das ging am Problem vorbei. »Die Mädels können nichts dafür. Die Leiche liegt da schon länger. Und sie trägt Reitzeug. Reiterinnen kannst du den Zutritt zum Stall doch nicht verbieten. Hat Hajo gesagt, wer es ist? Hat er sie erkannt?«

Siglinde schüttelte den Kopf. »Ich glaube nicht.«

Auf einmal sah sie aus, wie ich sie von früher kannte, wie das Kind, das erwachsen sein will, weil es begriffen hat, dass Erwachsene ihre Unsicherheit hinter Macht verstecken dürfen. So hatte sie sich in den Kampf mit den älteren Gallion'schen Männern gestürzt, bissig wie eine Ratte. Die ganze Reiterei und Streiterei mit störrischen Pferden und widerspenstigen Burschen war wie fortgesetzte Pubertät. Doch nun lag da eine Tote in einer Box. Irgendjemand war in diesem Machtkampf der Kreaturen hinten runtergefallen. Der größte anzunehmende Unfall in einem Reitstall war passiert. Ein Pferd hatte eine Reitkundin getötet. Polizei und Presse standen ins Haus. Jetzt brauchte das Gestüt Gallion nicht jemanden, der reiten, sondern der reden und verhandeln konnte. Für die gesellschaftliche Repräsentation hatte der General deshalb auch eigentlich einen Sohn vorgesehen gehabt. Kostbar war die Sekunde, in der Siglindes klamme Hand meinen Druck erwiderte und die Verantwortung fürs Reden mir übertrug.

»Vielleicht kennst du sie«, sagte ich. »Rote Reithosen, blaue Reitweste, neue Lederstiefel, dunkle Haare, Alter ungewiss, eher jung.«

Siglinde schüttelte wieder den Kopf.

»Und was macht ein junges Mädchen morgens in Reitbekleidung im Schulstall?«, sagte ich. »Ihr habt doch keine Reitstunden am Vormittag? Oder?«

Siglinde schüttelte den Kopf.

»Dann hätte sie bei den Privatpferden herumspringen müssen, aber nicht bei den Schulpferden. Oder sie liegt dort schon seit gestern. Wann wurde der Schulstall zum letzten Mal ausgemistet?«

»Wir fangen überall morgens um sechs an. Um sieben wird gefüttert.« Siglinde zog die schwarzen Brauen zusammen. »Dieser Aggi, den bring ich um. Wo ist der überhaupt?«

»He! Wir haben schon eine Leiche.«

Siglinde schnaubte. »Aggi ist für den Schulstall zuständig. Ein fauler Hund. Wahrscheinlich hat er wieder mal Prinz' Box nicht gemacht. Prinz macht immer Theater. Das weißt du doch noch. Man muss ihn draußen anbinden, während man ausmistet.«

Für mich waren die Burschen im Schulstall immer der reine Horror gewesen, entweder halb betrunken oder brüllend, bucklig oder schwachsinnig, Befehlsempfänger, unfähig, Verantwortung zu übernehmen. Man nahm in der Regel nicht die besten Knechte für die Pferde, die man an Anfänger auslieh.

»Dem werde ich was husten!« Siglinde drehte auf dem Absatz um. »Der liegt bestimmt noch im Bett.« Sie schritt mit langen trockenen Beinen und breitem Becken aus. Der Lederbesatz an ihrem Hintern knitterte energisch. Ich eilte ihr auf Pömps hinterher. An einer Stallecke stand Hajo und stierte uns nach. So ein Blau, wie es seine Augen hatten, gab es in der freien Natur nicht.

Siglinde stieß die Tür zum Hauptgebäude auf. Das Büro gleich rechts war nicht abgeschlossen. Sie kam mit einem größeren Schlüsselbund wieder heraus und sprang die Treppe hinauf, immer zwei Stufen auf einmal, am Reiterstüble im ersten Stock vorbei, hinauf in den Gesindestock.

Es roch nach kalten Satteldecken und verschwitzten Betten. Mir verging augenblicklich die Lust, hinter einer der nummerierten Türen des Gangs einen Stallknecht im Bett zu erwischen. Siglinde brauchte ihren Schlüsselbund nicht. Tür Nummer drei war nicht abgeschlossen. Mir reichte ein Blick in das enge Zimmer mit Schlafstatt, Schrank und Waschbecken und leerer Flasche Korn auf den Dielen. Aber Siglinde musste den Betrunkenen aus den fleckigen Laken reißen. Der unrasierte

Bursche, der da in Hosen und Schuhen lag, drehte nur für Sekunden die Augen aus den Stirnhöhlen ans Licht, schmatzte, grunzte und fiel wieder nach hinten. Sein Kinn war eine Karikatur des Gallion'schen Kinns, ein Runksen von grotesk dummen Ausmaßen über einem spitzen Kehlkopf.

»Der ist hinüber«, stellte ich von der Tür aus fest.

Siglinde wischte sich die Hände am Hinterleder ab und grinste grimmig. »Ich hätt ihn ja schon längst gefeuert. Aber wo kriegt man heutzutage noch Stallburschen her?« Sie kam heraus und zog die Tür zu. »Wenn der eine Flasche in die Hand kriegt, macht er sie leer.«

»Und wer hat heute Morgen dann die Schulpferde gefüttert?«, fragte ich. »Zumindest Prinz hatte Heu.«

Siglinde zuckte mit den Schultern. »Vielleicht Hajo. Er hat einen sechsten Sinn dafür, wenn irgendwo Pferde unruhig sind.« Heu und Hafer fütterte man durchs Gitter, ohne die Türen aufzumachen.

Im Büro warf Siglinde den Bund mit den Gesindezimmerschlüsseln auf den Tisch und fuhr sich mit beiden Händen übers Gesicht. Ihre Augen glitten etwas verloren über das Fenster zum Hof, den grauen Tisch mit dem Verwaltungscomputer, den grauen Schrank und den Dielenboden mit den Sägespänen und Erdkrümeln, die man immer mit Schuhen und Stiefeln hereinschleppte, und blieben am Telefon hängen.

»Ich muss wohl Schimmel anrufen, damit er Prinz einschläfert. Das Pferd ist nicht mehr tragbar. Gott sei Dank sind wir versichert.«

Ich konnte Siglinde diesen Satz nicht verdenken. Sie war mit Pferden groß geworden. Für sie war es eine ausgemachte Dummheit, sich von einem als Schläger bekannten Pferd in der Box tottreten zu lassen. Sie begriff nicht, dass jemand die Drohmimik eines Pferdes missverstehen konnte.

»Ich fürchte«, sagte ich, »man wird euch die Frage stellen, warum ihr ein so gefährliches Pferd wie Prinz als Schulpferd haltet.«

»Prinz ist nicht gefährlich! Natürlich muss man aufpassen, aber bei Pferden muss man immer aufpassen. Das weißt du doch. Das muss ich dir doch nicht erklären.«

»Du hast die Leiche nicht gesehen«, sagte ich. »Prinz ist eine ganze Nacht darauf herumgetrampelt. So etwas darf nicht passieren.«

»Das weiß ich auch!« Siglinde sprang unvermittelt der Minderwertigkeitszorn früherer Jahre aus den Augen. »Ich bin nicht so dumm, wie du glaubst!«

Ich erschrak. Ich hatte vor ihr immer einen Heidenrespekt gehabt. Sie konnte so laut kreischen, dass selbst der General seine rhetorischen Krallen einzog. Ich hatte immer Angst gehabt, mir ihren Zorn zuzuziehen. Aber offenbar hatte sie meine damalige Scheu vor ihr als Dünkel interpretiert. Wir hatten viel zu wenig Zeit gehabt, einander richtig einzuschätzen.

»Siglinde, ich habe dich nie für dumm gehalten. Im Gegenteil. Ich kann nichts von dem, was du kannst. Ich könnte nie ein Gestüt leiten.«

Sie lächelte skeptisch. Anerkennung war rar im Hause Gallion. Todt hatte sich in mich verliebt, weil ich damit nicht geizte.

Ein Streifenwagen fuhr mit Blaulicht vor dem Bürofenster vor.

5

Die Schutzpolizei forderte die KASt samt Doku-Koffer nach. Die Zeit zwischen der Ankunft der Beamten der Kriminalaußenstelle, die im Revier Vingen saßen und zusammen mit dem Notarzt kamen, und dem Erscheinen der Kriminalpolizei aus der Polizeidirektion Reutlingen nutzte ich, um zu entwischen und meine Mutter heimzufahren. Zu sehr liebte sie den frommen Schauder des Todes anderer, als dass ich ihr von der Leiche im

Stall erzählen mochte. Außerdem war sie erfüllt vom moribunden Zustand des Generals. »Bestimmt hat er sich bei seinen Weibergeschichten was geholt.«

»Na hör mal, er ist jetzt siebzig.«

»Na und. Das bin ich auch bald!«

Die Logik meiner Mutter hatte mich schon immer fasziniert, meistens allerdings aufgebracht. Als Katholikin sprach sie nicht aus, dass sie den General immer noch für einen Hurenbock hielt. Sie selbst fühlte sich mit ihren Anfang sechzig noch nicht als altes Weib. Warum also dem General die Gebrechen des Alters unterstellen, wenn man seine körperliche Schwäche auf Sünden zurückführen konnte? Meine Mutter glaubte sich moralisch gerüstet, um hundert zu werden.

»Seine größten Sünder«, bemerkte ich bissig, »straft Gott mit einem langen Leben.«

»Was willst du damit wieder sagen?«

»Nichts, Mutter. Aber an Aids wird Gallion nicht sterben.«

»Seit wann nennst du mich nicht mehr Mama, sondern Mutter?«

Es konnte nicht töchterliche Zärtlichkeit sein, die sie vermisste. Es war ihr vertrackter Sinn für meine Schwachstellen. Immer wieder ließ ich mich täuschen von dem einfachen Strickmuster von Sünde und Strafe, in das sie Siechtum und Tod nadelte. Dabei war sie alles andere als einfach gestrickt. Mit mikroskopischer Exaktheit pikste sie immer dann zu, wenn ich gerade anfing, mich erwachsen zu fühlen. Mama! Wann hatte ich sie je Mama genannt? Wahrscheinlich immer.

Ich entzog mich der Antwort in den Verkehr auf der Eninger Landstraße. Dabei hatte ich von meiner Mutter doch ausgerechnet das geerbt, was mir an ihr am meisten zuwider war: diese Kumpanei mit dem Sensenmann. Als mein Vater starb, übergab sie den Stab an mich. Ich überlebte, während Todt am Birnbaum verblutete. Später kamen andere Leichen hinzu. Vielleicht wäre es die Erlösung, wenn ich mich an den Unfall erinnern könnte, an den Moment, da Todt die Kontrolle über den Wagen, über sein Leben und über unsere Beziehung verlor.

Nicht nur, dass ich mich nicht erinnerte, lange Zeit hatte ich mir sogar alle Mühe gegeben, den Streit zu verdrängen, der uns auf der Schnellstraße von Stuttgart nach Metzingen angefallen hatte. Beide waren wir gereizt gewesen, unzufrieden mit einem Konzert und genervt, dass wir in den Polstern der Stuttgarter Liederhalle Zeit verplempert hatten, die wir dringend hätten nutzen müssen, um uns über den Unsinn unserer Fluchten vom Gallion'schen Hof in die Kultur klarzuwerden.

Zum ersten Mal forderte Todt ohne Umschweife, dass ich die Pille absetzte. Aber ich war nicht seine Frau geworden, um dem General Enkel zu schenken. Im Grunde ging es gar nicht um die Nachzucht von Gallions, sondern darum, dass der Sohn um des lieben Friedens willen vor dem Vater einknickte. Wie konnte er dem familiären Frieden den Vorzug geben vor dem ehelichen Glück? Er könne die Kinder ja nicht kriegen, sagte er, das müssten leider Gottes nun mal die Frauen tun. »Gott sei Dank«, keifte ich, »entscheiden das heute auch die Frauen, denn sie haben ja nachher die Kinder am Hals. Oder wirst du etwa daheimbleiben, um die Kinder großzubringen?« – »Wozu denn?«, knurrte er. »Was verdienst du schon als Sekretärin? Ist das deine Vorstellung von Selbstbestimmung? Sekretärin?« Vielleicht war das mein feministischer Follikelsprung. Die Argumente kamen erst später. Was hatte ich ihm damals geantwortet? Was nur? War ich damals wirklich fähig gewesen, ihm etwas vorzuhalten wie: »Was weißt du von Selbstbestimmung? Du hast dich doch noch immer nicht von deinem Vater emanzipiert.« Hatte ihm das die Sicherung rausgehauen? Oder war ich noch weiter gegangen? Meine Erinnerung hörte hinter Metzingen auf. Hatte ich ihm da womöglich seine Schuldkomplexe vorgeworfen, die ihn zu dem zärtlichen, reflektierten und hypersensiblen Mann gemacht hatten, den ich so liebte?

Ein Recht hätte ich dazu nicht gehabt, denn mal ehrlich: Was wusste ich denn von Selbstbestimmung? Ohne diesen Unfall wäre ich nie aus Vingen rausgekommen. Dörfer lähmten. Man konnte sich den Segen städtischer Anonymität nicht vorstellen. Ohne Mamas Wohnung und den Job in vertrauter Umgebung glaubte man sich verloren. Ich wäre nach Vingen zurückgekehrt in dem festen Glauben, nur dort befänden sich Heimat und Freunde, wenn Sally mich nicht bei sich aufgenommen hätte, um mich aus der Trostlosigkeit zu holen, mir zu zeigen, wie man eine Wohnung suchte, und mich zu zwingen, auf eine Zeitungsannonce hin bei der Emanzenzeitschrift *Amazone* anzufangen. Allerdings waren die ersten Jahre in der Stadt hart gewesen. Ich hatte gelesen, was mir unter die Augen kam, um bei dem Gewirbel von Bildung mithalten zu können und um zu begreifen, warum eine Madonna aus Plastik auf beleuchteter Muschel in einem bestimmten Ambiente keine religiöse Drohung, sondern einen Kultgag darstellte, über den man sich ausschüttete vor Lachen.

»Sie hätten ruhig ein Vesper servieren können«, mäkelte meine Mutter, als sie die Haustür aufschloss, »aber was will man erwarten? Diese Pietisten. Nur mit Geiz kommt man zu was. Jetzt muss ich extra noch mal los und zum Fleischer, damit du was zu Mittag hast.«

Der Geiz meiner Mutter war aus Armut geboren.

»Mach dir wegen mir keine Umstände. Ich muss gleich wieder weg.«

»Wohin denn?«

»Zurück zum Gestüt.«

»Was willst du denn da? Man drängt sich nicht Leuten auf, bei denen man nicht willkommen ist.«

Ich lachte nur und stieg ins Kinderzimmer. Jeans, weißes T-Shirt und Herrenblazer von Jil Sander hätte ich gleich heute früh anziehen sollen. Dann wäre es dem General schwerer gefallen, mir zu unterstellen, ich käme, um mir das Erbe im Minirock zu erschleichen. Der Gedanke, ich könnte nach dem Sohn den Vater haben wollen, alles nur, um an die Millionen zu kommen, die Siglinde zustanden, war so krank, dass er schon nicht mehr kränkend war. Anzunehmen, das Einzige, was eine Frau am Hause Gallion interessieren könnte, sei Geld, war schon eine besondere Form von Minderwertigkeitskomplex. Für den General war ich immer eine Erbschleicherin gewesen. Darum hatte er Todt mehr als einmal gedroht, wir bekämen nichts, wenn wir keine Kinder hätten. Irgendeine Gegenleistung musste ich schon bringen. Immer bloß Reiterhofurlaub, das ging nicht. Meinen Job als Sekretärin missachtete er ohnehin als Luxustaschengelderwerb.

Im Hausflur bat ich mir von meiner Mutter einen Hausschlüssel aus.

»Wozu?«, fragte sie. »Du kannst klingeln. Ich bin zu Hause.«

»Aber es kann spät werden.«

»Ich gehe nicht vor Mitternacht zu Bett. Und nach Mitternacht hat doch keine Kneipe mehr offen.«

»Man weiß nie, was passiert.«

»Es gibt Telefone.«

Ich verschwieg, dass ich sogar eines in der Innentasche meines Jacketts trug. »Ich will weder auf die Uhr schauen, noch nach Telefonen suchen.«

»Was hast du denn vor, was du mir nicht sagen kannst?«

»Ich will endlich in der Gosse landen, Mutter.«

Sie sah sich vorübergehend aus dem Konzept gebracht. Interessanterweise überstieg gerade die Phantasie meiner katholischen Mutter alles Erdenkliche. Je wilder die Höllendrohungen, die sie mir entgegenschleuderte, desto tiefer musste ihr Misstrauen in ihre Wirkung gewesen sein. Immer sah sie mich in der Gosse enden, zwischen Heroinspritzen und Zuhältern, wenn ich nur zehn Minuten nach der festgelegten Zeit nach Hause kam. Immer wähnte sie mich schon schwanger, wenn ein Männername fiel. Als Todt mich zum ersten Mal mit dem silbernen Porsche heimbrachte und vor der Haustür küsste, da setzte es gleich hinter der Haustür Schläge. Meine Mutter prügelte ihre fünfundzwanzigjährige Tochter in die Küche. »Nicht vor meinem Haus! Nicht in meinem Haus!«

»Ich habe doch längst mit ihm geschlafen!«, hätte ich ihr gern entgegengeschrien, als sie mich wegen eines Kusses schlug. Aber ich wagte es nicht. Todt bat ich, mich unten an der Ecke rauszulassen. Wenn ich mit ihm ausging, gab ich ihr die Telefonnummer einer Freundin. Wenn meine Mutter dort anrief, log sie, ich sei gerade mal kurz raus, und alarmierte mich im Restaurant, damit ich meine Mutter anrufen konnte. Damals hätte ich ein Handy haben müssen. Was hatten wir uns nur für Demütigungen gefallen lassen. Alles um des lieben Friedens willen.

»Solange du deine Füße unter meinen Tisch stellst«, sagte meine Mutter, »machst du, was ich sage. Und um zwölf bist du daheim.« Das sagte sie immer, der Zeitpunkt war austauschbar.

»Ich kann die Füße auch auf den Tisch legen, wenn dir das lieber ist.«

Das war der Moment, da meine Mutter früher zugeschlagen hatte. Schnippische Antworten endeten für mich immer hinter irgendwelchen Möbeln. Ich war auf den Schlag gefasst. Ich erwartete ihn. Ich war erpicht darauf, die Hand abzufangen. Einmal stärker sein. Selbstverständlich hätte ich meiner Mutter nicht wehgetan. Ich sah ihr im grünlich gelben Hausflur in die grauen Augen. Das hatte ich früher stets vermieden, wahrscheinlich, weil ich mich selbst sah, die Ratte, die immer glaubte, sie müsse zuerst beißen, damit sie nicht vom Spaten erschlagen wird.

Von einer Sekunde auf die nächste begriff sie, dass sich alles geändert hatte. Sie gab nach, holte den Zweitschlüssel aus einem Pappschächtelchen in der Kommode unter dem Schutzengel und ging dann mit der heiligen Mathilde zu Rate, die geplagten Eltern hilft.

6

Auf dem Gestüt wimmelte es von Polizei. Streifenwagen standen im Hof, Zivilfahrzeuge dabei. Der Einsatzwagen der Kriminaltechnischen Untersuchung stand vor dem Schulstall. Eine Unmenge Herren in Jeans und ein halbes Dutzend Uniformierte wuselten wie Ameisen durchs Stalltor hinein und hinaus und schwärmten mit Kladden aus, um die Personalien der Anwesenden aufzunehmen. Reiter drängten sich in Gruppen zusammen und schwiegen, wenn ich vorbeikam. Hinter mir flackerten dann die Worte »Siglindes Schwägerin« auf. Blieb man eigentlich Schwägerin und Schwiegertochter, auch wenn der Mann inzwischen fehlte?

An der Brücke stand ein knochiger Bursche mit schief geknöpfter Hose und zerrissenem Pullover, das karikaturhafte Kinn unrasiert in der Sonne. Aggi, der Schulstallknecht. Im Tageslicht wirkte er wie die Ausgeburt mittelalterlicher Hölle.

»Ich war's net«, laberte er mich an, kaum hatte er meinen erschrockenen Blick gekapert. »Ich hab nix getan. War ein liebes Mädel. Sind alles liebe Mädel. Ich tu keinem was. Alles unschuldige Dinger. Von denen will nur der Teufel was, der Teufel Alkohol.«

»Ist recht, Aggi«, sagte ich in die triefenden Äuglein hinein, »du hättest heut Morgen nur auch die Ställe machen sollen. Wann hast du sie denn gestern Abend gemacht?«

»Ich bin nicht faul!«, fuhr der Bursche mit dem Kiefer auf, der fast die Hälfte seines grauen, stoppeligen Gesichts ausmachte. »Siglinde lügt. Ich bin nicht faul. Ich mach alles pünktlich und sauber. Wenn nur der Teufel nicht wär, der wo mir den Schnaps hinstellt. Den Mädels tu ich nix. Niemals. Ich hab nie eine angefasst!«

Aber dass er an den Ecken stand und glotzte, das konnte ich mir wohl vorstellen. Er laberte gleich den Nächsten an, als ich mich abwandte, um dem dasselbe zu erzählen, wie ich hörte.

Am Eingang zum Schulstall stand eine elegante Mittvierzigerin mit geföhntem Dunkelblond in lindgrüner Bluse, sandfarbener Sommerjacke und beigefarbenen Hosen und sagte eben zu einem der KTU-Leute, der mit der Mistgabel zum Einsatzwagen der Kriminaltechnischen Untersuchung wollte: »Was wollen Sie denn damit?«

Dem Polizisten verklemmte es die Kinnlade. Ich sah, wie er sich umdrehend »Seckel!« dachte. Eine Kriminalbeamtin von der PD Reutlingen, die ihre Mitarbeiter vor Ort siezte, war offenbar entschlossen, jede Kollegialität im Keim zu ersticken.

»Grüß Gott«, sagte ich freundlich.

Die Dame war erstaunt. »Guten Tag. Wo wollen Sie hin?«

Jetzt war ich erstaunt. So scharf musste sie das nicht sagen. »Ich suche Siglinde Gallion. Ist sie im Stall?«

»Da können Sie nicht rein.«

Das war mir klar. »Darf ich erfahren, wer Sie sind?«

»Kriminalhauptkommissarin Feil. Und wer sind Sie?«

»Lisa Nerz, Siglinde Gallions Ex-Schwägerin. Ich war mit Gallions Sohn verheiratet. Ich habe die Leiche entdeckt.«

»Ah!« Feil drehte sich nach ihren Leuten um, die sofort irrsinnig beschäftigt nach allen Seiten davonstoben, und wandte sich dann wieder mir zu. »Wir haben Ihre Personalien schon? Nein? Es wird sich gleich jemand um Sie kümmern. Sind Sie hier verantwortlich?«

»Nein. Siglinde Gallion leitet den Reitbetrieb.«

»Und wo finde ich die?«

»Vielleicht in ihrem Büro.«

Als wir über die Arsbrücke gingen, wieder an Aggi vorbei, der brabbelnd seine Unschuld beteuerte, obwohl wir zügig vorbeigingen, erkundigte ich mich, ob sie den schon vernommen hätten.

»Sicher«, sagte Feil.

Auf meine Frage, ob die Identität der Toten schon geklärt sei – immerhin spreche Aggi von einem Mädchen –, mochte sie nicht antworten. Sie machte das Gesicht von Amtspersonen, die ihre Unkenntnis durch Geheimniskrämerei zum Staatsakt erklärten.

»Sie sind nicht aus der Gegend?«, startete ich die Konversation von Neuem.

»Nein, aus Hannover.«

»Da, wo die Hannoveraner herkommen. Verstehen Sie was von Pferden?«

»Selbstverständlich.«

»Dann sind Sie ja die Richtige hier.«

Feil sah aus, als sei auch das selbstverständlich. »Und wo sind die Gallions nun?« Wir standen vor der verschlossenen Bürotür.

Ich zuckte mit den Schultern.

»Und was ist da oben?«

»Das Reiterstüble.«

Feils feine Nüstern weiteten sich leicht, als sie die Treppe in Angriff nahm. Ich folgte ihr, weil ich ein neugieriger Mensch bin und weil ich mich verantwortlich fühlte, den Hof zu vertreten, solange sich Siglinde und ihr Vater nicht blicken ließen. Wenn Feil eine Reiterin war, dann eine von denen, denen die Stallknechte das gesattelte Pferd hinstellten und die nach der Reitstunde das Bierchen im Reiterstüble nahmen, während der Bursche den Gaul wieder absattelte. Wäre sie je mit Mist und Schweiß in Berührung gekommen, hätte sie kaum in feinstem Sommertuch zur Untersuchung auf einem Hof antreten können.

Das Reiterstüble war ein rustikal eingerichtetes Lokal von modernem Zuschnitt im ersten Stock. Durch das getönte Panoramafenster konnte man in die große Reithalle hinabblicken. Dort trabten munter vier junge Araberpferde Hufschlagfiguren. Einer der Reiter war Hajo.

An der Theke saßen drei gestiefelte Männer in Reithosen vor ihrem Weizenbier und starrten uns an. Hinter der Theke wirtschaftete eine rundliche Lokalmutter, die wegen zwei fremder Gesichter nicht vom Gläserspülen abließ.

Feil setzte sich an einen Tisch am Panoramafenster. Ich war offensichtlich die erste Person, derer sie habhaft werden konnte, die ihr was über den Leichenfund erzählte. Ich denke, es war ihre Schuld, dass sich die Leute dumm stellten, sobald sie norddeutsch kühl das Wort an sie richtete, aber es lag auch an uns. Wenn Amtspersonen auf Höfen erschienen, dann zog man sich hier erst mal hinter die Gardinen zurück und ließ sie über Mistgabeln stolpern und an schwachsinnigen Knechten scheitern.

»Das sind Shagyas da unten, nicht wahr?«, fragte sie.

»Ja. Das Gestüt ist berühmt für seine Shagyazucht. Es hat eine eigene Stutenherde. Der auf dem Grauschimmel ist übrigens Hajo, der Bereiter, der mit mir die Leiche entdeckt hat.«

»Aha«, sagte Feil wiederum und blickte zur Lokalmutter auf, die nun dick am Tisch stand, um die Bestellung entgegenzunehmen. »Für mich ein Mineralwasser«, sagte Feil.

»Mit oder ohne Zitrone?«

»Egal.«

»Ich frag nur, weil's manche lieber mit Zitrone wellet und manche lieber ohne.«

»Logisch«, antwortete Feil mit vor Spott brüchiger Stimme. »Also mit, damit Sie nicht in die Verlegenheit kommen, eine Entscheidung treffen zu müssen.«

Die Lokalmutter blickte irritiert. »Also was wellet Sie denn nu?«

»Mit Zitrone, gute Frau. Und schaffen Sie mir diesen Hajo her.«

Oje!, dachte ich. Feil war offenbar nicht die Frau, die sich auf andere Kommunikationsformen einstellte, nur um es sich leichter zu machen. Es musste nach ihrem Kopf laufen, selbst wenn ihre Umgebung damit zum Tollhaus wurde.

»Und sagen Sie Frau Gallion, dass ich sie sprechen will!«, rief

Feil der Wirtin hinterher, die sich wortlos abwandte. »Wo bin ich hier denn eigentlich?«, murmelte sie vor sich hin und sah mich an. »Das ist eine polizeiliche Untersuchung.«

»Es gibt Rodeo da unten«, sagte ich, »wenn Sie Hajo herholen. Junge Pferde vertragen es nicht, wenn sie herumstehen und warten müssen, bis der Reiter wiederkommt.«

»Erzählen Sie mir nichts vom Pferd. Das ist alles eine Frage des Willens.«

Ich überlegte, ob sie den Willen des Reiters meinte, sein Pferd zu allem zu zwingen, was er wollte, oder den, ihre Untersuchung ernst zu nehmen. Die Frage lag nahe: »Was untersuchen Sie eigentlich? Es war doch wohl ein Unfall, oder?«

Feil runzelte die Nase. »Glauben Sie das?«

Wenn sie mich so fragte … »Prinz gilt als gefährlich.«

»Und warum geht ein Mädchen, falls es ein Mädchen war, dann in seinen Stall?«

»Ist eigentlich wahr. Allerdings, es könnte sein, dass das Mädchen, falls es eines war, glaubte, es verstünde sich mit Prinz gut. So ein alter Wallach kloppt die Fremden zusammen und schätzt ein paar Auserwählte, die ihn geschickt handhaben.«

Ihr Sprudel und mein Kaffee kamen. »Siglinde kommt auch gleich«, sagte die Wirtin und ging wieder.

»Dann könnte es zu einem Missverständnis gekommen sein«, fuhr ich fort. »Prinz erschrak über irgendetwas, schlug aus und traf sie unglücklich. Solche Missverständnisse kommen ständig vor. Die Mädchen verstehen oft Gestik und Mimik eines Pferdes nicht. Sie glauben einfach nicht, dass sie auch bei ihrem Liebling immer die Oberhand behalten müssen.«

»Aber, Frau Nerz«, sagte Feil, »Sie haben doch die Leiche gesehen. Zumindest behaupten Sie das. Die Person wurde regelrecht zusammengeschlagen. Glauben Sie im Ernst, dass ein Pferd jemanden zu Brei tritt?«

»Sie wissen doch, Pferde keilen gern und viel. Es ist ihre Waffe im Rangkampf. Ein alter Wallach wie Prinz beansprucht

Respekt, auch von Reitern. Natürlich schlagen sich Pferde nicht tot. Prinz hat das Mädchen, beziehungsweise die Person, nur warnen wollen. Aber die vergleichsweise schwächliche Konstitution des Menschen hat zum Tod geführt. Es kommt doch immer wieder vor, dass ein Pferd seinem Halter die Nase abbeißt oder ihn krankenhausreif keilt.«

»Das kommt vor«, sagte Feil und drehte ihr Sprudelglas. »Es kommt auch vor, dass ein Pferd auf einen leblosen Körper tritt, der im Stall liegt. Aber nach dem ersten Augenschein handelt es sich hier um eine wiederholte und andauernde äußere Gewalteinwirkung.«

»Aber«, sagte ich, »es war doch das Pferd, oder?«

»Ob noch andere Gegenstände zur Anwendung kamen, muss die Autopsie zeigen.«

»Und wie würden Sie ein Pferd dazu bringen«, fragte ich, »dass es wiederholt auf einen anderen einkloppt, bis er tot ist, zum Beispiel auf einen, der sich in der Box befindet?«

Feil sah mich an, beamtische Geheimniskrämerei im Gesicht, aber ein unwillkürliches Schulterzucken verriet reine Ratlosigkeit. »Wir stehen erst am Anfang. Wo waren Sie denn gestern Abend?«

Ich lachte. »Ich habe den Stall heute Morgen um elf nach fünfjähriger Abwesenheit zum ersten Mal wieder betreten. Ich lebe seit dem tödlichen Unfall meines Mannes in Stuttgart.«

Die Lokaltür ging und Siglinde erschien. Fleckige Reithosen mit speckigem Hinterleder und schwarze Augen, so trat sie gegen die blonde Kommissarin an. Ich stellte vor.

»Schön«, sagte Feil schnippisch, »dass Sie endlich für mich Zeit haben. Ich brauche von Ihnen eine Personalliste und die Adressen aller Reitkunden.«

Siglinde zog die Brauen zusammen. Feil besaß die erstaunliche Fähigkeit, ihren Gesprächspartner gleich mit den ersten Worten gegen sich aufzubringen.

»Außerdem will ich von Ihnen hören, wer die Tote ist.«

»Weiß ich nicht.«

»Wieso wissen Sie das nicht?«

»Wir haben zweihundert Reitschüler und über hundert Privatpferdehalter. Ich kann unmöglich wissen, wer wann in welchen Stall geht und nicht wieder herauskommt. Außerdem habe ich die Tote nicht gesehen.«

Feil stand auf. »Dann werden Sie sie sich jetzt ansehen.«

In Siglindes Augen trat ein schräger Zug. Sie hatte Angst. Das fand ich überraschend menschlich bei Siglinde.

Bevor wir gehen konnten, mussten wir Sprudel und Kaffee bei der Lokalmutter bezahlen, die sich uns in den Weg stellte.

»Müsste es nicht«, sagte ich, während Feil die Münzen zählte, »eigentlich längst eine Vermisstenanzeige geben? Wenn ein Mädchen abends nicht vom Stall heimkommt, dann machen sich die Eltern doch Sorgen. Haben Sie schon bei den Dienststellen nachgefragt?«

»Sie müssen mich nicht für blöd halten«, sagte Feil mit ihrer hellen, etwas brüchigen Karrierestimme. Es musste ein ganz übles Schicksal sein, das sie von einem Innendienstposten in Hannover, vielleicht in der Kriminalstatistik und Dokumentation, in den Außendienst bei der Polizeidirektion Reutlingen verschlagen hatte.

Aggi stand nicht mehr an der Brücke.

Der Schutzpolizist an der Stalltür hob das rotweiße Band. Wir bückten uns darunter hindurch ins warme Dunkel des Schulstalls. Feil hatte noch keinen einzigen Fleck auf ihrer sandfarbenen Hose. In den Boxen mümmelten die Pferde scheinbar desinteressiert Heu, stellten aber die Ohren immer mal wieder in Richtung der Herren von der KTU. Jemand hatte Prinz irgendwo anders hingebracht. Eine graue Plane bedeckte die Leiche zwischen Mist und Stroh in der Box, deren Schiebetür weit offen stand. Die Leute von der KTU pinselten, pickten und knipsten.

Siglinde versteifte sich, als Feil die Männer anherrschte, sie sollten die Plane von der Leiche heben. Auch in mir sträubte sich alles, noch ein zweites Mal hinzuschauen. Ich sah nur, wie Siglinde den Kopf schüttelte, und wandte mich ab.

Die Mistgabel, die ich vorhin in die Sattelkammer gestellt und die dann einer von der Spurensicherung in den Einsatzwagen hatte tragen wollen, lehnte nun wieder neben der Tür zur Sattelkammer. Gleich darüber hing ein Reitplan. In eine Liste mit Wochentagen und Reitstundenzeiten waren mit dem dabeihängenden Bleistift Namen eingetragen. Donnerstags und freitags gab immer noch wie zu meiner Zeit Tilde den Unterricht. Sie war Sekretärin in einem Notariat in Vingen, hatte Rückenprobleme und Übergewicht, konnte aber von den Pferden nicht lassen und versuchte deshalb, Kindern und Jugendlichen das Reiten beizubringen. Laut Plan waren die Schulpferde jeden Tag vier und am Wochenende bis zu sechs Stunden im Einsatz. Man ersparte ihnen auch die Qualen eines Ruhetages.

»Schauen Sie mal her«, sagte ich zu Feil. »Das ist der Reitplan. Da können Sie sehen, wer gestern zum Unterricht angemeldet war.«

15 Uhr Anfänger, 16:15 Uhr Mittlere, 17:30 Uhr Fortgeschrittene. 19 Uhr S.

»Ach, Sie lassen Schulpferde in der S-Gruppe mitgehen?«, erkundigte sich Feil. S heißt schwer. Da mussten Pferde schon sehr gut sein.

»Nein, da gehen nur Privatpferde mit«, sagte Siglinde, ihre belegte Stimme freihustend. »Außer manchmal Schneekönig und Prinz.«

Auf der Liste standen nur Vornamen. Manche tauchten mehrmals die Woche auf. Vroni, Vanessa, Sabine und Petra standen montags und donnerstags bei den Fortgeschrittenen um 17:30 Uhr untereinander drin. Auch Lotte kam donnerstags um halb sechs. Eine Katja ritt ebenfalls donnerstags und außerdem noch am Montag und Freitag. Die musste wirklich Geld haben, wenn sie sich dreimal die Woche die Reitstunde für zwanzig Mark leisten konnte.

Feil riss mir vor der Nase die Liste aus den Reiszwecken und wandte sich an Siglinde, die immer noch etwas blass aussah. »So, und jetzt zeigen Sie mir Ihre Kundenkartei.«

»Die ist im Büro.«

»Also bitte.«

Wir marschierten über die Arsbrücke zum Haupthaus zurück. Siglinde schloss das Büro auf und dann einen der beiden grauen Schränke. Für einen Moment sah ich, dass er Aktenordner enthielt, zahlreiche Schlüsselbunde, darunter den für die Gesindezimmer, und eine grüne Kassendose. Offenbar verkaufte Siglinde die Zehnerkarten an die Reitschüler. Dann hatten die Reitlehrer nicht immer die Taschen voller Geld. Siglinde griff nach einem Karteikasten und knallte ihn eine Spur zu trotzig auf den Tisch.

Feil runzelte die Nase. »Ich brauche die Nachnamen zu den Namen hier auf dem Reitplan.«

Siglinde lehnte sich im Stuhl hinter ihrem Bürotisch zurück. »Die finden Sie im Karteikasten. Bedienen Sie sich.«

Feil holte Luft.

»Vielleicht«, sagte ich, »kommen gar nicht alle auf dem Reitplan in Frage. Die um 15 Uhr sind doch wahrscheinlich Kinder, blutige Anfänger.«

Siglinde nickte.

»Die tragen keine Lederreitstiefel«, fuhr ich fort. »Außerdem werden sie nach der Reitstunde abgeholt oder müssen spätestens zum Abendessen zu Hause sein. Sonst gibt es eine Vermisstenanzeige. Dasselbe mag für die Mittleren um 16 Uhr 15 gelten. Sie sind auch noch nicht so lange dabei, dass es schon teure Lederreitstiefel sein müssen. Oder was meinst du, Siglinde. Ist unter denen eine mit Lederstiefeln?«

So etwas musste ihr auffallen, wenn sie die Zehnerkarten verkaufte. Der Gegensatz von kümmerlicher Reitkunst und teuerster Ausstaffierung provozierte in der Regel die Spottlust von Meisterinnen wie Siglinde, die selbst die unbequemen Lederstiefel erst anzog, kurz bevor sie ein Pferd bestieg.

»Also schauen wir uns die Fortgeschrittenen um halb fünf an«, schlug ich vor.

Feil blickte tatsächlich fast dankbar.

»Die S-Reiter schließen wir mal aus. Wir gehen ja davon aus, dass die Tote eine Reitschülerin war, weil sie sonst nichts im Schulstall zu suchen gehabt hätte. Auf dem Reitplan ist kein Schulpferd für die gestrige S-Gruppe um sieben eingetragen. Also war im Schulstall um sieben Schluss. Aggi hat mit dem Ausmisten begonnen. Einige Mädels haben ihm vielleicht geholfen. Nur eines ist noch etwas länger geblieben, eines, das sich mit Prinz gut versteht. Dann ist es passiert. So gegen halb acht, schätze ich.«

»Okay«, sagte Siglinde und ging an den Karteikasten.

Im Abgleich mit dem Reitplan isolierten wir aus der Donnerstagsgruppe um halb fünf aus den zwölf Reitern acht weibliche. Jeder Karteikarte hing ein Foto und eine Haftausschlusserklärung an, die von den Reiterinnen oder ihren Erziehungsberechtigten unterschrieben worden war. Das bedeutete, dass im Falle eines Reitunfalls das Gestüt nicht haftbar war.

Da lagen Sabine Hauser, ein Lockenkopf von vierzehn, und Vroni Bremer, dreizehn, dunkelblond. Sie ließen sich, wie Siglinde mitteilte, von einer der beiden Mütter aus Reutlingen anfahren und heimbringen. Ausgeschieden. Dann Margarete Wellmann, eine blonde Walküre von zwanzig, ebenfalls raus. Lotte Facheisen war dunkelhaarig, fast dreißig, aber von zierlicher Statur. Die ließen wir mal draußen, zumal ihr Mann in Stuttgart viel Geld verdiente und sie darum Lederstiefel trug. Sabine Kurz war weißblond. Zurück ins Kästchen. Katja Bauer, fünfzehn, dunkelblond, kam mit dem Fahrrad aus Eningen, bei schlechtem Wetter mit dem Bus. Nun ja. Sophie Eberle sah nicht nach Lederstiefeln aus, sondern nach Spaltsitz und auf dem falschen Fuß Leichttraben. Petra Graber, sechzehn, wohnte in Vingen in der Berggasse zwölf, zeigte sich auf dem Foto teigig mit mausgrauen Dauerwellen, aufsässigen Augen und trotzigem Mund, sehr sympathisch. So hatte ich in ihrem Alter ausgesehen, billig und bitter, weil die anderen in Lederreitstiefeln kamen, zum Beispiel Vanessa Bongart, fünfzehn, schmales Gesicht, nach hinten gezopftes dunkles Glatthaar und streberhafte Nase.

»Petra und Vanessa sind Freundinnen«, bemerkte Siglinde. »Ihre Mutter, die Heide, reitet auch hier. Bis vor einem Jahr hatten sie ein Pferd hier stehen, einen Württemberger, der in Hannover gezogen wurde.«

Feil lachte. Württemberger waren in Reiterkreisen nur dann akzeptabel, wenn sie aus einem Hannoveraner Stall stammten.

»Dann kam die Scheidung. Bongart ist nach Stuttgart. Er arbeitet in irgendeinem Ministerium. Sie haben den Gaul verkauft. Ihn konnte sowieso keiner reiten. Er bekam den Vollblutkoller, sobald er eine freie Fläche vor sich sah. Nicht mal Bongart konnte ihn halten. Vanessa und Heide wohnen weiter in seiner Villa in Vingen ...«

Amselweg 39, las ich auf der Karteikarte. Das war nur zwei Straßen vom Haus meiner Mutter entfernt am Waldrand von Neu-Vingen.

»Vanessa reitet meistens Prinz. Oder hat ihn meist geritten ...« Siglinde lächelte verzwickt.

Mir wurde mulmig. Die zermatschten Glieder in der Box von Prinz hatten einen Namen bekommen.

Feil raffte die Karteikarten zusammen. »Dann werde ich da mal ein paar Beamte hinschicken. Und von Ihnen, Frau Gallion, brauche ich dann noch die Personalliste.«

Siglinde schnutete.

»Andernfalls sähe ich mich gezwungen, mit einem Durchsuchungsbeschluss wiederzukommen. Sollten die Personallisten dann nicht zu erheben sein, müsste ich die Steuerfahndung zu Ihrem Steuerberater schicken. Wenn Ihnen das lieber ist? Na, sehen Sie.«

»Ziege!« Siglinde schleuderte der Kommissarin, kaum hatte sie die Bürotür hinter sich zugezogen, den Kugelschreiber hinterher.

»Aber«, gab ich zu bedenken, »in einem Mordfall tut man gut daran, die Ermittlungsbehörden ein wenig zu unterstützen.«

»Mord!« Siglinde blickte misstrauisch.

»Die Ziege glaubt nicht, dass Prinz der Täter war.«

»Wie?«

»Sie vermutet andere Gewalteinwirkung von außen. Aber das wird erst die Autopsie klären.«

»Ach so? Das ist doch Unsinn.« Siglinde stand auf und ging an den Aktenschrank. Der Lederbesatz ihrer Hose schmiegte sich mit steiler Falte ins Gesäß. »Wieso«, sagte sie, einen Aktenordner auf den Tisch wuchtend, »wieso kennst du dich mit Polizeiarbeit aus?«

»Ich bin im richtigen Leben Journalistin.«

»Ach! Und ich dachte immer … Warst du nicht Todts Sekretärin?«

»Ich war Sekretärin, aber nicht direkt seine. Ich saß im Im- und Export, *jus de pomme*, *apple juice*, *zumo de manzana* und so weiter. Todt und ich, wir haben uns nicht in der Firma kennengelernt, sondern im Wald, genauer am Stausee. Hat er dir das denn nie erzählt?«

»Du weißt doch, wir hatten wenig miteinander zu tun.« Sie schlug die Personalakten auf. »Todt hat mir nie was Persönliches erzählt. Erstens war er acht Jahre älter. Und nach der Geschichte – du weißt schon – hat Papa ihn doch nie mit mir allein gelassen. In den Sommerferien war ich immer auf Reittour in Ungarn, und während der Schulzeit war er im Internat, später zum Studium in München. Als Todt dann nach dem

Studium zurückkam, schickte Papa mich zur Ausbildung nach Oldenburg und Hannover. Ich weiß praktisch nichts von ihm, außer dass er gut aussah.«

Hinter der Sache mit dem Titel »du weißt schon« verbarg sich das Gallion'sche Familiendrama. Als Siglinde fünf war, stieg sie auf den Kirschbaum hinterm Haus und traute sich nicht mehr hinunter. Todt, damals dreizehn, eilte herbei, breitete die Arme aus und rief: »Spring!« An Vertrauen fehlte es der kleinen Siglinde damals nicht. Sie ließ sich fallen. Todt passte jedoch nicht auf. Er schaute zum Haus, als Siglinde sprang, und sie schlug mit dem Schädel auf dem steinharten Sommerboden auf. Eine Woche lang schwebte sie im Krankenhaus mit Schädelbruch zwischen Leben und Tod. Danach musste sie das Sprechen wieder neu lernen.

»Glaubst du wirklich«, sagte ich, »dass Todt dich damals umbringen wollte?«

»Ich erinnere mich nicht.« Siglinde suchte in Schubladen nach Papier. »Ich weiß nur, was Papa mir erzählt hat, und er hat es doch vom Fenster aus gesehen.«

»Kannst du dir vorstellen«, sagte ich, bemüht, ruhig zu bleiben, »dass Todt sein ganzes Leben lang Schuldgefühle hatte?«

»Ja klar.« Siglinde sagte es so leichthin, als könne sie sich nicht vorstellen, was Schuldgefühle waren.

»Dein Vater hat Todt zum Mörder erklärt. Der Psychologe, zu dem man den Buben steckte, fand heraus, dass Todt dich unbewusst für den Tod eurer Mutter verantwortlich machte. Er war ja acht Jahre alt, als sie bei deiner Geburt starb. Außerdem machten sie ihm klar, dass er eifersüchtig auf dich gewesen sein muss, weil du als Nesthäkchen Vaters Liebling warst. Todt hatte nicht die geringste Chance, an seinen unbewussten Hassgefühlen zu zweifeln. Er glaubte, er werde von Tötungswünschen beherrscht, und sie könnten jederzeit wieder in einen Mordversuch ausarten. Er hatte Angst vor sich selbst. Darum war er auch so nachgiebig gegenüber eurem Vater. Er fürchtete, er könnte ihn totschlagen, wenn er es auf einen offenen Krach ankommen ließe.«

Siglinde hatte mittlerweile ein Blatt Papier gefunden, um darauf die geforderte Liste zu erstellen.

»Dabei war doch dein Vater schuld.«

Siglinde blickte auf. Nicht erstaunt, eher neugierig.

»Er machte das Fenster auf und rief Todt etwas zu, just in dem Moment, da du dich vom Ast fallen ließest.«

Da war es wieder, Siglindes eigenartiges, halb anerkennendes, halb skeptisches Lächeln. Wäre das Gallion'sche Kinn nicht gewesen, sie hätte Todt in diesem Moment fürchterlich geähnelt. Auch er reagierte kühl, als ich es so klar aussprach: Dein Vater hat dich abgelenkt. Er ist schuld. Zwar knackste das Schuldsystem, geriet Todts Seelengefüge ins Rutschen, aber es war fast unmöglich für mich, dem über Dreißigjährigen eine Schuld auszureden, mit der er erwachsen geworden war. Er erinnerte sich zwar, dass er zum Haus geschaut hatte, als Siglinde sprang, aber der Psychologe hatte ihm klargemacht, dass dieser Blick die Versicherung des Mörders war, dass es keinen Zeugen gab. Den Vater wollte er nicht gesehen haben, seinen Zuruf nicht gehört. Ich argumentierte, dass seine Angst vor dem Vater damals so groß gewesen sein musste, dass er sich sofort auf ihn konzentrierte, selbst in einer Situation, in der er ganz für seine Schwester hätte da sein müssen. Diesen Fehler habe er dann verdrängt. Todt verliebte sich zwar in mich, weil ich ihm einen Ausweg aus dem Gallion'schen Schuldgefängnis zeigte, aber die zwei Jahre, die wir miteinander hatten, reichten nicht, um ihn auf psychologischem Neuland trittsicher zu machen.

»Dazu kann ich nichts sagen«, sagte Siglinde reichlich unberührt. Aber es war ja auch nicht ihr Drama. An das traumatische Ereignis erinnerte sie sich nicht. Sie wusste nichts von dem klugen Engelchen, an das sich Todt noch erinnerte, von dem schelmischen Kindchen, das tausend Worte erfand und den

Vater mit seinem Charme entzückte. Die sprachliche Verödung infolge des Schädelbruchs belastete sie heute nicht, falls sie sie überhaupt wahrnahm. Ihr heutiges Leben war nicht auf begriffliche Schärfe und differenzierten Gefühlsausdruck angelegt. Sie leitete ein Gestüt.

»Außerdem habe ich meinen Bruder kaum gekannt.«

Ganz im Gegensatz zu Todt, der seine Schwester sehr gut gekannt hatte, ihre Teddys mit Namen, ihre erste Liebe zu dem Isländer-Pony Sascha, sogar das Versteck unter der losen Latte in der großen Scheune, in dem sie einst Federn, tote Eidechsen und Katzenknochen sammelte.

»Was ich nie verstanden habe«, sagte Siglinde, »warum ist Todt denn überhaupt nach dem Studium in München zurückgekommen, um Papas Saftfabrik zu übernehmen? Wo er ihn doch immer so böse behandelt und ihn immer gequält hat mit seinen Vorwürfen.«

»Weil Todt nie aufgehört hat zu hoffen, dass er mit eurem Vater ins Reine kommt. Er wollte ihm zeigen, dass er ein guter, ein loyaler Sohn ist, der seine Pflichten übernimmt. Er hoffte, dass euer Vater ihm eines Tages verzeiht, egal, ob es ein Unglücksfall war oder ein unbewusster Mordversuch. Verstehst du?«

»Ja, schon …«

So blank hatte ich Siglinde noch nie gesehen, so bar jeder Kampfbereitschaft, für Sekunden völlig wehrlos. Ein gutes Dutzend Mal hatte ich erlebt, wie sie ihren brillanten Bruder oder ihren scharfzüngigen Vater niederkreischte, bis sie vor dem Krach kapitulierten, den sie machte. Siglinde verteidigte ihr Stück vom Braten auf dem Tisch schon, wenn jemand nur den Duft einschnüffelte. Jetzt hätte sie die Grundlagen ihrer eigenen Familiengeschichte zu verteidigen gehabt, konnte aber meine Stoßrichtung nicht ausmachen und wusste deshalb nicht, wie sich entscheiden, für oder gegen ihren Bruder, weil sie mir glaubte oder ihrem Vater.

»… aber das liegt alles so lang zurück. Und ich muss jetzt hier diese scheiß Angestelltenliste machen.«

Mir knirschte die Seele. Wie musste man geartet sein, damit fünf Jahre lang sind?

7

Der Leichenwagen fuhr am Fenster vorbei über den Hof in Richtung Schulstall.

Siglinde begann, die Namen aus den Personalakten auf das Blatt Papier zu malen. Ich nahm das Telefonbuch vom Schrank und schlug Bongart, Amselweg 39, nach. Dort ging niemand ans Telefon. Also Graber, Berggasse 12. Eine Mutter war zu Hause, die Tochter Petra nicht. Sie sei auf dem Weg in den Reitstall.

»Wissen Sie, ob Vanessa Bongart dabei ist?«, erkundigte ich mich.

»Petra wollte sie jedenfalls abholen. Sie fahren immer zusammen mit den Rädern. Wer sind Sie überhaupt?«

»Vielen Dank.« Ich legte auf und studierte den Reitplan. Weder Petra noch Vanessa waren für heute Nachmittag eingetragen. Haben die Eltern erst mal akzeptiert, dass die Töchter dreimal die Woche den Nachmittag im Stall verbringen, dann ist das für Teenager eine gute Basis, sich für andere Aktivitäten abzuseilen, zum Beispiel für gemischtgeschlechtliche Ausflüge ins Grüne.

Ich rief beim *Stuttgarter Anzeiger* an und überredete Pit Hessler nachzuforschen, ob in den Stuttgarter Ministerien ein Herr Bongart tätig war. Pit frotzelte, was ich denn in meinem Familienurlaub von einem Ministerialbeamten wolle, versprach aber, mich auf meinem Handy wieder anzurufen.

Der Leichenwagen fuhr erneut am Fenster vorbei, diesmal in

Richtung Eninger Landstraße. Danach schien hell und heiter die Sonne, und Leute gingen mit und ohne Pferd im Gefolge über den Hof, zuweilen angehalten von einem Polizeibeamten. Inzwischen dürfte Feil auch mit Hajo gesprochen haben. Wahrscheinlich hatte er währenddessen das Euter der hochtragenden Stute Hamsun inspiziert, um zu sehen, ob es schon erste Milch ausharzte.

»Seit wann ist Hajo eigentlich bei euch?«, erkundigte ich mich.

Siglinde hob die schwarzen Brauen. »Hajo? Seit vier, nein, fünf Jahren.«

»Kanntest du ihn von Oldenburg her?«

»Nein. Er stand eines Tages auf dem Hof und wollte Arbeit. In Marbach hatten sie ihn wohl als Stallburschen beschäftigt. Kein Wunder, dass es ihm da auf Dauer nicht gefiel. Hier hatte er doch ganz andere Möglichkeiten, vor allem als der alte Max entdeckte, dass er reiten kann. Er hat Hajo auf Hexe gesetzt.«

Sie lachte, ich auch. Hexe war ein Trakehner-Biest mit großem Talent zum Rodeo, das Waterloo, das jeder Stall für Prahlhänse bereithält.

»Das hättest du sehen müssen«, sagte Siglinde. »Am Ende hat Hexe keinen Huf mehr hochgekriegt.«

Ich stand auf und blickte in die Personalakte mit dem Arbeitsvertrag. Fünfhundert Mark monatlich bei freier Kost und Logis nach Abzug der Sozialversicherungsbeiträge. Jahrgang 57.

»Was ist denn das für eine Unterschrift? Hoja Lem. Der kann ja nicht einmal seinen Namen richtig schreiben. Kann der überhaupt lesen?«

Siglinde blickte verblüfft auf die Druckbuchstabenunterschrift.

»Hast du ihn jemals was lesen sehen?«

»Jetzt hör aber auf! Er liest die *Bild*-Zeitung zum Mittagessen.«

»Mehr Bild als Zeitung.«

»Quatsch. Ich meine, ja, aber wo gibt's das denn, dass einer nicht lesen und schreiben kann? Hier in Deutschland!«

»Hat er irgendwelche Papiere als staatlich geprüfter Pferdewirt, Zuchtwart oder Bereiter vorgelegt? Dann müsste er eine schriftliche Prüfung überstanden haben.«

»Wir haben ihn als Burschen eingestellt, wie du am Vertrag siehst. Da braucht er keine Papiere. Er hat nie eine Gehaltserhöhung verlangt.«

»Wer hat ihn denn eingestellt? Du oder dein Vater?«

»Papa macht nur die Buchführung. Ich lasse mir nicht gern dreinreden, wie du weißt.«

»Hast du dich erkundigt, warum Hajo aus Marbach weggegangen ist?«

»Wozu? Ich habe gleich gesehen, dass er mit Pferden klarkommt. Er hat den absoluten Züchterblick. Führ ihm ein Pferd vor, und er nennt dir den Pedigree bis zu den Urgroßeltern.«

Mich interessierte die englische Bedeutung des Pedigrees mehr, nämlich das Vorstrafenregister. Doch sah ich in diesem Moment draußen ein untersetztes mausblondes Mädchen in Gummireitstiefeln über den Hof marschieren.

»Bin gleich wieder da«, sagte ich und stürzte hinaus auf den Hof. »He, Moment! Bist du Petra Graber?«

Das Mädel drehte sich um. Ihr rundes Gesicht unter welken Dauerwellen hatte einen entschiedenen Unterschichtzug.

»Eigentlich suche ich Vanessa Bongart«, sagte ich. »Deine Mutter sagte, du wolltest sie auf dem Weg hierher abholen.«

In Petras Gesicht reifte Trotz. »Was wollen Sie denn von Vanessa?«

»Wann hast du sie das letzte Mal gesehen?«

»Warum wollen Sie das wissen?«

Da half nur erwachsene Hochnäsigkeit. »Ihr beide seid doch für heute gar nicht zur Reitstunde eingetragen.«

»Na und? Wir reiten auf Rex und Feh aus. Auf Privatpferden. Oder ist das verboten?«

»Aber Vanessa ist nicht hier«, sagte ich. »Zu Hause ist sie auch nicht. Es geht zumindest niemand ans Telefon.«

»Bin ich denn ihr Kindermädchen?«

»Aber gestern zur Reitstunde um halb fünf war sie da?«

»Hm, ja.«

»Seid ihr danach zusammen heimgeradelt? Oder ist sie noch geblieben?«

»Ja.«

»Was denn nun? Sie ist noch geblieben, ja? Und warum? War sie mit jemandem verabredet?«

»Weiß ich doch nicht.«

»Ich dachte, ihr seid Freundinnen.«

In ihren Augen hatte das Misstrauen die Farbe blaugrün. »Was geht Sie das eigentlich an? Außerdem muss ich jetzt gehen.«

Etwas x-beinig mit unglücklich dickem Hintern und Reitkappe und Gerte in der Hand ging sie zur Arsbrücke fort. In drei Minuten würde sie einem Polizeibeamten über den Weg laufen, ihre Personaldaten lassen müssen und erfahren, warum ich diese Fragen gestellt hatte. Dabei fiel mir ein, dass Vanessas Fahrrad noch draußen auf dem Parkplatz stehen musste, wenn sie gestern Abend den Stall nicht mehr verlassen hatte. Aber ich erinnerte mich nicht, heute Vormittag ein Fahrrad auf dem Parkplatz gesehen zu haben.

Ich kehrte zum Wirtschaftshaus um und versuchte, mein mütterliches Erbe abzuschütteln, all die Geschichten von Vergänglichkeit, von offenen Beinen, Kehlkopfkrebs und Blut im Stuhl, all diese Toten, deren Fotos man vors Glas unter den Rahmen des Küchenschranks klemmte, diese Kreuze auf Gräbern, diese Lust am Tod. Hör auf, dich um sterbliche Überreste zu kümmern. Der Tod der Reiterin geht dich nichts an. Den Tod von Todt wirst du so auch nicht klären.

Außerdem hatte der General mich nie so behandelt, dass ich jetzt das Bedürfnis verspüren müsste, Schaden von seinem Gestüt abzuwenden. Höchstens Siglinde hatte es verdient, dass man ihr das Leben ein wenig erleichterte. Aber ob ihr wirklich damit gedient war, wenn am Ende ihr Hauptbereiter Hajo in Handschellen abgeführt wurde?

Siglindes Blutsteinaugen funkelten mir entgegen, als ich wieder das Büro betrat. »Stell dir vor, was ich gerade eben erfahren habe. Ich habe nämlich Karla angerufen. Sie schafft als Sekretärin in Marbach.«

»Ah.«

»Und sie hat mir erzählt, dass sie Hajo vor fünf Jahren entlassen haben. Drei Tage danach brannte eine Scheune.«

Ich war verblüfft. So sehr hassliebte sie ihn, dass sie ihn unbedingt hängen sehen wollte.

»Und warum haben sie ihn entlassen?«

»Weil … nun, Karla erinnert sich deswegen so gut an ihn, obwohl er nur vom Schulstall der Bursche war, weil es damals einen Skandal mit einem Mädchen gab. Er soll ihr nachgestiegen sein. Da gab es dann wohl was in einer Sattelkammer. Jedenfalls war es eindeutig, und sie haben ihm fristlos gekündigt und mit einer Anzeige gedroht, wenn er sich je wieder blicken lässt.«

Die Handschellen blitzten schon.

»Dann gnade ihm Gott«, sagte ich, »dass Hajo jetzt ein lückenloses Alibi hat.«

»Ich weiß nicht.« Bis zu Mord wollte Siglinde augenscheinlich nicht gehen, aber es gefiel ihr sichtlich die Idee, den abhängig beschäftigten Hauptbereiter mit den Marbacher Vorfällen endlich in den Griff zu kriegen. Der durfte nicht mehr mucken, wenn er nicht Stellung und Kopf verlieren wollte. »Außerdem«, sinnierte sie, »ich glaube gar nicht, dass es Mord war. Die Polizei wird nichts finden. Es war ein Unfall. Hajo ist kein Mörder. Dazu ist er viel zu weich.«

»Zu weich?«

Just in diesem Moment ging die Tür auf und ebenjener platzte ins Büro.

»Schimmel ist da, um Prinz einzuschläfern. Hast du das etwa angeordnet?«

»Jetzt mach keinen Aufstand. Prinz ist nicht mehr tragbar.«

»Er ist nur seinem Instinkt gefolgt. Er kann nichts dafür. Diese Gören wissen doch genau, dass sie ihn in Frieden lassen sollen. Jeder weiß das.«

»Dann schläfern wir doch die Gören ein«, sagte ich munter.

»Sparen Sie sich diesen Zynismus!«, fuhr er herum. »Leute wie Sie stecken ihre eigene Mutter in die Klapsmühle. Und wenn ein Pferd Probleme macht, dann ab damit zum Metzger und zu Sauerbraten verhackstückt.«

»Aber bitte mit Rosinen!«

Hajo schnaubte und wandte sich wieder Siglinde zu. »Es gibt keinen Grund, Prinz jetzt einzuschläfern. Ich habe ihn zu Hexe und Sascha auf die Nachtkoppel gestellt. Da tut er keinem was.«

»Früher oder später müssen wir es doch tun«, sagte Siglinde. »Wir haben zu viel Publikumsverkehr. Wir können uns so etwas nicht leisten. Wir sind auf die Reitschüler angewiesen und darauf, dass die Gemeinde uns unterstützt. Seitdem die Tochter des Försters bei uns reitet, dürfen wir auch in den Wald. So geht das nun mal. Wenn die Kinder nicht mehr kommen, wenn die Eltern den Kindern verbieten, hier zu reiten, dann gute Nacht. Wenn sich das rumspricht, dass unsere Pferde die Kunden tottreten … wenn das durch die Presse geht!« Sie warf mir einen prüfenden Blick zu. »Ich seh schon die Schlagzeile …«

»Mörderpferd kriegt Gnadenbrot«, soufflierte ich.

Angesichts der zwei Weiber, die einander sekundierten, schrumpelte dem Mann der Schwanz. Hajo ächzte und zog die unteren Augenlieder hoch. Sein Blick war so schwer zu orten wie der eines Pferdes, das fast dreihundertsechzig Grad überblickt, aber das Gras vor der eigenen Schnauze nicht sehen kann. Der Blick in die Augen ist auch für Pferde das Signal für Aggression, weshalb ein Bereiter danebenschaut, wenn er ihm an den Kopf fasst. Offensichtlich ähneln sich die Hirnstrukturen von Mensch und Tier so sehr, dass jeder Säuger erkennt, wo sich in so unterschiedlich geformten Schädeln wie denen von Pferden und Menschen die Augen befinden. Offenbar war das Hirn des Hauptbereiters auch dem menschlichen ähnlich genug, dass er merkte, dass er sich rationalen Argumenten beugen musste.

»Aber könnte man nicht erst einmal einen Käufer für Prinz suchen«, sagte er.

»Wer soll den denn kaufen?«

»Vanessa Bongart zum Beispiel. Sie reitet ihn sowieso ständig. Der Vater hat, wie du weißt, genügend Geld. Und sie will ihn schon lange haben.«

Siglinde biss sich auf die Lippen und sah mich an. Ihr plötzliches Schweigen bewog auch Hajo, mich anzusehen.

»Wie weit«, sagte ich, »würden Sie denn gehen, um Prinz das Leben zu retten? So wie es im Moment aussieht, haben Sie sogar eine gute Chance, wenn Sie zugeben, dass Sie ein Mörder sind. Dann wäre das Pferd aus dem Schneider. Außerdem könnten Sie uns dann auch gleich sagen, wer die Tote ist. Die Polizei würde sich freuen.«

In Hajos Augen blitzte ein schräger Funke. Mich wollte er keiner Antwort würdigen, aber er wandte sich an Siglinde. »Nimm dich in Acht. Der Schuss könnte nach hinten losgehen.«

Damit drehte er sich auf dem Absatz um und verließ das Büro, ohne die Tür zu knallen. Vom Fenster aus sah ich, wie er mit langen Beinen zur Brücke eilte.

»Das war eine Drohung«, stellte ich fest.

Siglinde lachte. »Ach was! Er droht immer, aber er tut nichts. Als sein Arabal vor drei Wochen auf der Weide zusammenbrach und verendete, da drohte er, er werde mit der Flinte alle Spaziergänger abknallen, die sich den Koppeln mit Grünzeug nähern. Du kennst das ja, sie meinen immer, sie müssten die Pferde füttern. Das steckt einfach drin in den Leuten. Zucker für Pferde. Und wenn sie nichts dabeihaben, dann reißen sie Grünzeug aus. Bei Eibe reicht schon ein kleines Zweiglein.«

»Welches Pferd ist denn so instinktlos und frisst Eibe?«

»Schimmel meint, das könnte vorkommen, vor allem bei jungen Stallpferden, wenn sie neugierig sind. Arabal war absolut neugierig und furchtlos. Du hättest ihn mal sehen sollen, wie er auf die Hindernisse losging. Selbst Hajo konnte ihn kaum halten. Es ist wirklich eine Schande. Nebenbei haben wir auch eine Stange Geld verloren, wenn Hajo recht behält. Denn wenn eines von den beiden Fohlen Arabals wirklich in Iffezheim gewinnt, dann hätten wir für jedes seiner nächsten Einjährigen auf der Herbstauktion in Deauville dreihunderttausend bekommen.«

»Aber Arabal gehörte doch nicht Hajo.«

»Natürlich nicht. Er hat ihn nur ausgebildet. Deshalb muss er sich auch gar nicht so aufspielen, als ob ihm jemand das Pferd genommen hätte. Es ist doch so: Ich hätte Millionen machen können. Eigentlich müsste ich ihn haftbar machen, weil er nicht besser aufgepasst hat.« Sie betrachtete ihre handschriftliche Personalliste. »Ob das der Ziege wohl reicht? Ach was, es muss. Ich habe jetzt keine Zeit mehr. Ich muss mit Schimmel reden. Wenn er schon mal da ist, kann er sich wenigstens den Hannibal ansehen.«

Sie nahm die Liste, schloss das Büro ab und war weg, ehe ich kapierte, dass Hajo sich durchgesetzt hatte. Prinz wurde jetzt offenbar doch nicht eingeschläfert.

8

Ein Dutzend Schulpferde befanden sich mit ihren jugendlichen Reiterinnen und Reitern auf der großen Außenbahn neben der Halle. Auf dem ersten Pferd, einem Hannoveraner, saß ein Mädchen, das auch Vanessa hätte heißen können. Das ungeschriebene soziale Gesetz lautete, dass die Schönen und Reichen immer die besten Reiterinnen waren und darum die Vorpferde bekamen. Die mit den Brillen hingegen gurkten der Abteilung hinterher. In der Mitte der Bahn stand Tilde, eine Frau mit grauem Kurzhaarschnitt, mitleidlosem Zug im Gesicht und der Statur eines in die Jahre gekommenen Ziegenbocks. Sie war dick geworden, weil sie wegen der Bandscheiben nur noch selten ein Pferd bestieg, und wenn, dann nur im Schritt durchs Gelände bummelte. Aber sie trug Reithosen, als ob es gelte zu demonstrieren, dass sie jederzeit konnte, wenn sie wollte, im Gegensatz zu den Anfängern, die sie unterrichtete und die sich, wenn der Gaul nicht tat, was sie wollten, mit dem Satz rausredeten: »Der will nicht.«

»Abteilung, *Terap*, marsch! Und Leichttraben.«

Allmählich zockelte die Abteilung los. Die Pferde schlurrten, die Mädchen und Jungs versuchten, jeden zweiten Schritt, immer dann, wenn die bahnäußere Pferdeschulter vorging, den Hintern aus dem Sattel zu bekommen. Daheim erklärten sie dem Vater, der Trab nicht vom Galopp unterscheiden konnte, dass das Kommando *Scheeritt* Schritt bedeutete und *Terap* Trab und dass man am Anfang leichttraben musste und dann später aussitzen und das Pferd an den Zügel stellen.

Kommissarin Feil kam auf dem Weg vom Pferdebad herbei und blieb stehen. Ihre hellbeigefarbene Jacke sah irgendwie anders aus, gepunktet. »Die werden es nie lernen«, bemerkte sie. »Schauen Sie sich das an. Die Köpfe wackeln, die Beine baumeln. Es gibt nur wenige Menschen, die je ein Gefühl dafür kriegen.«

Ich vermutete im Stillen, dass Feil sich zu den wenigen zählte.

»Durch die Bahn wechseln!«, kommandierte Tilde. Die Karawane schwenkte auf die Diagonale. Die Kinder zogen an den Zügeln.

Feil schrie auf. »Das ist ja grauselig. Mit dem Gesäß lenkt man ein Pferd! Gymnasium des Reiters, wissen Sie, was das ist?«

Ich schüttelte den Kopf.

»Sehen Sie! Die meisten haben keine Ahnung, dass man bei der Parade nicht am Zügel zieht, sondern sie mit dem Gesäß setzt, und zwar im richtigen Moment. Aber dazu muss man halt spüren, wo sich das Hinterbein des Pferdes gerade befindet. Ein Pferd reagiert ja nur reflexhaft auf den Druck des Gesäßknochens auf seine Rückenmuskulatur und führt automatisch aus, was Sie von ihm fordern, vorausgesetzt, Sie wissen, was Sie wollen.«

Ohne Zweifel wusste Feil haargenau, wie man jemanden belehrte, ohne den Beweis anzutreten, dass sie es selber konnte. Ich hätte sie zu gern auf Hexe gesehen. Aber schon eilte sie weiter. Ich hätte sie fragen sollen, ob Tilde ihre Reitschülerin Vanessa Bongart identifiziert hatte, und war drauf und dran, ihr hinterherzulaufen, als mein Handy im Jackett zu wimmern anfing. Ich sprang weg von der Reitbahn, ehe die Pferde scheu wurden, und hielt mir das andere Ohr zu.

»Kultusministerium, Moment, ich verbinde«, befahl eine Frauenstimme.

»Bongart«, meldete sich gleich darauf eine sonore Autoritätsperson. »Ihr Kollege Hessler vom *Stuttgarter Anzeiger* hat mich davon in Kenntnis gesetzt, dass Sie mich sprechen wollen, Frau Nerz.«

Um Gottes willen! Was war in Pit Hessler gefahren, dass er meine Nummer weitergab. Ich konnte Herrn Bongart doch nicht einfach mitteilen, dass seine Tochter vielleicht im gerichtsmedizinischen Institut der Universität Tübingen lag.

»Ich fürchte, es handelt sich um ein Missverständnis ...«

»Sie hatten Herrn Hessler gebeten herauszubekommen, wo ich arbeite«, sagte Bongart, ganz Mann unbürokratischer Entschlusskraft, »deshalb rufe ich Sie gleich selber an. Ich habe nämlich eine Konferenz und kann nicht gestört werden. Aber man möchte doch ganz gern wissen, warum die Presse nach einem fahndet.«

Wahrscheinlich gab es im Kultusministerium einen Skandal, von dem wir noch nichts wussten. Ich musste Pit nachher anspitzen, aber zunächst musste ich mich herausreden.

»Ich hätte Sie bestimmt nicht in der Sitzung gestört, so dringend ist es nicht. Es ist … äh … es ist eigentlich ganz lächerlich. Wissen Sie, ich mache eine Reportage übers Reiten. Über Mädchen und Pferde, genauer gesagt. Ich bin hier auf dem Gestüt Gallion, und Ihre Tochter …«

»Wie kommen Sie auf meine Tochter?«

»Rein zufällig, genauer gesagt, über ihre Freundin Petra Graber.«

»Und was habe ich damit zu tun? Muss ich das Interview genehmigen, oder wie?«

Ich verfluchte Pit aus schwärzestem Herzen. »Es ist so, dass Vanessa heute ausreiten wollte, aber sie ist nicht gekommen. Da habe ich gedacht, sie könnte vielleicht übers Wochenende bei Ihnen sein. Das wäre für mich auch viel praktischer, dann könnte ich das Interview mit ihr heute Abend oder morgen in Stuttgart machen und dann gleich in den Satz geben.«

Eine so einfältige und faule Idee aus törichtem Journalistinnenmund musste so einem Herrn Regierungsrat oder Staatssekretär unmittelbar plausibel erscheinen. Mir rutschte das Handy vor lauter Schweiß vom Ohr.

»Leider muss ich Sie enttäuschen. Meine Tochter ist nicht bei mir.« Es klang genervt. Es funktionierte.

»Dann entschuldigen Sie bitte vielmals die Störung. Es war wirklich nicht im Sinne des Erfinders.«

»Keine Ursache. Schönen Tag noch.«

Ich nahm davon Abstand, Pit anzurufen und anzuschreien. Vermutlich wartete er nur darauf, um bei der Gelegenheit herauszukriegen, was ich im Familienurlaub vom Staatssekretär oder Regierungsrat Bongart wollte. Vielleicht hoffte auch Hessler auf einen Skandal im Kultusministerium, von dem wir noch nichts wussten. Das konnte ich am Montag klären. Desgleichen, warum Pit sich nicht darauf beschränkt hatte, die Nachschlagewerke über Personen des öffentlichen Lebens durchzusehen, sondern die Ministerien durchtelefoniert hatte, um einen Bongart aufzutreiben. Doch schien es mir nunmehr dringend angeraten, Frau Feil nachzulaufen, um herauszufinden, ob die Tote identifiziert war. Vielleicht konnte ich dann Bongart wieder anrufen und den Eindruck von Schwachsinn tilgen, den ich hinterlassen haben musste. Mein Handy hatte seine Nummer noch im Gedächtnis.

Ich schaute mich um und sah, dass inzwischen das gesamte Reutlinger Dezernat für Tötungsdelikte anwesend war. Ein Dutzend Beamte in Zivil war immer noch damit beschäftigt, Personalien von Reitern und Reitschülern aufzunehmen. Die Befragung beschränkte sich allerdings auf ein »Haben Sie was mitgekriegt? Nein? Okay. Grüß Gott, haben wir Ihre Personalien schon?«

»Ja«, log ich, »aber können Sie mir sagen, wo Hauptkommissarin Feil ist?«

Der Polizist wies mich zum Stall gegenüber dem Schulstall. Ich fand sie in der Sattelkammer zwischen Sätteln auf Holmen, Trensen, Toilette, Waschbecken und Schließfächern für Putzzeug und Pferdedecken der Privatpferdebesitzer. Sie kauerte am Boden und war dabei, Schließfach Nummer 8 auszuräumen.

»Igitt, das klebt ja alles.« Auf ihrem cremefarbenen Sommerblazer blühten hunderte kleiner erdfarbener Schmutzwasserpunkte. Das war mir vorhin schon aufgefallen, als sie mich an der Reitbahn über das Gymnasium des Reiters belehrte.

Ich ging bei ihr in die Hocke, Huffett, Pinsel, Lappen fürs Sattelfett, Bürsten und Schwämmchen im Putzkasten zwischen uns. »Suchen Sie was Bestimmtes?«

»Der Schlüssel für dieses Schließfach lag bei der Toten.«

»Dann können Sie die ganze Liste mit den Reitschülerinnen vergessen. Soweit ich weiß, haben Schließfächer nur diejenigen, die hier ein Privatpferd stehen haben.«

»Die Bongarts haben ihren Schlüssel nicht zurückgegeben, nachdem sie ihr Pferd verkauft haben, sagt Frau Gallion.«

»Dann ist Vanessa also inzwischen identifiziert?«

Feil blickte hoch. »Seien Sie nicht so voreilig. Wir gehen nur zunächst einmal davon aus, dass sie es ist. Vielleicht wissen wir Genaueres, wenn wir endlich Vater oder Mutter erreichen.« Mit spitzen Fingern klaubte sie das Putzzeug aus der Kiste. Offenbar hatten ihre lieben Kollegen für sie nirgendwo mehr ein paar Handschuhe auftreiben können. Striegel, Kardätsche, Bürste, Schimmelhaare flogen. »Bäh!«, machte sie und ließ eine Tüte mit Trockenleckereien für Pferde, die rötlichem Hundekuchen ähnelten, vor meiner Nase fallen. In der Tüte, das sah ich, befand sich ein Grünzeug, das da nicht hineingehörte.

»Übrigens«, sagte ich, »ich habe die Stuttgarter Telefonnummer von Bongart.« Ich zog mein Handy und aktivierte die Nummer des letzten Anrufs. »Fragen Sie mich nicht, wieso er mich angerufen hat. Ich habe ihm jedenfalls nichts gesagt.«

Feil löschte die Missbilligung nicht aus ihrer geföhnten Mimik, setzte aber die Wählelektronik in Gang, stand mit knacksenden Knien auf und ging vor die Tür.

So hatte ich Gelegenheit, in die Tüte mit den Pferdeleckereien zu langen. Sonderlich beschlagen in Grünzeug war ich nicht, aber nach Tanne, Fichte oder Kiefer sah der Zweig nicht aus. Die Nadeln waren weich und dunkelgrün. Ich erinnerte mich plötzlich, dass eine Hecke mit solchen Nadeln und kleinen hochroten Beeren in Neu-Vingen stand, zwischen der Wieselstraße und dem Amselweg, wo Bongarts wohnten. Eibe!

Draußen vor der Tür überschlug sich Feils Stimme bei dem Versuch, der Sekretärin im Innenministerium klarzumachen, dass Herr Bongart sehr wohl aus der Konferenz geholt werden könne, wenn die Polizei ihn zu sprechen wünschte. Wollte sie dem armen Vater in diesem Ton am Telefon beibringen, dass seine Tochter von ihrem Lieblingspferd zu Matsch und Mist getreten worden war?

Ich steckte das Eibenzweiglein in die Innentasche meines Jacketts. Ein Dutzend grüne Nadeln zwischen dem rostroten Möhrengebäck mussten der Polizei eigentlich genügen, um herauszufinden, dass Vanessa in ihrem Fach ein äußerst starkes Pferdegift lagerte. Vor allem bei dem Sachverstand Feils.

»So? Nicht da?«, hörte ich sie sagen. »Haben Sie nicht eben noch behauptet, er sei in einer Sitzung?« Die Antwort fiel offenbar kurz aus. Die Kommissarin bedankte sich in den höchsten Tönen der Ironie und kam herein, um mir das Handy zurückzugeben. »Der glaubt wohl, mit mir kann er's machen. Dann schicken wir eben zwei Beamte ins Kultusministerium.«

Während sie redete, langte ich die Reitkappe von ganz hinten aus dem Fach. Es war ein modernes sturzhelmartiges Gerät mit Plastikteil als Kinnschutz. Innen in der Kappe klebte ein beschriftetes Pflaster. Ich reichte sie an Feil weiter.

»Bongart«, las sie vom Pflaster ab. »Na bitte. Dann soll die KT das jetzt alles mitnehmen.«

»Haben Sie auch die Mistgabel aus dem Schulstall sichergestellt?«, fragte ich.

»Welche Mistgabel?«

»Die, die innen in der Sattelkammer stand und jetzt davor lehnt.«

»So ein Ding geht doch durch tausend Hände.« Feil schnippte sich die Schimmelhaare vom fleckenübersäten Blazer und kratzte an einem der kleinen Punkte. »Aber mitnehmen können wir sie ja mal.« Die kleinen Pünktchen blieben.

»Ich habe heute früh auch schon ein Kostüm ruiniert«, sagte ich von Frau zu Frau.

»Das hat er mit Absicht gemacht. Es war Absicht. Dieser Hajo hat den Gaul aus dem Wasserbecken geholt, und der hat sich natürlich geschüttelt, bevor ich wegkonnte. Er hätte mich wirklich vorwarnen können.«

Ich unterdrückte ein Grinsen.

»Und jetzt lassen Sie mal die Finger von Vanessas Sachen«, raunzte sie. Mit flatternder Sommerjacke und flatternden hellbeigen Hosenbeinen eilte sie davon.

9

Warum sagte ich Feil nichts vom Eibenzweig und Arabal? Weil wir Vingener die Reutlinger Polizei nicht gern unterstützten. Aber musste ich gleich wieder kindisch werden, kaum war ich zurück in Vingen?

Wenn also Vanessa Hajos Pferd vergiftet hatte, dann war Hajo ihr Mörder. Ein Bereiter, der sich darüber aufregte, dass ein böses Pferd eingeschläfert werden sollte, der rastete womöglich richtig aus, wenn jemand einen Zuchthengst vergiftete, und überließ die Hinrichtung wiederum einem Pferd. Zwar galt es noch zu klären, warum Vanessa Arabal vergiftet hatte, aber Hajo hatte ein starkes Motiv, sich zu rächen, ein Motiv, das durch seine Marbacher Brandstiftung nach der Entlassung wegen sexueller Belästigung noch mehr Gewicht bekam.

Nur: eigentlich ging mich das Ganze nichts an. Die Polizei würde schon selber draufkommen. Selbst wenn Feil zu ungeschickt war, die Wahrheit zu erfragen, so hatte sie doch Fachleute, die Spuren analysierten, Alibis verglichen und Vorstrafendaten abfragten. Mein Bestreben hätte es sein müssen, mich rauszuhalten. Aber konnte ich das noch? Durfte man sich überhaupt desinteressiert abwenden, wenn ein junges Mädchen ermordet wurde? Falls es tatsächlich Mord war. Außerdem konnte ich Siglinde vielleicht doch nützlich sein. Falls ich das wollte.

Zumindest schien es mir geboten, sie zu warnen. Sie hatte die Marbacher Vergangenheit ihres Hauptbereiters herausbekommen. Wenn sie ihn triumphierend damit konfrontierte, dann könnte ihm der kurzschlüssige Gedanke kommen, dass Siglinde zum Schweigen gebracht werden müsse, damit er für seine Flucht ein paar Stunden Vorsprung gewann. Denn falls Hajo Vanessas Mörder war, dann musste ihm klar sein, dass das Bekanntwerden seiner Entlassung wegen sexueller Belästigung und anschließender pyrotechnischer Rache ihn in Untersuchungshaft brachte.

Ich ging Siglinde suchen. Ein Stallbursche meinte, sie sei mit Tierarzt Schimmel zur Nachtkoppel gegangen. Damit war die kleine Weide am Westrand gen Vingen gemeint, auf der die Robustpferde nicht nur im Sommer, sondern auch im Winter die Nacht verbrachten, zum Beispiel Sascha. Hajo hatte erwähnt, dass er Prinz dorthin gebracht hatte. Sascha, das Island-Pony, auf dem Siglinde ihre ersten Reitversuche gemacht hatte, musste inzwischen ein biblisches Alter von über dreißig erreicht haben. Mit Kindern im Sattel war er lammfromm, aber er warf jeden Erwachsenen ab, ähnlich wie die kleine Trakehnerstute Hexe, die unterm Sattel zur Furie wurde. Jedes noch so noble Gestüt hatte in irgendeiner Ecke ein paar dieser Haudegen stehen.

Der kürzeste Weg zur Nachtkoppel führte über die große Wasserweide im Arsbogen. Die Koppeln zur Landstraße hin waren mit Elektrozäunen parzelliert, in denen die Privatpferde einzeln oder zu zweit grasten. Man fasste sie nicht zu einer größeren Herde zusammen, weil die notwendigen Rangkämpfe das Risiko von Verletzungen bargen.

Auf der Wasserweide grasten fünf Pferde von jenem arabischen Zuschnitt, den sich Privatpferdehalter leisten konnten. Von den drei langen, drei kurzen, drei breiten und drei trockenen Dingen fehlten stets ein paar. Eine kleine Frau stapfte drahtig mit Strick in der Hand durch die Wiese. Sie steuerte auf einen Schimmelwallach zu, den edelsten von allen, der mit aufmerksamem Ohr scheinbar gleichgültig Gras rupfte.

Als sie bis auf zehn Meter heran war, hob er Kopf und Schweif und trabte los. Sie hinterher. »Falko, komm, Mörli!«

Aber Falko entlief Möhre und Strick. Die Mähne flatterte silbrig, die Augen blitzten im frei erhobenen Hechtkopf. Er kannte seinen Vorteil auf der Weide und wartete grasend an der oberen Weidenecke, bis seine Herrin erneut auf zehn Meter heran war. Dann startete er schweifschlagend und flog in lockerem schwingendem Trab den Zaun entlang. Die Sonne versilberte seinen Leib. Da half kein Flöten und Schreien, kein Locken mit Möhren. Falko konnte Freiheit gegen Fressen abwägen. Und das, was seine Herren mit ihm beim Ausritt oder in der Reitbahn anstellte, reizte ihn offenbar überhaupt nicht.

Ich blieb mitten auf der Weide stehen und zündete mir eine Zigarette an. Die Dame warf mir einen wütenden Blick zu. In so einem Moment, da das eigene Pferd mit einem Fangen spielte, waren Zeugen peinlich. Ihr orientalisches Parfüm wehte grimmig an mir vorbei, als sie ihrem Pferd zur Ars hinab folgte. Dort graste Falko an der Böschung.

Plötzlich jedoch warf er sich auf, hob den Kopf, spitzte die Ohren, richtete die Augen in die Ferne und witterte in meine Richtung. Zwei der anderen Pferde taten dasselbe. Pferde reagieren auf Silhouetten. Wenn eines sich aufwirft, wollen die anderen wissen, was seine Aufmerksamkeit erregt. Meine Gestalt in Jeans und Jackett entsprach nicht der, die für die Tiere Indiz für reiterliche Interessen war. Das mochte kurzzeitig Neugierde auslösen. Während die anderen Pferde alsbald die Schnauzen wieder ins Gras senkten, musste Falko erneut losstürmen, um seiner Halterin zu entgehen, die bereits gefährlich nahe gekommen war.

Er inszenierte ein paar Hengstsprünge und schwenkte dann von der Ars herauf in die Mitte der Weide. Er kam auf mich zu, die Nüstern geweitet, die Antilopenohren nach vorn gerichtet, den Wind in den Stirnhaaren. Hatte er dabei die Nüstern drohend verzogen oder nicht? Ehe ich mich entscheiden konnte, ob und wie ich auf einen Angriff reagieren sollte, fiel er in Trab, stoppte abrupt und blieb stehen, keine zwei Meter von mir entfernt. In den Nüstern gluste es rosa.

Mein Puls beschleunigte. Nach bald fünfzehn Jahren Umgang mit Pferden hatte ich aufgehört, an die märchenhafte Freundschaft zwischen Mensch und Pferd zu glauben. Sie ertrugen uns nur, weil wir sie einsperrten und dann kamen, um sie aus den Boxen zu erlösen. Wie jede Geisel waren sie ihren Peinigern dankbar, wenn es in der 24-Stunden-Einsamkeit Abwechslung und kleine Freuden gab. Ein momentan freies Pferd wie Falko musste den Kontakt zu mir nicht suchen. Das gab es nicht. Und doch stand der Araber keine zwei Meter von mir entfernt und blähte die Nüstern. Was hatte ich ihm denn zu bieten?

Aber klar doch: eine qualmende Zigarette. Araberpferde liebten Tabakrauch. Ich musste lachen. Falko spielte mit den Ohren.

»Nimm ihn!«, schrie Falkos Herrin, von der Ars herbeistapfend. »Halt ihn fest!«

Das nun wieder nicht. Der Versuchung galt es zu widerstehen. Erstens reagierte ein Pferd immer schneller, als ein Mensch nach seinem Halfter fasste, zweitens war ich zu eitel, um mich Falko gegenüber mit seiner Fängerin gemeinzumachen. So kam es, dass ich mich just in dem Moment abwandte, als auch Falkos Muskeln zuckten, um mir auszuweichen. Gleichzeitig setzten wir beide uns in dieselbe Richtung in Bewegung. Synchrone Bewegungen waren wiederum ein

Grundmuster pferdemäßigen Verhaltens. Selbst im rasenden Galopp stimmten zwei Pferde Schulter an Schulter Tempo und Richtung aufeinander ab. Der Rangniedere blieb dabei eine Nasenlänge hinter dem Ranghöheren. Zufällig ging ich einen halben Meter vor Falko. Als ich von der Geraden abwich, kam er mit. Ich blieb stehen, er auch. Ich machte zwei Schritte, er folgte. Als ich dann erneut stoppte, stippte er mit den Nüstern gegen mein Schulterblatt und schnaufte.

Ohne mich umzudrehen und ohne ihn anzusehen, langte ich von unten an seinem Hals entlang nach dem Halfter. Er zuckte leicht mit dem Kopf nach oben, akzeptierte aber.

Mir klopfte das Herz. Kein Pferd hatte mir je Gelegenheit zu einem solchen Kunststück gegeben. Die wahren Heldentaten ereigneten sich unauffällig. Ein Kenner bewundert nie den Reiter, der einen steigenden Hengst bändigt, sondern immer nur den, dessen Umgang mit dem Vollblüter von langweiliger Harmonie ist.

»Machen Sie die Zigarette aus«, pflaumte Falkos Herrin. »Das ist Tierquälerei.« Sie schob Falko eine Möhre ins versonnene Maul, schimpfte ihn Schlawiner und Lump und hakte ihm so grob den Führstrick in den Ring am Halfter, dass er den Kopf hochwarf und drohend Nüstern und Lippen verzog. Dabei klopfte sie ihm klatschend auf den Hals. Hätte sie mir solche Zärtlichkeiten versetzt, ich hätte ausgeschlagen, aber Falko war offensichtlich gutmütig und gewillt, die unmotivierten menschlichen Gesten als nicht feindselig zu ignorieren.

Ich trat die Kippe im Weidenboden aus, während die Dame ihren Wallach am gespannten Strick hinter sich her zum Koppeltor zerrte wie einen bockigen Esel, und wandte mich der Nachtkoppel zu.

Aus dem Gebüsch am Zaun trat mir Hajo entgegen. »Da haben Sie Falko aber keinen Gefallen getan.« Er lächelte gemein. »Wo wollen Sie denn hin?«

»Jemand sagte mir, Siglinde sei mit Schimmel auf der Nachtkoppel.«

»Da hat Sie aber jemand an der Nase herumgeführt. Sie ist mit der Kommissarin beim alten Gallion.«

Oder er wollte mich an der Nase herumführen. »Haben Sie was dagegen, wenn ich trotzdem auf der Nachtkoppel nachschaue?«

»Aber nein, gar nicht. Das trifft sich sogar gut. Ich wollte Ihnen nämlich etwas zeigen.«

Ich wurzelte sofort im Gras. »Was denn?«

»Das werden Sie schon sehen. Kommen Sie.«

Das alte Selbstschutzprinzip hielt gegen. Geh nie mit einem Mann in die Büsche, der dir etwas zeigen will. Die Nachtkoppel lag sehr abgeschieden.

»Nein danke.« Ich wandte mich ab.

»He!«, rief er. »Hier geht's lang.«

Ich hörte Gras hinter mir rascheln. Er wird doch nicht, dachte ich, aber da spürte ich schon Finger am Ellbogen. Reines Adrenalin flutete mein Blut. Was glaubte der eigentlich, wer er war? Verpasste Kommissarin Feil eine Dusche, die ihren Blazer reinigungsreif machte, und fasste mich an. Und wenn er hundertmal seine Pferde fromm machte mit Sporen und Kandare, mich nicht. Ich fuhr herum, direkt in ihn hinein, rammte meine Schulter gegen seine, hakte meinen Fuß hinter seine Ferse und riss ihn um.

Sein Stiefel fuhr gen Himmel, der Kopf ins Gras. Während er noch rückwärts fiel, schoss mir ins Bewusstsein, dass ich das nicht hätte tun dürfen, ohne mich vorher zu vergewissern, dass es keine Zeugen gab. Monatelanger Hohn und Spott war ihm sicher, auch wenn er augenblicklich vernichtend zurückschlug.

Plötzlich wurde mir klar, dass ich von meiner Mutter den Jähzorn geerbt hatte. So also fühlte sich das an, wenn es einem die Sicherung raushaute. Man fühlte sich auch noch im Recht.

Man hatte Dutzende Gründe, sich im Recht zu fühlen, vor allem die Not, sich Respekt zu verschaffen. Aber so einer nahm eine Demütigung nicht hin. Jetzt hatte ich Krieg.

Ich gewann ein paar Meter Kampfabstand, während sich Hajo auf die Füße rappelte, die grausig blauen Augen geschlitzt. War es Wut oder Respekt? Wieder einmal versuchte ich, aus dem Blick eines Mannes abzulesen, was er fühlte und was er tun würde. Aus dieser Abhängigkeit kamen wir Weiber nie raus. Wir konnten noch so sehr im Recht sein, wir fürchteten seine Rache. Kam sie gleich?

Er klopfte sich das Hinterleder, hob das Kinn und schnalzte mit der Zunge. »Immer mit der Ruhe, Mädel. Keine Panik.«

Nein, er rächte sich nicht gleich. Er würde es überlegt tun. In kaltem Zorn hatte er nach seiner Entlassung die Scheune in Marbach abgefackelt. Genauso bedacht hatte er Vanessa getötet. Und jetzt kringelte er die Lippen.

»Frau Nerz, Sie müssen mir die Gelegenheit geben, Ihnen etwas zu zeigen. Sie trauen mir einen Mord zu. Sie haben mich vorhin vor Siglinde praktisch beschuldigt, ich hätte Vanessa umgebracht.«

»Falsch. Ich habe den Namen Vanessa nicht erwähnt. Ich wollte, dass Sie ihn nennen. So wie jetzt.«

Er hob die Hände. »Ich weiß es von der Kommissarin. Sie glaubt, dass die Tote Vanessa ist.«

»Sie nicht?«

»Ich weiß es nicht.«

»Haben Sie heute früh die Schulpferde versorgt? Warum Sie selber. Hätten Sie nicht irgendeinen Knecht beauftragen können? Es laufen doch genug rum.«

»Ehe ich einem Knecht sage, dass Prinz zwei Scheffel Hafer kriegt und Schneekönig nur einen halben und dass Aldo nur Kraftfutter haben darf, da mache ich das doch lieber selbst. Und misten kann der Aggi auch am Mittag, wenn er den Rausch ausgeschlafen hat. Dass Aggi betrunken sein würde, wusste ich schon gestern Abend. Er hat sich mal wieder von irgendwoher eine Flasche Schnaps ergaunert.«

»Und Sie haben tatsächlich keine Leiche in Prinz' Box gesehen?«

Hajo zog kaum merklich die Brauen zusammen. »Nein. Ich habe ihn durchs Gitter gefüttert und nur in den Trog geschaut.«

»Und gestern Abend? Haben Sie Vanessa da gesehen? Und wo?«

»Ich habe sie nicht gesehen. Aber ihre Mutter, Heide. Sie ist bei mir in der S-Gruppe mitgeritten, und zwar auf Zoro, einem von Gallions Pferden. Wenn Sie wissen wollen, warum der alte Gallion seinem Zoro eine so schlechte Reiterin zumutet, müssen Sie ihn fragen.«

»Dann geben Sie den Unterricht um sieben?« Wenn die Gerichtsmediziner feststellten, dass Vanessa vor acht Uhr zu Tode gekommen war, dann hatte er ein Alibi.

»Immer donnerstags«, sagte Hajo. »Die Leute wollen von einem Bereiter unterrichtet werden.«

»Sie sind doch gar kein Bereiter. Sie sind Stallbursche.«

»Fragen Sie Siglinde, was ich bin, wenn Sie mir's nicht glauben. Darf ich Ihnen jetzt das zeigen, was ich Ihnen zeigen will?«

Er wandte sich, ohne meine Antwort abzuwarten, dem Zaun der Nachtkoppel zu. Ich folgte ihm nun doch, allerdings mit Sicherheitsabstand. Wir stiegen durch die Latten und umrundeten das Gebüsch, das die Wasserweide von der Nachtkoppel trennte. Dahinter fiel das Gelände sacht zur Ars ab, die aus Vingen herantrullerte. Im Schatten einiger Ebereschen dösten drei Pferde, der riesige braunschwarze Hannoveraner Prinz, der kleine gescheckte Isländer Sascha und die fuchsfarbene Trakehnerstute Hexe. Drei Rebellen, die bockten, bissen und schlugen. Ich bedachte, wie Falko vorhin abgeführt worden war.

»Warum proben sie nicht alle den Aufstand, so wie die da?«

»Weil sie dumm sind wie Kühe«, sagte Hajo prompt.

»Weil sie ihren Vorteil erkennen«, widersprach ich. »Wir füttern sie.«

»Dann sind sie wirklich dumm, denn in der Steppe stehen sie im Fressen, da gibt es immer was, aber wir füttern sie nur morgens und abends. Wo ist da der Vorteil?«

»Sie haben ein Dach überm Kopf.«

»Und schlagen sich die Gelenke an der Stallwand auf vor lauter Langeweile.«

Ich stöhnte. »Aber Ihnen macht Ihr Job so richtig Spaß, ja?«

»Ich habe nichts anderes gelernt.«

»Übrigens«, sagte ich, »ich weiß, wer Arabal vergiftet hat.«

»So?«

»Vanessa.«

»Was Sie nicht sagen.«

»Nun«, sagte ich, »Spaziergänger waren es nicht. Ums Gestüt herum wächst keine Eibe. Spaziergänger pflegen Gras am Zaun auszureißen, wenn sie Pferde sehen. Oder sie bringen Brot und Zucker von zu Hause mit.«

»Schlimm genug. Aber ich habe nie behauptet, dass es Spaziergänger waren. Welches Pferd frisst schon einfach Eibe aus der Hand? Jemand hat Arabal die Eibennadeln unter den Hafer gemischt. Ich habe Haferkörner im Gras gefunden, dort, wo er verendet ist. Arabal war gierig auf Hafer, weil er nur ganz wenig bekam.«

»Wusste Vanessa das?«

Er zuckte erstaunlich desinteressiert mit den Schultern.

»Interessiert es Sie denn nicht, wer Ihr Pferd vergiftet hat?«

»Arabal war nicht mein Pferd.«

»Aber Sie hatten eine besondere Beziehung zu ihm.«

»Ich habe zu jedem Pferd eine Beziehung, das ich ausbilde. Er war ein Hadban, wie man in der früheren Sowjetunion die Mu'niqi nannte, falls Sie wissen, was das ist.«

»Nein.«

»Ein langgestreckter arabischer Rennpferdtyp, Doppelgänger des englischen Vollbluts.«

»Ah, richtig. Siglinde wird nicht müde zu betonen, dass Sie von einer großen Rennpferdezucht geträumt haben. Arabal war Ihr geistiges Eigentum.«

»Hat Sie sonst noch was gesagt, außer, dass ich ein Träumer bin?«

Ich spürte seine Verletzung, ohne zu verstehen, warum und wie Siglinde ihn verletzt hatte, und fischte das Eibenzweiglein aus meinem Jackett. »Jedenfalls habe ich das hier in Vanessas Schließfach gefunden.«

Er gab keinen Ton von sich.

»Warum hat Vanessa das getan? Warum hat sie Ihren Hengst vergiftet?«

»Sie wollen mich wohl unbedingt ins Gefängnis bringen.«

»Ich fürchte, Sie verwechseln da was«, sagte ich und steckte das Zweiglein wieder ein. »Ich habe diesen Zweig nicht in Vanessas Schließfach getan, sondern ihn dort nur herausgenommen. Deshalb weiß auch die Polizei nichts davon, noch nicht. Vielleicht werden sie es auch nie rauskriegen. Aber was Sie in Marbach angestellt haben, das werden sie rauskriegen.«

Genau das hatte ich eigentlich hier nicht mit ihm besprechen wollen. Vielmehr war ich losgezogen, um Siglinde davor zu warnen, so gegen den Hauptbereiter aufzutrumpfen.

»Aha. Einmal ein Dieb, immer ein Dieb«, sagte er.

»Man hat Sie nicht wegen Diebstahls rausgeworfen. Und hinterher haben Sie eine Scheune angezündet.«

»Warum sollte ich. Für einen wie mich gibt es überall Arbeit.«

»Sie haben ein Mädchen sexuell belästigt. Seine Eltern hatten Glück: es kam mit dem Leben davon.«

»Ach was! Sie war über zwanzig, und sie wollte was von mir, nicht ich von ihr. Darum hat sie mich denunziert.«

»Das können Sie Ihrer Großmutter erzählen oder meiner Mutter!«

»Jetzt passen Sie mal auf. Ich bin Sodomit. Ich reite nur Stuten.«

Ich besah mir den leichtgebauten Mann. »Da brauchen Sie aber einen Stuhl, um hinaufzukommen. Das wird den Tierschutzverein interessieren.«

Sauereien strudelten um seine Mundwinkel. Sein Augenblau war unerträglich.

»Auf Tiermissbrauch«, legte ich eisig nach, »steht auch Strafe.«

Sein Blick löste sich mit einem schmatzenden Plop von mir und streifte über die Weide zu den dösenden Pferden. Mit der Stiefelspitze kickte er ein Steinchen und sagte in den Sommerwind: »Sie haben doch keine Ahnung, was Sie reden. Sie reden und reden und andere müssen damit leben. Vier weiße Wände, vor dem Fenster Gitter, ein Hof aus Beton und die Bäume alle hinter der Mauer mit Stacheldraht. Wissen Sie überhaupt, wie weh es tut, eingesperrt zu werden?«

Mein Blick kehrte zurück an den Abendbrottisch in der Gallion'schen Stube, auf dem sonntags der Kaninchenbraten dampfte. Ich saß eingeklemmt zwischen dem General und seinem Junior, angerüffelt von dem einen und zum Schweigen verdammt, damit der andere nicht noch mehr litt. Zwei Jahre lang hatte ich mich angestrengt, Todt nicht merken zu lassen, dass seine Angst vor der eigenen Wut kein Grund war, seinen Vater nicht endlich samt seiner Erbschaft zum Teufel zu wünschen. Diese grundlose Angst des Sohns, am Vater zum Mörder zu werden, diese sinnlosen Schuldgefühle gegenüber Siglinde. Zwei Jahre lang ignorierte ich die Scham, dass mein Schwiegervater meinen Mann ungestraft einen Schlappschwanz schimpfen durfte. In Wahrheit hatte Todt nie auch nur in Erwägung gezogen, meiner These zu glauben, dass er Siglinde hatte fallen lassen, weil sein Vater ihn ablenkte. Ich war nur das liebende Eheweib. Es war meine Rolle, ihn mit Unschuldsvermutungen aufzupäppeln, wenn ihn Schuldvorwürfe plagten. Mein Freispruch war selbstverständlich, aber er wollte von seinem Vater freigesprochen werden. Er wollte den Freispruch erster Klasse unter Männern. Und ich hatte nicht gemerkt, dass ich in Todts Seelenleben nur die Nebenrolle spielte.

Mir wurde schwindlig. Die Wiese beulte sich mir entgegen. Hilfe. Vierfach und achtfach eierten blaue Augäpfel in mein Hirn. Bloß nicht in die undelikaten Hände des heublonden Kerls geraten.

»Sie wollten mir doch was zeigen.«

Die Augäpfel sprangen in sein Gesicht zurück. Der Boden ebnete sich wieder. Unterdessen war die Erde gealtert. Der Himmel war verblasst, die Wolken grau geworden, die Weide bis auf die Wurzeln abgegrast, die Felder abgemäht. Hajo wandte sich ab und steuerte die dösenden Pferde im Schatten der Ebereschen an.

Pferde haben, wie Hajo schon andeutete, einen gemächlichen Tageslauf, wenn man sie lässt. Morgens süßes Gras, mittags dösen, nachmittags saure Gräser, dann dösen und sich auch zum Schlummern hinlegen, den Kopf auf die Schnauze gestützt, dann weiden bis tief in die Nacht, im Morgengrauen hinlegen und Tiefschlaf auf der Seite. Wenn alle lagen, blieb immer als Letzter ein Döskopf stehen, um Wache zu halten.

Die drei Pferde unter den Bäumen hatten uns längst bemerkt. Sascha stand mit hängender und leicht zitternder Unterlippe am weitesten draußen in der Sonne. Er war zwar der Älteste, aber auch der Kleinste. Den höchsten Rang hatte offenbar Hexe, denn sie hatte den besten Platz im tiefen kühlen Schatten am Stamm der Bäume. Prinz hatte ihr den Kopf zugekehrt. Seine Hinterhand stand in der Sonne. Alle drei schilderten. So nannte man die Ruhestellung der Hinterbeine mit einseitig gekippter Hüfte, geknicktem Bein und auf die Spitze gestelltem Huf. Die

Vorderbeine konnten Pferde so feststellen, dass sie keine Muskelkraft zum Stehen brauchten, bei den Hinterbeinen ging das nicht, deshalb entlasteten sie sie abwechselnd.

Hexe hob als Erste den Kopf. Die kleinrahmige Trakehnerstute hatte einen giftigen Zug um die Nüstern. Sascha zog nur die Unterlippe im Barte seiner Schnurhaare an. Arabern rasierte man gern das Maul, um das dreieckige Kinn-Maul-Nüstern-Profil zu reinigen, aber der Isländer stand da in seiner ganzen pelzig gedrungenen Pracht, das Entzücken aller Kinder und eine stete Versuchung für Erwachsene, ihm durch die Stirnmähne zu wuscheln. Unnötig zu sagen, dass wir keines der Pferde anfassten. Hajo schnalzte nur. Prinz drehte die Ohren rückwärts. Die Sonne schien auf seine gewaltigen Hinterbacken mit der ausgeprägten Reitrinne, jener Kerbe zwischen starken Schenkelmuskeln vielgerittener Pferde. Er gab aber die Ruhehaltung nicht auf.

»Sehen Sie das«, sagte Hajo, »sehen Sie diese Flecken?« Er deutete auf ein paar im Sonnenlicht sichtbare dunklere Punkte rechts und links des Schweifs in der schwarz glänzenden, unterschichtig aber rötlichen Decke von Prinz. Es sah aus, als sei das Fell punktweise bis in subkutane Tiefen aufgewühlt.

»Vorhin habe ich mir das genauer angeschaut«, erklärte Hajo. »Es sind kleine, oberflächliche Verletzungen, kleine Quetschungen von einem harten Gegenstand. Sehen Sie die Abstände? Es sieht aus, als habe ihm jemand eine Mistgabel in den Hintern gestoßen, ein paarmal. Ich denke, das ist der Beweis, dass Prinz nicht bösartig ist. Er wurde gereizt.«

»Haben Sie das der Polizei gezeigt?«

Hajo deutete ein Kopfschütteln an. Die Mistgabel war die Antwort auf meine Frage an Feil, wie sie denn ein Pferd in der Box dazu bringen wollte, immer wieder auszuschlagen und dabei einen Menschen an der Wand zu zermatschen. Man stach ihm durchs Boxengitter die Mistgabel in den Hintern. Aber wäre Prinz so ruhig stehen geblieben, wenn Hajo dieser Peiniger gewesen wäre? Pferde wurden oft misshandelt, mit Gerten, Sporen und Kandaren, trotzdem wurden sie selten irre, wenn sich ihr Reiter wieder näherte. Es mochte einen guten Bereiter ausmachen, dass er sich einem Pferd mit so eindeutigen Signalen nähern konnte, dass es stets zwischen freundlicher und feindlicher Absicht unterschied. Darum blieb Prinz jetzt ruhig. Aber merkte Hajo nicht, dass er einen Beweis für Feils Mordtheorie lieferte, der ihn, ergänzt um meinen Eibenzweigfund in Vanessas Box und seine Marbacher Vergangenheit, ins Gefängnis brachte?

10

»Bis heute Abend dann«, verabschiedete er sich am Reitplatz.

»Wieso?«

»Kommen Sie nicht zum Geburtstagsessen?«

»Ich bin nicht eingeladen.«

»Da haben Sie Schwein gehabt«, befand Hajo und ging zu den Zuchtställen davon.

Auf dem Reitplatz fand eben der Austausch der Reitschüler statt. Zwei ledige Pferde wurden über die Arsbrücke zum Schulstall zurückgeführt. Aggi stand in schief geknöpfter Hose an der Ecke und stierte den beiden Amazonen zwischen die Beine.

Siglinde und Feil kamen vom Wohnhaus über den Hof. Also waren sie tatsächlich beim General gewesen. Im Ton fast milde gestimmter Zufriedenheit teilte Feil mit, dass sie dann für heute hier wohl nichts mehr zu tun habe und dass man die Ergebnisse der Kriminaltechnischen Untersuchung abwarten müsse, als vom Parkplatz her, zwischen Remise und Wirtschaftshaus, ein Mann in hellgrauem Anzug den Platz stürmte.

»O Gott, Bongart«, sagte Siglinde.

Feils cremefarbenes gesprenkeltes Figürchen straffte sich.

Bongart orientierte sich und steuerte dann auf uns zu, genauer auf Siglinde. Feil und mich ignorierte er mit einem Überfliegerblick.

»Siglinde. Gut, dass ich dich gleich finde. Es hat mir keine Ruhe gelassen. Ich habe die Konferenz abgesagt und mich sofort ins Auto gesetzt. Wo ist Vanessa? Ich hatte da ein ganz seltsames Telefongespräch mit einer Frau, die sich als Journalistin ausgab. Was ist hier los.« Er sah sich um. »Was macht die Polizei hier?«

Siglinde sah überfordert aus.

Feil räusperte sich.

»Die Journalistin war ich«, sagte ich. »Wollen Sie meinen Presseausweis sehen?«

Bongart trug einen mausfarbenen Schnauzer, mischbraune Augen und Krawatte und versuchte, sich zwischen der Dame im gesprenkelten Sommerblazer, Siglindes Reithosen und meinem Jil-Sander-Jackett zu entscheiden. Er entschied sich für mich. »Was geht hier vor? Wo ist meine Tochter?«

Mit einer Handbewegung verwies ich ihn an Kommissarin Feil, die sich schon eingeschnauft hatte, um sich den ihr zustehenden Respekt zu erstreiten.

»Herr Bongart, ich muss Ihnen leider eine traurige Mitteilung machen.«

Bongarts Bürogesicht wurde blass.

»Ich bin Hauptkommissarin Feil von der Polizeidirektion Reutlingen.«

Nun wurde auch Bongarts grauer Anzug blass. »Meiner Tochter ist doch nichts passiert? Sie ist doch nicht ... o Gott!«

»Wir haben die Tote noch nicht identifiziert«, sagte Feil. »Ich fürchte, wir sind auf Ihre Hilfe angewiesen. Mein aufrichtiges Beileid, Herr Bongart.«

Er sah mich entgeistert an. Ich nickte.

»Wir versuchen seit Stunden, Sie oder Ihre Frau zu erreichen«, fuhr Feil streng fort. »Ich darf Ihnen versichern, dass Frau Nerz völlig eigenmächtig und ohne unsere Billigung gehandelt hat, als Sie sich mit Ihnen in Verbindung setzte. Aber nun sind Sie ja da. Ich muss Sie bitten, mit uns zu kommen.«

Bongart begriff die Tragweite und rebellierte. »Nicht bevor ich erfahren habe, was hier eigentlich vorgefallen ist.«

Siglinde gab einen gepressten Laut von sich und rannte davon ins Wirtschaftshaus. Feil wuchs einige Zentimeter im Gefühl, den Sieg davongetragen zu haben.

»Nach dem jetzigen Stand der Ermittlungen«, sagte sie, »kam Ihre Tochter in einer Box im Schulstall durch ein Pferd zu Tode.«

»War es Prinz? Mein Gott …« Bongart bedeckte das Gesicht mit der Hand, wandte sich ab und wankte sonnengeblendet über den Hof, ohne die Richtung zu finden. Feil holte Luft. Ich legte den Finger auf die Lippen, ging Bongart hinterher, der fast die Pferdeanhänger an der Remise erreicht hatte, und zog ihn am Arm zwischen zwei der grauen Wagen. Ihm liefen die Tränen aus den Augen. Todt hatte sich in bestimmten Momenten genauso seinen Gefühlen überlassen.

»War es Prinz?«

Ich nickte. Er drehte sich gegen die Wand des Hängers. Ich legte den Arm um ihn und fühlte die Erschütterung unter dem grauen Anzug.

»Dieser furchtbare Gaul! Ich war immer dagegen, aber er war ihr Ein und Alles.« Bongart schluckte. »Wie konnte das passieren? Sie war doch keine Anfängerin mehr. Sie reitet, seit sie zwölf ist …«

Das waren ja nun bloß mal drei Jahre.

»… meine Vanessa, meine kluge, sanfte, umsichtige Vanessa in der Box totgetreten. Das kann doch nicht wahr sein. Diese verfluchte Reiterei. Hätte ich ihr doch wenigstens wieder ein Pferd gekauft. Da streiten wir uns wegen Geld und wer die Stallmiete bezahlt, aber was unser Kind braucht, das haben wir vergessen. Wenn du selber Geld verdienst, habe ich Vanessa gesagt, dann kannst du dir ein Pferd kaufen. Dann wirst du merken, was das kostet. Und nun ist sie tot.«

Eine Überschwemmung von Schuldgefühlen brandete gegen ihn und den Hänger.

»Ich glaube«, sagte ich sanft, »Sie sollten wissen – und Kommissarin Feil wird Ihnen das sicherlich auch noch auf ihre taktvolle Art beibringen –, dass es einige Ungereimtheiten gibt, was den Tod Ihrer Tochter betrifft. Außerdem ist sie noch nicht identifiziert.«

Er hob den Kopf. Schwache Hoffnung tropfte ihm aus den Lidern. »Dann könnte es sein …«

»Wenn die Polizei die Eltern alarmiert, dann ist sie sich über die Identität eines Toten leider normalerweise ziemlich sicher. Aber es gibt mehrere Gründe zu der Annahme, dass Ihre Tochter nicht Opfer eines Unfalls wurde. Es sieht vielmehr so aus, als hätte jemand nachgeholfen.«

»Wer?«

Seltsam, dass so viele Leute immer zuerst »Wer?« fragten, noch bevor sie im Bilde waren, was überhaupt geschehen sein könnte. Als ob die Benennung eines Verursachers dem Ereignis erst Glaubwürdigkeit und Struktur gäbe.

»Verstehen Sie mich bitte nicht falsch«, sagte ich, »aber im Moment ist das Warum die Hauptfrage. Wenn ich die Polizei wäre, würde ich Ihnen die Frage stellen, ob Sie etwas darüber wissen, dass Vanessa hier im Gestüt mit jemandem Probleme hatte oder Streit. Ich stelle Ihnen diese Frage nicht als Journalistin. Ich habe Urlaub und bin rein zufällig hier. Mein Schwiegervater, Friedrich Gallion, feiert heute seinen siebzigsten Geburtstag.«

»Ach, dann sind Sie …« Kommunikative Konvention eroberte ihren Platz in seinen Gefühlen zurück. »Dann sind Sie die Frau von Siglindes Bruder. Ich habe schon viel von Ihnen … nein, das ist übertrieben, aber einiges von Ihnen gehört.«

Wie schmeichelhaft. Aber von wem? Er war erst nach meinem Weggang nach Vingen gezogen.

»Sie waren die Einzige«, sagte Bongart mit einem zutraulichen Blick hinter die Kulissen meiner Narben, »die dem Alten ab und zu Paroli geboten hat. Er hat große Hoffnungen in Sie gesetzt. Er mochte Sie, nicht wahr?«

Ich hatte keine Zeit, meinem Erstaunen nachzuspüren.

»Und jetzt wollen Sie von mir wissen, ob meine Tochter hier im Gallion'schen Gestüt Feinde hatte. Feinde! Ein sechzehnjähriges Mädchen.«

»Fünfzehn.«

Ein beschämtes Vaterlächeln flog ihn an und kippte beinahe in Fassungslosigkeit, aber nur beinahe.

»Hatte Vanessa vielleicht einen Freund?«, schlug ich vor.

»Zumindest hat sie keinen erwähnt. Wie hätte sie das auch schaffen sollen. Die Schule und dann jeden Nachmittag im Stall. Pferde gingen ihr über alles. Sie haben ihr geholfen, die Scheidung besser zu verkraften. Ich fürchte, wir waren so sehr mit uns selbst beschäftigt, dass wir ihr nicht die Liebe und Zuwendung gegeben haben, die sie brauchte. Aber sie hat ihr Zuhause bei den Pferden gefunden. Tiere sind manchmal beständiger als Menschen, nicht? Und solange Vanessa gut in der Schule war, konnte man ja nichts dagegen sagen, dass sie jeden Nachmittag im Stall verbrachte. Mein Gott, Schulnoten! Wie unwichtig das jetzt ist.«

»Und sie hat nie etwas erwähnt von einem Streit?«

Er schüttelte den Kopf. »Manchmal hat sie sich über Tilde beschwert. Sie meinte, Tilde könne ihr nichts mehr beibringen. Sie wollte in die Sieben-Uhr-Gruppe, wo die Bereiter unterrichten. Aber die meisten haben keine Schulpferde mitgehen lassen. Auch ein Grund, warum Vanessa immer wollte, dass ich ihr wieder ein Pferd kaufe, am liebsten Prinz. Ich muss gestehen, dass ich auf diesem Ohr taub war. Es lief immer darauf hinaus, dass sie meinte, ohne eigenes Pferd sei sie ein Mensch zweiter Klasse.«

Das Gefühl kannte ich. Aber weil ich selbst mit Putzen und Steigbügelhalten angefangen hatte, teilte ich auch die väterliche Überzeugung, dass Kinder nicht alles haben müssen. Bongart hatte den Erziehungsrappel bekommen, als er merkte, dass seine Tochter allzu anspruchsvoll mit seinem Geldbeutel kalkulierte. Bitter für Vanessa. Eine Fünfzehnjährige konnte so etwas niemals verstehen. Sie fühlte sich verraten und verkauft.

»Warum haben Sie sich eigentlich scheiden lassen?«

»Das Übliche. Meine Frau hatte Affären.«

»Sie nicht?«

Er schlitzte die Augen. »Was Heide gemacht hat, hat ein bestimmtes Maß überschritten. Fragen Sie Siglinde, oder jeden hier auf dem Gestüt. Heide war hinter allem her, was Reithosen anhat. Ich nehme an, das ist noch immer der Fall. Es war für mich nicht mehr tragbar. Ich lasse mich doch nicht fortgesetzt lächerlich machen, auch vor meiner Tochter nicht.«

Darum also war er aus Vingen weggezogen. Seine Frau war die Stallnutte und er hielt die Stallhäme hinter seinem Rücken nicht mehr aus.

»Wo ist sie eigentlich jetzt, Ihre Exfrau?«

»Woher soll ich das wissen. Das ist typisch. Wenn man sie braucht, ist sie nicht da. Sie denkt nur an ihr Vergnügen und ich kann zahlen. Ich habe vor einem halben Jahr auf alleiniges Sorgerecht geklagt. Sie sehen ja, warum. Jetzt müssten sie mir recht geben … Immer muss erst etwas passieren …« Er schluckte.

Im Hofausschnitt zwischen den beiden Hängern stand Feil und wartete. Bongart wischte sich mit dem Taschentuch Augen und Schnauzer.

»Vanessa kam immer zu mir, wenn etwas war. Hätte ich mir

doch nur mehr Zeit genommen. Man verschiebt so vieles auf später. Immer ist gerade irgendetwas, wichtige Termine, neue Aufgaben. Und auf einmal, da ist es zu spät.«

Er rang noch einmal um Fassung. Dann rückte er den Schlipsknoten zurecht. »Ich muss mich bei Ihnen bedanken, Frau Nerz.« Er seufzte und fasste den Hof ins Auge. »Dann wollen wir mal. Die Kommissarin wartet.«

Am schlimmsten war, dass er nicht in Sprachlosigkeit verfallen konnte. Alles, was er sagte, passte nicht, auch nicht die Haltung, mit der er sich mit Feil auf dem Hof traf, ein Ministerialbeamter aus Stuttgart in grauem Anzug beim Rendezvous mit einer Dame in heller Sommerhose. Beide entschwanden aus meinem Blickfeld Richtung Parkplatz. Ich setzte mich auf eine Hängerdeichsel und zündete mir eine Zigarette an.

Wenn Bongart zwar nicht viel, aber doch einiges über mich gehört hatte, dann musste er engeren Kontakt entweder zum General oder zu dessen Tochter haben. Ich tippte auf Siglinde. Bongart war ein attraktiver Mann.

Nach einer Weile trat sie aus der Tür des Haupthauses. Ich überquerte den Platz.

»Warum bist'n einfach abgehauen?«

»Ich hasse es, wenn Männer flennen.«

»Siglinde, wie lange geht das schon mit ihm und dir?«

»Wie kommst du darauf, dass ich ... Also gut. Es ging anderthalb Jahre. Immer Freitag um fünf im *Hotel König*, Zimmer drei. Aber das ist seit einem Jahr vorbei. Nicht, dass du denkst, er hat sich wegen mir scheiden lassen.«

»Er sagt, weil seine Frau die Stallnutte war.«

Siglinde lachte dreckig. »Aber er hat's gar nicht gemerkt. Das war der Witz. Heide hat es so ungefähr mit jedem Kerl hier getrieben, zumindest versucht, aber Dieter hat's nicht gecheckt, überhaupt nicht. Man musste ihn mit der Nase drauf stoßen. Aber dann hat's geknallt. Es war eine irre Szene hier auf dem Hof.« Sie lachte wieder. »Alle haben es mitgekriegt, auch Vanessa. Dieter hat seine Frau alles geheißen, alles, wirklich alles, verstehst du. Und dann hat er Hajo zum Duell gefordert ...«

»Hajo?«

»Es hätte auch ein anderer sein können. Aber zufällig hat es Hajo getroffen. Nach der Reitstunde um acht. Heide hatte ihn, wie das so ihre Art ist, wieder angemacht, mit den Augen angeplinkert und rumgegurrt. Plötzlich tauchte Dieter auf. Das war dann schon im Stall, wo Heide und Hajo gerade um den Württemberger herumscharwenzelten. Das war typisch. Heide hat die Burschen immer für sich in Beschlag genommen. So auf die hilflose Art. Ob sie ihr mal schnell bei irgendwas helfen könnten. So mit Augenaufschlag und Hinternwackeln. Und plötzlich steht der Dieter da und brüllt: ›Ich lass mich scheiden. Vanessa bekommt das Haus.‹ Sie hatten Gütertrennung, weißt du. Und dann schreit er Hajo an und fordert ihn auf, sich mit ihm zu schlagen, wenn er ein Mann ist. Hajo hat gesagt: ›Ich schlag mich nicht, aber du kannst mich gern schlagen.‹ Ganz cool hat er das gesagt, und die andern haben alle gelacht. Da hat Dieter plötzlich eine Gerte in der Hand gehabt. Es war wirklich klasse. Zwei Mann mussten ihn festhalten. Dann ist er gegangen und nie wiedergekommen.«

»Und Vanessa hat das alles gehört und gesehen?«

Siglinde nickte vergnügt. Aber was ging in einer Vierzehnjährigen vor, wenn die Familie in aller Öffentlichkeit explodierte? Die Mutter war eine Stallnutte, und der Vater wurde vor allen Leuten vom Bereiter gedemütigt. Danach ging alles kaputt. Der Vater verschwand. Das Pferd wurde verkauft. Hajo ließ sie, obgleich er doch schuld war an allem, nicht auf Prinz in der S-Gruppe mitreiten, wohl aber ihre Mutter auf einem von Gallions Pferden. Es war ungerecht. Es schrie zum Himmel. Es verlangte Rache. Ein Jahr lang überlegte Vanessa, ein ums andere Mal bitterer, einsamer, böser. Sie gab Hajo immer wieder eine Chance, sie in die S-Gruppe aufzunehmen, und dann verspielte er die letzte und Arabal musste sterben, sein Traum von der Rennpferdezucht.

»Und mit wem«, erkundigte ich mich, »hat es Heide hier im Stall im Moment?«

»Das kann ich dir nicht sagen. Das geht mir so was von am Arsch vorbei, was die Schnepfe treibt. Frauen, die mit Brillis und Goldarmbändern und Ringen reiten, haben bei mir sowieso verschissen.«

Ihre Augen blitzten in die Brillanten in meinen Ohren. Den Bereitern aber mochte es gefallen, dass unter ruppigen Amazonen eine Bongart war, die Reiten als gesellschaftliches Ereignis betrieb. In einem Stall konnte so eine samt ihren Goldarmbändern und Brillanten durchaus aus den Höhen sozialer Arroganz zur augenklimpernden Bewunderung starker Bereiter und Reitlehrer herabsteigen. Die Männer beherrschten die Pferde. Das nivellierte soziale Klassen. Hier wurde ein vor dreckiger Männlichkeit strotzender Hauptbereiter wie Hajo zum König.

»Aber dass Dieter dir von ihm und mir erzählt hat«, sagte Siglinde leicht verärgert. »Er kennt dich doch gar nicht.«

»Er hat es mir nicht erzählt. Er hat nur etwas von mir gewusst, das er nur von dir hat wissen können. Daher.«

»Bei dir muss man scheint's die Worte auf die Goldwaage legen, he?«

Da konnte ich nicht widersprechen.

Siglinde lächelte skeptisch und anerkennend. »Na gut. Ich habe zu tun. Wir sehen uns ja heute Abend.«

»Wieso?«

»Du kommst doch zum Geburtstagsessen. Die Zeiten kennst du ja sicher noch.«

Im Sommer halb neun, im Winter halb sieben.

11

»Das ist aber spät«, sagte meine Mutter. »Da werde ich vorher mein Magenwasser nehmen müssen, damit ich das Nachtessen vertrage.«

»Du bist doch gar nicht eingeladen.«

»Die Gallions werden nicht die Tochter einladen und die Mutter nicht. So weit gehen sie nicht. Sie werden mir nicht die Tür weisen, auch wenn du das vielleicht gerne hättest.«

»Natürlich nicht!«

Meine Mutter knuckste zufrieden. Entscheidend war immer die Schnelligkeit der Lüge. Das Katholische hinterfragt nicht die Worte auf geheime Gedanken. Was man sagt, gilt. Sonst würde die Beichte nicht funktionieren. Nachdem das geklärt war, entdeckte ich meinen Hunger. Das Frühstück war lang her und bis halb neun war es noch weit. Ich begab mich in die Küche.

Sie war schon immer zu klein gewesen für die Eckbank mit Tisch, lackiertem Holzschrank, Herd und Kühlschrank, auf dem die Flasche Weihwasser stand. Meine Mutter hatte sich zu Mittag eine Brühe gemacht. Die erkalteten Reste standen auf dem Herd. Ich öffnete den Kühlschrank. Leer war gar kein Ausdruck für das, was sich mir offenbarte: eine Tomate, eine halbe Gurke, ein abgepackter Streichkäse und eine so gut wie leere Schale Margarine. Ich rechnete den katholischen Kalender nach.

»Haben wir gerade irgendeine Fastenzeit?«

»Du weißt doch, ich brauche nicht viel«, sagte meine Mutter schief.

Ich betrachtete das magere Figürchen unter dem Witwenschwarz, und mir wurde schlecht. Hatte sie mir nicht heute Mittag durch die Blume zu verstehen gegeben, dass wir zum Fleischer mussten? Allein war sie nicht gegangen. So viel Knausrigkeit, das war schon nicht mehr pietistisch, das war katholisch, nämlich Armut. Wie viel Witwenrente bekam sie eigentlich?

»Mama, warum sagst du es mir nicht, wenn du Geld brauchst? Ich hab's doch.«

»Du rufst ja nie an. In fünf Jahren hast du nicht fünf Mal angerufen, nicht mal zu Weihnachten.«

Ich sank in die Eckbank. »Du aber auch nicht!«

»Man will sich ja nicht aufdrängen.« Sie sog die Lippen ein.

Automatisch zog ich die Zigarettenschachtel aus der Jacke. Mein Hirn brauchte einen Beschleuniger.

»Aber nicht in meinem Haus«, sagte meine Mutter.

»Du musst dich endlich mal entscheiden, ob dein Haus auch mein Haus ist.«

»Wenn ich tot bin, kriegst du es sowieso. Bis dahin wirst du dich doch wohl noch gedulden können, mein Kind.«

»Mama!« Ich raufte mir die Haare. Schon zum zweiten Mal rutschte mir das *Mama* raus. Ruhig bleiben! »Ich will nicht dein Haus. Es ist mir egal, an wen du es vererbst. Ich will nur wissen, ob ich mich jetzt und hier zu Hause fühlen kann.«

»Du wirst doch nicht dein Zuhause verleugnen.«

Ich zündete mir die Zigarette an. Das Haus explodierte nicht. Meine Mutter durchquerte nur die Küche und öffnete das Fenster. Hintergartensommer quoll herein, der Geruch nach Rasenmäher, Kinderquaken und Wäsche.

»Wenn du mich schon nicht um Geld bitten wolltest«, sagte ich, »dann hättest du wenigstens zum Sozialamt gehen können.«

»So weit kommt es, dass ich Almosen nehme. Was sollen denn die Leute denken, wo ich eine Tochter habe, die in der Stadt lebt und Gallionerbe ist.«

»Ich bin nicht Gallionerbin. Ich erbe keinen Pfennig als Hinterbliebene des Sohnes. Dass das mal klar ist. Ich lebe von seiner Lebensversicherung. Und wenn du nicht mit mir redest, dann kann ich auch nicht wissen, wann du was brauchst. Du hast mich früher nie in deinen Geldbeutel blicken lassen, also weiß ich auch heute nicht, was drin ist. Früher hat's jedenfalls immer fürs Essen gereicht.«

Meine Mutter stellte mir eine Untertasse mit Sprung als Aschenbecher auf das Wachstuch des Tischs. »Lernt man das nicht, wenn man Journalist wird, dass alles immer teurer wird. Das kommt doch sogar im Fernsehen. Überall muss man draufzahlen, was früher umsonst war, beim Zahnarzt, beim Arzt, in der Apotheke. Aber mehr Rente kriege ich trotzdem nicht. Und wenn dann eine Reparatur kommt. Weißt du nicht, was Handwerker heutzutage kosten? Aber das interessiert dich ja auch nicht. Du interessierst dich doch bloß für dich und dein Vergnügen. Da komme ich doch nicht angekrochen und bettle um Geld. Das muss von Herzen kommen.«

Ich stippte die Asche in den Untersetzer. Ruhig bleiben! »Mama, du hast mir früher nie Taschengeld gegeben ...«

»Du hast noch jedes Mal bekommen, was du brauchtest!«

»Ja, aber ich musste dich jedes Mal fragen. Um die zwei Mark für die Cola am Samstag im Gemeindezentrum musste ich dich jedes Mal extra bitten. Du hast sie mir gegeben, aber ich musste fragen. Und heute ist es umgekehrt. So ist das. Ich habe früher nie gewusst, wie viel Geld wir haben. Wenn du meinst, nun sollte ich es wissen, dann musst du es mir sagen. Und wenn du was brauchst, dann musst du mich eben anrufen und fragen, wie es mir geht. Dann werde ich auch fragen, ob du was brauchst. So geht das.«

»Jetzt soll ich daran schuld sein, weil du dich nicht um mich kümmerst, wie es sich für eine Tochter gehört? Schämen solltest du dich dafür.«

Mein Gewissen konnte schlechter nicht sein. Sie ahnte es und zog die Daumenschrauben an.

»Ich habe deine Wäsche gewaschen, dir das Essen gemacht. Und du? Was hast du je getan? Hat es dich je interessiert, worauf ich verzichten musste, damit du eine anständige Ausbildung bekommst?«

»Worauf hast du denn verzichtet?«

Meine Mutter geriet leicht ins Trudeln. Wie sollte sie auch

ad hoc verschüttete Wünsche ausgraben. Sie hatte früh den Mann verloren. Sein Autohandel war pleite. Stillschweigend hatte sie auf den Friseur verzichtet und sich das lange Haar zum Christinnendutt gedreht. Fleisch gab es zweimal die Woche und »Butter unterm Käse gibt es erst, wenn man zwei Häuser hat«. Wenn Butter, dann Butter mit Reitern. Das war ein Butterbrot, in das sie mit dem Messer Streifen ritzte. Ich fragte mich, wann meine Mutter bei der Bewältigung der Armut ihre Phantasie verloren hatte. Wann hatte sie aufgehört, das Benetton-Label von meiner alten Jacke auf die neue Winterjacke aufzunähen? Schon vor dem Tod meines Vaters oder erst danach? Viel deutlicher erinnerte ich mich an die zwanzig Mark, die ein Nachbar zugesteckt bekam, weil er unsere Wasserhähne reparierte. Wir blieben niemandem etwas schuldig, nahmen nichts geschenkt. Unsere Armut war adrett, sauber und ordentlich und blieb immer hinter den gestrichenen Fensterläden.

»Vielleicht«, sagte meine Mutter, »wäre ich auch gern mal in Urlaub gefahren.«

»Wo willst du hin? Nach Spanien? Nach Amerika? In den Bayerischen Wald? Oder willst du eine Kreuzfahrt um die Welt machen? Kein Problem.«

»Man kann nicht alles mit Geld wiedergutmachen.«

»Ich habe überhaupt nichts wiedergutzumachen!«, schrie ich.

Meine Mutter wich einen wackligen Schritt zurück. »Dann tust du mir leid.« Darauf drehte sie sich um und verließ die Küche.

Ich rauchte noch eine Zigarette und beobachtete mich beim Wüten. Ich schichtete meine Vorwürfe auf. Eine lieblose Mutter konnte keine liebevolle Tochter erwarten. »Wie der Herr, so 's Gscherr.« Aber das würde sie nie einsehen. Auf ihre Weise hatte sie immer mein Wohl im Sinn gehabt, immer in der Angst, ich könnte dem Versucher erliegen. Was wollte ich jetzt noch? Ich war ihrer Vorhölle entkommen und alt genug, den Anspruch aufzugeben, dass sie mich verstehe. Es hatte keinen Sinn, meine Mutter für etwas zu bestrafen, das sie gar nicht als ihre Schuld erkannte. Sie war eine Gerechte. Nur ein Gottloser konnte ihr Gutes mit Bösem vergelten. Wenn ich mir selbst meine Unabhängigkeit beweisen wollte, dann gab es nur einen Weg: sie in ihrem Glauben lassen, aber selber nicht dran glauben.

Ich stöberte sie beim Wut-Häkeln auf der Couch in der Stube auf. »Komm, wir gehen einkaufen.«

»Aber heut Abend«, sagte sie, als ich nach dem Supermarktbesuch in Metzingen die vollen Tüten in den Kühlschrank und die Küchenschränke ausräumte, »zum Essen bei Gallion, da ziehst du was Netteres an.«

Ich stopfte Butter, Fleisch, Wurst und Käse in den Kühlschrank und Nudeln, Kuchen, Kekse, Dosen mit Linsen, Ochsenschwanzsuppe und Reis in die Schränke. Vorräte für vier Wochen. Unter etwas Nettem stellte sich meine Mutter Rock und Bluse vor. Und mein Kostüm war versaut.

»Nur wenn du dein Schwarz ablegst«, erwiderte ich.

Ihre Antwort kam überraschend prompt. »Wie stellst du dir das vor? Ich hab doch nichts anderes.«

Da glitzerte der Teufel in ihren Augen. Wenn ich so schlechte Bedingungen stellte, dass sie angenommen wurden, dann musste ich auch zahlen.

Wir bestiegen Emma erneut und brausten nach Reutlingen, hinein in die Verkehrsschlucht aus Tankstellen, Lagerhallen, Großmärkten und Autohäusern zwischen Albkannte und Zeugenbergen, jenen Erhebungen, die bezeugten, dass die Jurakalktafel einst weiter nach Norden reichte. Der Kaufhof schottete die Altstadt mit seinen Lochelementen aus Beton blickdicht ab. Das Denkmal des Volkswirtschaftlers Friedrich List war deutliches Signal, dass wir dringend rechts abbiegen und Parkplatz suchen mussten. Und dann rein ins Gewühl, rein in den Kaufhof. Meine Mutter hatte durchaus Sinn für das, was gut und teuer war. Sie hielt sich bei den Wühltischen nicht auf. Ich entdeckte, dass sie die Sinnesfreuden keineswegs aus weltanschaulichen Gründen unterdrückt hatte. Was musste sie gelitten haben, dass sie den millionenschweren Geizkrägen von Vingen niemals hatte zeigen können, wie man Gottes wunderbarer Schöpfung Farbe und Glanz verlieh.

Ich hielt ihr eine dunkelrote Bluse unters Gesicht. Sie bestand auf Hellrot, Lindgrün, Hellblau und Beige mit grünen Streifen, auf Seide und Baumwolle, und kicherte bei dem Gedanken an den Schock, den sie bei ihren Gemeindeschwestern auslösen würde, wenn sie in Rosa in die Georgskirche geisterte. Wir einigten uns auf Dunkelgrün, Mittelrot und Blau. Meine Mutter geriet in einen Kaufrausch und griff bei Betty Barcley in die Kleiderbügel, um mir Rock und Twinset anzupassen.

»Aber, Mama. Darin sehe ich aus wie eine leitende Beamtin.«

»Nett und respektabel siehst du aus. Nur deine Haare sind unmöglich.«

»Und wie findest du das?« Ich hielt mit einem Kleid gegen, dessen ärmelloses Oberteil weiß gegen den schwarzen, leicht ausgestellten Rock abgeblockt war. Der Stoffgürtel war mit einer silbernen Trense verziert. »Das ist doch ganz witzig, oder nicht?«

»Glaubst du, ich lege mein Schwarz ab, damit du dich schwarz anziehst?«

»Erstens ist das Oberteil weiß, und zweitens tragen junge Leute Schwarz und … äh … Seniorinnen knallige Farben. So sind die Regeln.«

»Willst du damit sagen, dass ich mich lächerlich mache?« Meine Mutter musterte skeptisch ihre rot-grün-rosa Auswahl.

»Aber nein!« Heiliger Otmar, steh ihr bei, sonst kehrt sie ins Schwarz oder gar im Hemd nach Hause zurück. Ich flüchtete mit dem weiß-schwarzen Hänger in die Umkleidekabine.

»Du solltest Halbarm tragen«, stellte meine Mutter fest. »Du hast zu dicke Oberarme. In dem da siehst du aus wie ein Bub in einem Kleid.«

»Sehr schön. Dann nehmen wir das.«

Auf dem Weg zur Kasse fielen uns noch Seidenstrumpfhosen und Gürtel in die Hand. Außerdem kamen wir an der Schuhabteilung vorbei. Meine Mutter drang sehr schnell von den Einzelpaaren im Sonderangebot zum Regal von Bally vor. »Da hat man ein Leben lang Freude dran.«

12

Ich machte mich zu einem Spaziergang auf, während meine Mutter die Kleiderschränke umräumte. Neu-Vingens Wohnstraßen waren alle kürzer, als ich sie in Erinnerung hatte. Von dem Haus mit der Eibenhecke musste ich nur den Zeisigweg hinauf und befand mich im Amselweg. Hinter seinen Häusern stieg der bewaldete Hang unmittelbar zur Hohen Warte an. Im Winter lagen die Häuser ganztägig im Bergschatten. Kein Vingener hatte je dort gebaut.

Das Haus Nummer 39 lag angeschrägt, verglast und von Schiefer geschwärzt in einem Garten mit Korkenzieherhaselnuss und Blautanne. Die Garage war für zwei Autos zugeschnitten. Am Torpfosten prangte in Messing der Namenszug Bongart. Ich klingelte. Nach angemessener Wartezeit stieg ich übers Tor, ohne die Nachbarn durch verstohlenes Um-mich-Blicken misstrauisch zu machen.

Hinter der Garage lehnte ein Fahrrad, ein Bastard zwischen Mountainbike und Damenfahrrad. In den Reifen und Speichen hingen Staub und Kies vom Gestütsparkplatz.

Vanessas Fahrrad hinter der heimischen Garage, das reimte sich nicht. Sie war zusammen mit Petra ins Gestüt geradelt, aber nicht mehr nach Hause. Warum hätte ihr Mörder das Risiko eingehen sollen, das Fahrrad einer Toten bis hinter die heimische Garage zu bringen? Und wozu? Freilich hätte die Mutter das Fahrrad der Tochter in ihrem Auto heimbringen können, zum Beispiel, weil Vanessa noch irgendetwas vorhatte. Aber dann hätte die Mutter unbedingt in Sorge geraten müssen, wenn die Tochter die ganze Nacht nicht heimkam. Es sei denn, Heide Bongart hatte die Nacht selbst nicht daheim, sondern in einem anderen Bett verbracht.

»Was wellet Sie denn do?«, bellte mich jemand von hinten an. Am Zaun stand der Bauch des Nachbarn. »Die Bongarts senn net do. Die senn verreist.«

»Die Tochter auch?«

»Des kann i Ihne net sage. I henn nur zufällig gsehe, wie sie gerschtn zwoi Koffer in den Wage do henn. Ond die Jong henn i heut au' den ganze Tag net gsehe.«

Das durfte nicht wahr sein. Mutter und Tochter verreist? Und wir alarmierten Vater Bongart. Er erging sich wortreich in seiner Unfähigkeit zu trauern und identifizierte am Ende sogar im Kühlhaus von Tübingen eine bis zur Unkenntlichkeit zerstörte Leiche als seine Tochter, weil er im Grunde keine andere Wahl hatte. Wer kam auch auf die Idee, dass Mutter und Tochter Bongart knapp eine Woche nach dem Ende der Pfingstferien gleich wieder verreisten. Welche Frechheit auch, denn kein Schuldirektor, auch nicht der noch so schwache Rektor eines Reutlinger Kleinstadtgymnasiums, konnte eine solche Reise genehmigen, selbst dann nicht, wenn die Exgattin eines Beamten aus dem Kultusministerium goldschwer anrückte. Wenn es sich aber um eine dringende Familienangelegenheit handelte, beispielsweise um einen Todesfall in der Verwandtschaft von Heide, dann hätte sich Vanessas Freundin Petra Graber vorhin nicht so auskunftsscheu anstellen müssen. Dann hatte alles seine Ordnung.

Ich bedankte mich beim frühverrenteten Bauch des Nachbarn

und begab mich hinter den Friedhöfen herum ins Zentrum von Vingen hinab.

Die Berggasse führte vom alten Backhaus zur protestantischen Stephanskirche hinauf, kurz, aber steil und kopfsteingepflastert ohne Fußwege. Die Häuser hielten sich an keine Flucht. Sie kragten mit Ecken und Schuppen in die Straße. Wo es der Schatten einer Hausecke erlaubte, parkte ein Auto. Nummer 12 war ockerfarben und kahl. Der Küchenbalkon ragte dem Nachbarn förmlich ins Badfenster. Die Latte von Klingelknöpfen an der Tür wies darauf hin, dass dies ein Mietshaus war, eines jener Orte im Dorf, wo diejenigen lebten, die nichts hatten, Verkäuferinnen, Arbeitslose, Ausländer, Geschiedene. Ich klingelte bei Graber. Der Türsummer summte. Drinnen quetschte sich eine dunkel gebohnerte Holzstiege nach oben. In der Tür im ersten Stock stand Petra, die X-Beine noch in Reithosen, aber die Füße nackt. Aus der Küche kam eine breite Frau hinzu.

»Grüß Gott, Frau Graber. Ich bin Lisa Nerz. Wir haben heute Nachmittag schon miteinander telefoniert. Ich bin Journalistin. Ich mache eine Reportage über Reiterinnen und hatte dabei auch an Ihre Tochter gedacht.«

»Bekommt man da was dafür?«

Ich sah, was Petra täglich vor Augen hatte, diese aufgequollene Mutter im schiefen Rock, eine düstere Prognose der Zukunft, die Petra vor sich hatte, wenn sie die Schule vor dem Abitur schmiss: Kassiererin bei Schlecker, die Abende vor dem Fernseher bei Chips, Zigaretten und Bacardi, mal mit Mann, meist ohne, dann aber mit Bastard im Kinderzimmer. Ich zog einen Hunderter aus meinem Geldbeutel. Die Mutter nahm ihn, als hätte ich mich eine halbe Stunde lang bemüht, sie zu überreden.

»Wir essen um acht. Hast du gehört, Petra? Wollen Sie was mitessen?«

»Nein danke.«

Die Mutter zuckte mit den bergigen Schultern und drehte sich in die Küche weg. Petra drehte sich wortlos in die andere Richtung und verschwand hinter einer Tür. Die matronenhaft gepolsterten Hüften der Sechzehnjährigen und die strammen X-Beine in den Reithosen, von denen sich das Kniekunstleder schon löste, erzählten alles über die Last der Unterschicht. Manchmal hielten sich kluge und schöne Mädchen wie Vanessa solche mausgrauen Billigprodukte, denn das machte schlank. Doch Petra musste unter den Dauerwellen mehr Verstand versammelt haben als all ihre Klassenkameradinnen zusammen, wenn sie es aus dieser Wohnung heraus bis ins Gymnasium nach Reutlingen und bis in Gallions Gestüt geschafft hatte.

Ich folgte Petra in ein Kinderzimmer mit zerwühltem Bett, offenstehendem Schrank und herumquellenden Klamotten. Sie besetzte den einzigen Stuhl am Schreibtisch und wandte mir ein eingetrotztes Gesicht zu. Da mir nur das Bett geblieben wäre, blieb ich erst einmal zwischen umgekippten Reitstiefeln stehen.

»Tut mir leid, dass ich so eindringe. Aber du kannst dir sicher denken, warum.«

Petra konnte es sich denken, wollte es aber nicht zeigen.

»Ich komme gerade vom Amselweg. Hinterm Haus steht Vanessas Fahrrad, und ein Nachbar hat mir gesagt, sie und ihre Mutter seien verreist. Wenn sie aber verreist ist, dann ist sie nicht tot.«

»Sind Sie von der *Bild*-Zeitung?«

»Nein. Vom *Stuttgarter Anzeiger*.«

»Ich will nämlich nicht, dass meine Mutter erfährt, was da im Stall passiert ist. Sonst habe ich nur wieder voll Stress. Sie hat immer Angst, dass mir bei den Pferden was zustößt und dass ich dann im Rollstuhl sitze.«

Eine originelle Variante mütterlicher Horrorgemälde. »Meine Mutter hat mir immer prophezeit, dass ich in der Gosse lande oder schwanger heimkomme. Aber Rollstuhl …

Es macht klar, dass Mütter mit den Kindern keine Last haben wollen, nicht?«

Petra lächelte ein wenig. »Also, was wollen Sie von mir?«

»Ich heiße Lisa, okay? Und ich will wissen, wo Vanessa ist.«

Petra stand auf, überprüfte, ob die Tür verschlossen war, setzte sich wieder und stellte den Kassettenrekorder auf dem Schreibtisch an. Westernmusik galoppierte los.

»Und Sie versprechen … du versprichst mir, dass du niemandem sagst, woher du das weißt, was ich jetzt erzähle, und dass mein Name nicht in der Zeitung steht.«

»Ich verspreche es.«

»Obwohl«, sagte Petra, »jetzt ist es eigentlich auch egal. Jetzt, wo Vanessa tot ist. Sie hatte sich so auf das Wochenende mit Ronni gefreut …«

»Wer ist Ronni?«

»Ronald Maiwald. Ihr Freund. Jetzt, wo Vanessas Mutter weg ist, hätten sie sturmfreie Bude gehabt.«

»Von vorn, Petra, bitte.«

»Es ist so.« Petra hüstelte. »Heide, also Vanessas Mutter, hatte scheint's dieses Jahr besonders heftig Heuschnupfen. Der Arzt hat ihr gesagt, sie soll die Gräserblüte auf einer Nordseeinsel verbringen oder irgendwo im Süden am Meer. Jetzt sind die Pfingstferien aber schon rum. Da konnte sie Vanessa natürlich nicht mitnehmen. Aber sie allein in der Villa lassen, das wollte sie auch nicht. Vanessas Vater hätte nur darauf gewartet, dass so etwas passiert. Er will sowieso das Sorgerecht haben. Das ist voll der Ehekrieg. Heide wollte auch nicht, dass Vanessas Vater für die Zeit wieder in der Villa wohnt. Sie hat sogar alle Schlösser auswechseln lassen. Ich glaube aber, sie wollte nur nicht, dass er mitkriegt, wo sie hinfährt und mit wem. Ich glaube das mit dem Heuschnupfen nämlich nicht.«

Kurzum: Heides Plan war, Vanessa für vierzehn Tage nach Stuttgart zum Vater zu schicken. Das mittlere Wochenende war sowieso seines. Und die fünf Tage in der Woche musste

Vanessa eben mit dem Zug nach Reutlingen in die Schule fahren, wenn der Vater sie nicht mit dem Auto hinbringen wollte.

»Nur dass Bongart nichts davon weiß«, bemerkte ich.

»Er sollte auch nichts davon wissen. Weil die Eltern nicht mehr miteinander reden, nicht mal am Telefon, hat Vanessa immer solche Sachen ausmachen müssen. Da hat sie ihrem Vater halt gesagt, alles wie immer, und der Mutter hat sie gesagt, das mit dem Vater ginge klar. Aber jeden Tag mit dem Zug, das wäre voll der Stress gewesen. Außerdem hätte sie sich dann gar nicht mehr mit Ronni treffen können.«

»Aber es fahren doch Züge. Ronni hätte mal nach Stuttgart kommen können.«

Petra senkte die Stimme unter den Pegel der Westernmusik. »Aber er ist doch schon 22, und Vanessa ist … war doch noch nicht 16. Das wär dann Verführung Minderjähriger, hat sie gesagt. Deshalb durften die Eltern noch nichts davon wissen. Außerdem arbeitet er doch nur in der Druckerei, wo sie den *Reutlinger Stadtanzeiger* drucken. Und Abitur hat er auch nicht.«

Ich konnte mir vorstellen, wie die Mutter mit den Goldarmbändern hohldrehte, wenn ihr Töchterchen sich an einen Drucker wegwarf, und erst der Vater. Heiter.

»Und wie habt ihr das nun gestern Nachmittag geplant?«

»Ich habe Vanessa um vier abgeholt, wie immer.«

»Mit dem Fahrrad?«

Petra nickte. »Wir sind zum Stall gefahren. Vanessa hat Prinz fertig gemacht. Dann hatten wir Reitstunde bis sieben. Da war dann auch Heide inzwischen da. Sie wollte noch die Reitstunde bei Hajo mitnehmen und dann nach Frankfurt fahren. Dort wollte sie bei einer alten Freundin übernachten und dann morgens um acht oder so von Frankfurt nach Teneriffa fliegen.«

»Und Vanessa?«

»Eigentlich wollte Vanessas Mutter sie bis Stuttgart mitnehmen. Aber Vanessa hat mir gesagt, dass sie versuchen will, ihre Mutter davon zu überzeugen, dass sie die eine Nacht in der Villa alleine übernachten darf oder bei mir. Dann wäre sie Freitag noch von hier aus in die Schule gefahren und erst dann mit dem Zug nach Stuttgart. Aber Heide wäre dann schon auf Teneriffa, und Vanessa wäre natürlich hiergeblieben. Wenn Vanessas Mutter darauf bestanden hätte, dass Vanessa schon diese Nacht beim Vater verbringt – total hirnverbrannt! –, dann wäre Vanessa gleich mit dem Zug von Stuttgart nach Reutlingen gefahren. Da hätte sie dann bei Ronni übernachtet.«

»Und das war noch nicht klar, als ihr gestern Nachmittag ins Gestüt fuhrt?«

»Noch nicht ganz. Aber Vanessa hat gesagt, es würd wahrscheinlich klappen. Sie wollte dann sofort heimfahren, wenn die Mutter weg wäre, und Ronni anrufen, damit er sie abholt.«

Dann musste Vanessa um acht noch am Leben gewesen sein. Sie hatte sich ordentlich von der Mutter verabschiedet. Andernfalls dürfte Heide kaum in den Urlaub gefahren sein.

»Aber du hast nicht so lange gewartet?«

»Nein, ich muss um acht daheim sein. Ich bin so gegen Viertel vor acht los.«

»Kannst du dir erklären, wie Vanessas Fahrrad vom Gestüt in den Amselweg gekommen ist?«

»Ronni hat ein Auto. Vielleicht haben sie sich doch im alten Steinbruch verabredet, und er hat das Fahrrad mitgenommen.«

»Ohne Vanessa?«

»Ich weiß es doch auch nicht.« Erst jetzt erstickte ein Schluchzen Petras Stimme. »Ich weiß doch auch nicht, was passiert ist. Wäre ich doch nicht heimgefahren. Ich hätte meine Mutter anrufen können und sagen, dass ich später komme. Ich hätte ja sagen können, dass Vanessa mich zum Abendessen eingeladen hat, irgendwas. Vanessa wollte auch, dass ich bleibe. Vielleicht hat sie irgendetwas geahnt. Sie wollte, dass wir das feiern, wenn ihre Mutter weg ist. Aber … ach Scheiße … ich hatte keine Lust dazu. Ronni und Vanessa knutschen dann ständig rum und vergessen, dass ich auch noch da bin. Das ist voll peinlich.«

Ich rutschte mit halber Pobacke zu Petra auf den Stuhl und nahm das schluchzende Mädel in den Arm. Das ganze Elend kam heraus. Petra war im letzten halben Jahr aufopferungsvolle Freundin gewesen, obgleich Vanessa nur noch Augen für Ronni und kaum noch Zeit für Petra gehabt hatte, die immer mit dem Fahrrad bereitstand, um Vanessa pro forma im Amselweg abzuholen und abends wieder heimzubegleiten, damit die Mutter nichts merkte. Immer öfter brachte Vanessa die Reitnachmittage mit Ronni im alten Steinbruch zu. Manchmal verspätete sie sich. Dann verspätete sich Petra, und ihre Mutter zeterte was vom Rollstuhl und drohte mit Ausgehverboten. Nur donnerstags lief es anders, weil Heide um sieben mit Zoro zur Reitstunde antrat. Da musste Vanessa anwesend sein. Aber einmal war Heide auch überraschend am Montag aufgetaucht. Petra hatte spontan lügen müssen und behauptet, Vanessa sei gerade mal schnell zur Stutenkoppel hinausgeradelt. Zum Glück hatte es Heide nicht weiter interessiert und sie war verschwunden. Aber seitdem hatte Petra immer Angst, dass ihr das nächste Mal keine Ausrede einfallen könnte. Die Reitstunde ohne Vanessa machte keinen rechten Spaß mehr. Überhaupt machte alles weniger Spaß. So wie früher war es nicht mehr, seit Ronni da war.

Ich strich Petra durch die Dauerwellenfransen. Das Drama, das sich die Mädchen da ausgedacht hatten, machte hinreichend plausibel, warum Petra mir heute Nachmittag auf meine Fragen nach dem Verbleib Vanessas nicht hatte antworten wollen.

»Du kriegst auch noch deinen eigenen Ronni«, sagte ich. »Aber du kannst froh sein, dass du nicht aussiehst wie Vanessa. Wenn ihr die Kerle nachsteigen, dann hat sie immer den Frechsten und die ganze Zeit Stress. In dich wird sich einer wegen deines klugen Gesichts verlieben. Aber die Dauerwellen, die lass abschneiden.«

Petra schüttelte den Kopf. »Erstens sind meine Haare voll dünn …«

»Man soll nicht aufmotzen, was nicht zu retten ist. Schau mich an. Ich versuche auch nicht, Model für die Gesichtspflege von Ellen Betrix zu werden.«

Petra lächelte unter Tränen und schüttelte erneut energisch den Kopf. »Und zweitens finde ich …« Sie blickte mit Glitzertropfen in den Wimpern zu mir hoch. »Zweitens finde ich Mädchen interessanter.«

Es fuhr mir unsäglich durch die Glieder. Was mir erst mit Ende zwanzig aufgegangen war, das wusste Petra trotz Dorf mit sechzehn, oder gerade wegen des Dorfs. Da schmorte man im eigenen Saft. Da konnte man nur Bücher lesen oder immer wieder dieselben Trottel treffen. Da geriet nicht alles so stromlinienförmig wie in der Stadt. Da standen die Häuser schief und hatten Kuhstalleingänge. Da gab es den Kinderarzt, der seine Autos auf der Straße reparierte, den blinden Uhrmacher und eine schrullige Witwe wie meine Mutter, Ökofreaks, Dichter und Narren. Da waren abartige Lebensideen möglich, da schickte man revolutionäre Träume los in die Welt, da gestand man sich ein, dass man Mädchen liebte, aber nicht diese dummen Laffen zwischen Pickeln und Arbeitslosigkeit.

Ich umarmte Petra unwillkürlich heftig, denn ich musste mich an ihr festhalten, um nicht vom Stuhl zu rutschen. Unvermutet süß kam es mir vor, die mausgraue Chemiekrause aus ihren Schläfen zu streichen. Gewitzt ruhten die blaugrünen Augen auf mir. Köstlich waren die Lippen mit dem salzigen Unterschichttrotz. Voll und stark kamen mir Seele und Körper entgegen. Fest waren die Hüften, empfindlich die Innenseiten der Schenkel, schwer die Brüste. Sie hatte pfundweise Lebendigkeit zu vergeben, einen Körper so überwältigend und warm, dass ich am eigenen Glück erstickte.

Wir fielen vom Stuhl in Klamotten und Stiefel. Es gab, obgleich ich versuchte zu vernünfteln, keine Bremse mehr. Ich konnte die Verantwortung gar nicht übernehmen für das, was ich tat. Heute verlor ich den Verstand und übermorgen verschwand ich in die Stadt und ließ sie sitzen. Aber Pullover, Sweatshirts und Jeans, Socken, Hemdchen und T-Shirts, die neugierig aus allen Ritzen herankrochen, umschlangen uns und verwickelten mich in unaussprechliche Lüste. Petra krallte mir die Hose gleich samt Schlüpfer vom Hintern wie eine Frau, die das schon hundertmal getan hat. Ich habe sie nicht gefragt, woher sie wusste, was passieren musste. Sie tat, was anstand, was sich ergab, was sie wissen wollte. Nie war sie unsicher. Nie zögerte sie. Nie störte ein blödes Kichern. Sie war eine dieser seltenen, überaus kostbaren, verschwenderisch weiblich gepolsterten männlichen Seelen von überwältigender erotischer Sicherheit und der entwaffnenden Begabung, aus einer zuweilen vom Gewissen gebissenen Frau wie mir einen Kinderschänder zu machen.

Natürlich mussten wir unterm Galopp der Westernmusik leise quietschen und keuchen, denn jenseits der Tür am Ende des Flurs kochte die Mutter das Abendessen. Auch mussten wir schnell machen, denn um acht gab es Essen.

Ich krallte mich in einen Teddybären vom Bett, als Petra mir die Beine auseinanderzog. Immer mal wieder war ein Single-Jersey-Ärmel dazwischen, kroch eine Socke in die Achsel, glitschte ein Reitstiefel unter die Rippen. Wissenschaftlich glusten Petras Augen unter langen Wimpern, wenn ihre Hände meine Falten öffneten. Dann stopfte ich mir einen Ärmel ins Maul, um nicht zu schreien. Sie zog ihn raus und gab mir einen ihrer Brüste.

»O Gott!« Noch nie hatte ich beim Orgasmus »O Gott!« gequietscht – natürlich leise.

13

Als Mama Graber an die Kinderzimmertür wummerte – »Essen ist fertig!« –, hatten wir die Hosen gerade wieder an. Ich nahm Petra noch einmal in den Arm.

»Du weißt, aus uns wird nichts. Wir sehen uns wahrscheinlich nie wieder.«

Sie nickte mit dem Kopf an meinem Busen. »Ich weiß, aber vielleicht darf ich dich mal besuchen, wenn ich in Stuttgart bin.«

»Aber klar, ich würde mich freuen.«

Mit weichen Knien versuchte ich, die Berggasse hinunterzukommen, ohne mich an Hauswänden abzubremsen. Ich rief über Handy in der PD in Reutlingen an, verlangte Kommissarin Feil vom Dezernat für Tötungsdelikte und teilte ihr mit, dass mir zufällig zu Ohren gekommen sei, dass Vanessa einen Freund namens Ronald Maiwald in Reutlingen gehabt hatte, einen Drucker beim *Reutlinger Anzeiger.*

Ich wäre gern selbst hingefahren, um den Burschen in der Druckerei aufzuschrecken und zu fragen, ob er eigentlich nicht Manns genug sei, nach Vanessa zu suchen, wenn sie am Abend ihrer großen Verabredung nicht anrief und nicht auftauchte. Diese ganze pubertäre Heimlichkeit entband ihn, verdammt noch mal, nicht der Pflicht, Himmel und Hölle aufzustören, das gesamte Gestüt verrückt zu machen, den Vater zu alarmieren und zur Polizei zu gehen, wenn seine Freundin ins Gestüt hineinging, aber nicht wieder herauskam. Was für ein Triefel war das eigentlich?

Aber ich hatte keine Zeit. Ich musste zum Dinner bei Gallion.

Meine Mutter präsentierte sich elegant in blauem Faltenrock und lindgrüner Bluse. Der weiße Dutt schimmerte silbrig. »Jetzt beeil dich aber. Wegen dir werden wir noch zu spät kommen.«

Ich sprang die Treppen hinauf. Beim Eintritt in mein Kinderzimmer, in dem keine weichen Klamotten auf dem Boden herumwolkten, ereilte mich das Trillern des Handys. Richard, das kannte ich schon, hatte die Neigung, im falschen Moment aus der Versenkung aufzutauchen, aber er war es nicht, auch nicht Sally. Es war Dieter Bongart.

»Entschuldigen Sie.« Seine Stimme klang ziemlich knotig. »Störe ich? Ich muss mit jemandem reden. Ich muss Ihnen etwas sagen …«

»Dann sprechen Sie jetzt«, sagte ich und schälte mich einhändig aus den Jeans, die von der Rennerei durchs Kaff und vorangegangenen Anstrengungen schwitzig an meinen Schenkeln klebten.

»Nicht am Telefon. Könnten wir uns nicht irgendwo treffen? Ich könnte Sie zum Essen einladen. Hier im *Hotel König* haben sie eine anständige Küche. Wie finden Sie das?«

»Sagen Sie, flirten Sie mit mir?«

Er lachte. »Hätten Sie was dagegen, mal so gefragt?«

»Leider der falsche Moment«, sagte ich. »Ich muss mich jetzt blitzschnell in Schale werfen und ins Gestüt. Wer beim alten Gallion zu spät kommt, muss mit den Hunden hinterm Haus essen.«

»Na gut«, sagte er im Ton des guten Verlierers, »da kann man nichts machen. Vielleicht ein andermal.«

Zehn vor halb neun bog ich mit Emma und meiner Mutter von der Eninger Landstraße auf die Zufahrt zum Gestüt Gallion. Westlicht machte die Frühsommerfarben alt und schwer. Rot glühten die Klinker zwischen dem Fachwerk des alten Bauernhauses. Das Hauptgebäude strahlte orange, Bäume und Zäune leuchteten. Es sah nicht nach Regen aus, also ließ ich Emma mit offenem Verdeck auf dem Parkplatz zurück.

Meine Mutter machte sich gut in so frivoler Kleidung. Auf der anderen Seite des Hofs streckte Falko seinen schönen Hechtkopf aus einer der Außenboxen.

»Komm, Mama, ich zeig dir mein Lieblingspferd.«
»Ach, lass mal.«
Doch sie folgte mir über den Hof, wenn auch zögernd. Falko stellte seine Gazellenohren und streckte uns einen mutwilligen Schädel entgegen. Ich erklärte meiner Mutter, warum ich mir eine Zigarette anzündete. Falko schnoberte mit kitzligen Barthaaren über meinen nackten Arm. Ich kratzte ihn an der Stelle am oberen Schulterblatt, die sich Pferde gern gegenseitig beknabbern. Solche Kratzerei am Widerrist senkt sofort den Herzschlag. Falko entblößte genüsslich die unteren Schneidezähne und machte sich dann an meiner Handtasche zu schaffen. Meine Mutter sah mit einer Mischung aus Sorge und Bewunderung zu.
»Guten Abend«, sagte Hajo von hinten. »Dann hat man Sie also doch noch eingeladen.«
Die Abendsonne fiel auf sein rasiertes Gesicht und das heufarbene feuchte gestriegelte Haar und mischte sich in der Iris mit dem Hellblau der Augen zu Wasserfarbengrün. Er hatte seine speckige Zweithaut gegen ein paar Jeans, ein braunes Jackett, ein weißes Hemd und eine blaugrün gestreifte Krawatte getauscht.
»Meine Mutter«, sagte ich, »Hajo Lem, Hauptbereiter.«
Sie gaben sich die Hand. Meine Mutter schaute ihn ein wenig herausfordernd an, als ob sie eine Bemerkung über ihre neuartig farbige Kleidung erwarte. Sie verkannte, dass das, was im Moment im Mittelpunkt ihres Denkens stand, ihn nicht berühren konnte, weil er sie nicht kannte.
»Na«, sagte Hajo stattdessen mit einem Augenwinkelblick über meine nackten Arme und Beine in dem weiß-schwarzen Hänger mit den Trensenapplikationen, »Sie wollen wohl hier noch ein zweites Kleid ruinieren. Passen Sie auf, Falko wird Ihnen den Riemen Ihrer Handtasche durchbeißen.«
»Gib doch Obacht auf dein Sach'«, mahnte meine Mutter.
Ich argumentierte Falko mit leichtem Daumendruck den

Lederriemen aus dem Maul. Er ließ ungern den gut eingespeichelten Riemen los.

Siglinde erwartete uns an der Tür zur Küche in kurzem Rock auf breiten Hüften. »Frau Nerz, das ist aber nett, dass Sie auch kommen. Geht doch schon mal hinauf. Ich komme gleich.« Sie wandte sich eilig in die Küche, um Mimi Kobel zu sagen, dass sie unauffällig noch ein Gedeck auflegen sollte.

14

Ich spürte Hajos Blick in den Kniekehlen, als wir die Treppe erklommen. Siglinde folgte ihm auf dem Fuße und trat gleich nach uns in den Salon und lenkte Hajo ab. »Was macht Hamsun? Wird sie heute Nacht abfohlen?«

Er löste den Blick von meinen zu muskulösen Oberarmen. »Gert ist bei ihr. Er sagt Bescheid, wenn es so weit ist.«

Ich erinnerte mich an die hochtragende Stute neben dem Hauptbeschäler Palas im Stall, die den Knopf von meiner Kostümjacke gerupft hatte.

Jetzt befingerte Siglinde das silberne Trensenstück an meinem Kleidgürtel. »Passend für den Anlass. So sind sie, die Städter, was, Hajo? Immer richtig angezogen.«

Hajo blinzelte in ihre schwarzen Locken, die auf ihrem rosa T-Shirt brannten.

»Du hast keinen Firlefanz nötig wie ich«, sagte ich Siglinde in die Augen, »du siehst einfach sexy aus.«

Sie erschrak und lächelte. Weniger wüst hätte ich es kaum sagen dürfen, um dieses eifersüchtelige Stutenpiaffieren vor Hajo zu beenden.

Während Siglinde noch lächelte, bemerkte ich, dass auch der General seine Augen diagonal durch den Salon stielte. Was war denn los heute? Wieso drehten sich auf einmal alle nach mir um? Bürgermeister Wagner war auch wieder da, diesmal mit einer dünnen Frau in geblümtem Sommerkleid, die sich insgeheim für den Ehrengast hielt. Beim General stand in naturfarbenem Hanfanzug Gerhard von Sterra, der Neffe von Gallions verstorbener Gattin aus ostpreußischem Adel, der heute die Reste von *Gallion Obstsäfte* unter ökologischen Gesichtspunkten verwaltete und am Rand von Metzingen ein bundesweit beachtetes Ökohaus aus Holz betrieb, das sich mit seinen Solarzellen auf dem Dach nach der Sonne drehte. Seine Frau, eine Anthroposophin aus Stuttgart, die trotz des festlichen Anlasses nicht auf das fußfreundliche Schuhwerk verzichtet hatte, stand in der Ecke und sonderte ihr Lächeln in homöopathischen Dosen ab.

»Schau dir das an«, sagte der General aus dem Mundwinkel zu Herrn von Sterra, »fünf Jahre lang haben wir nichts von unserem ehemaligen Familienmitglied gehört, und auf einmal ist sie wieder da. Und das nur wegen eines alten Herrn wie mir. Am Ende bleibt sie noch.«

»Du kommst ganz nach Vingen zurück?«, erkundigte sich Siglinde. Meine Mutter warf mir einen erschreckten Blick zu.

»Halt die Klappe«, flüsterte ich Siglinde in die Locken. »Sonst glaubt am Ende noch jeder, ich hätte es aufs Erbe abgesehen.«

Es war ein Fehler gewesen, dass ich mich von meiner Mutter hatte überreden lassen, dem Siebzigsten des Alten beizuwohnen. Aber ich gebe zu, dass mich Bongarts Bemerkung, der General habe mich immer gemocht, milder stimmte.

Mimi Kobel keuchte mit der Suppenterrine die Treppe herauf und Siglinde wies uns die Plätze am großen Tisch zu. Der General präsidierte, Siglinde zu seiner Linken, den Bürgermeister zur Rechten, neben ihm meine Mutter, ihr gegenüber Frau Wagner, von deren Seite Frau von Sterra nicht weichen wollte, sodass Herr von Sterra an die Seite meiner Mutter geriet. Hajo und ich nahmen die beiden gegenüberliegenden unteren Plätze ein.

In der rotbraunen Rinderbrühe schwammen Flädle und Schnittlauch. Mimi konnte kochen. Ich versuchte, mit Frau von Sterra eine Konversation über Gartenkräuter anzuknüpfen, während sie mit angelegten Ellbogen die Suppe löffelte. Eigentlich, fand ich, hätte sie Vegetarierin sein müssen. Hajo schaufelte die Suppe mit aufgestützten Ellbogen und dreckigen Fingernägeln. Oben am Tisch ging es um Lokalpolitik. Meine Mutter bediente die Bürgermeistersgattin mit Rezepten für Kräutertees. Sie hatte bereits herausgefunden, dass Frau Wagner ein Kind unterm Herzen trug. Ich stellte mich auf einen schweigsamen Abend ein und gierte nach einer Zigarette. Es war mein Schicksal, dass ich immer an unkommunikative Tischnachbarn geriet.

Siglinde half Mimi, die Suppenteller runter- und die Forellen hochzutragen.

»Wir haben doch eine Journalistin am Tisch«, hörte ich beim Grätenfischen den General sagen. »Die kann uns das sicher sagen.«

Alle schauten mir auf die Gräten.

»Herr Wagner, was unser Bürgermeister ist, meint«, rief der General den ganzen Tisch herunter, »ich soll ein Testament machen.«

»Das habe ich so nicht gesagt«, wehrte sich Wagner.

»Natürlich nicht. Sie wollen ja nicht, dass ich denke, Sie dächten, dass es Zeit wird für den Alten abzutreten. Aber wozu ein Testament? Da könnte ich mich am Ende fragen, wer eigentlich was verdient hat. Wenn man einmal anfängt, darüber nachzudenken …«

Du Arschloch, dachte ich, muss das jetzt sein?

»Also, Lisa, du als Journalistin, was meinst du? Muss meine Tochter sich Sorgen machen?«

»Wieso?« Ich verstand ihn wirklich nicht.

Er lachte. »Ich rede von dem, was meine Tochter kriegt, wenn ich kein Testament mache. Kapiert?«

»Eine Hälfte kriegt sie immer, nämlich den Pflichtteil«, stotterte ich.

»Aber nur«, sagte der General, »wenn sich sonst keine Erbberechtigten melden. Zum Beispiel uneheliche Kinder. Und nur, wenn ich nicht wieder heirate. Dann wird der Pflichtteil geteilt, nicht?«

Wozu fragte er mich noch?

Frau Wagner erinnerte sich der Exhumierung von Yves Montand wegen einer unehelichen Tochter, die den Vaterschaftsnachweis brauchte, um ans Millionenerbe zu kommen. Meine Mutter kannte zwar diesen Franzosen nicht, fand es aber beunruhigend, dass so manche Wahrheit aus dem Grabe wieder herauskam, und nannte es gotteslästerlich.

»Es hat sich doch herausgestellt, dass sie gar nicht seine Tochter ist«, bemerkte Frau von Sterra. »Das hat der Gentest bewiesen.«

Siglinde und Mimi schleppten Kaninchenbraten, Kartoffeln und Broccoli an.

Die Schwangerschaft von Frau Wagner wuchs sich zum Tischgespräch aus. Sie berichtete bereitwillig, dass ihr jeden Morgen schlecht war, woraus meine Mutter schloss, dass es ein Junge werden würde.

»Mir sind ja leider keine Enkel vergönnt«, bemerkte der General. »Jedenfalls bislang nicht.« Womit wir wieder mal beim Thema waren. »Mein Sohn hat's leider nicht hingekriegt, Gott weiß, warum nicht, und meine Tochter ist entweder güst oder lesbisch.«

Gerhard von Sterra machte Miene, als vermute er hinter *güst* eine besonders moderne Form von sexueller Perversion, nach der man nicht fragte. Siglinde hielt die Lider gesenkt und entbeinte konzentriert die Kaninchenkeule. Aber ich bemerkte eine leichte Röte hinter ihren Ohrläppchen.

»Hajo, sagen Sie mal«, rief Gallion den Tisch herab, »wie machen Sie das? Nie geht eine Stute leer vom Hof. Oder ist schon mal eine leer geblieben, die Sie beglückt … ich meine, mit einem unserer Hengste beglückt haben?«

Bürgermeister Wagner lachte haltlos.

Hajo grub sein gemeines Lächeln tief in die Mundwinkel und schwieg.

»Kommen Sie«, sagte der General, »machen Sie nicht so ein Geheimnis darum. Wie kriegen Sie das hin? Woher wissen Sie, wann es Zeit ist für den Sprung? Ich bin sicher, einige hier am Tisch wird das brennend interessieren.«

Jetzt verlor Frau Wagner die Haltung und prustete kichernd Broccoliröschen über den Tisch. Ihr Gatte wischte sich die Brille.

»Nun verraten Sie uns schon Ihr Geheimnis, Hajo. Schweigen Sie nicht immer. Ja, er ist kein großer Redner, unser Hajo, er ist ein Mann der Tat. Aber wir wissen, dass er den Hengst nicht braucht, um zu wissen, wann eine Stute so weit ist. Er hat seine Tricks.«

Der General hatte eine gnadenlose Stille herbeigeredet, die Hajo keine andere Wahl ließ, als in die erwartungsvollen Gesichter hinein zu erklären, dass er die Eierstöcke der rossigen Stuten nach dem Follikel abtastete, der kurz vor dem Eisprung stand. Also rein in den Darm. Der General entblößte seinen mageren Arm, um es gestisch zu verdeutlichen, und Frau Wagner fing an zu husten.

Nein, sag's nicht, dachte ich, als der Alte wieder das Wort bekam.

»Was würden wir nur ohne Hajo machen? Vielmehr unsere Stuten. Da muss doch auch unsere wildeste Stute eines Tages tragen, nicht?« Er fingerte seiner Tochter ins Haar. Sie schüttelte ihn mit hochgezogener Schulter ab.

Es war wie früher, nur schlimmer. Hajo sagte nichts, weil er ein abhängig Beschäftigter war. Siglinde schwieg, nicht aus Mangel an Wut und Mut, sondern weil sie nicht die rhetorische Fertigkeit besaß, den Spitzen des Generals in gesellschaftlich gediegener Runde zu begegnen. Und ich duckte mich, in der Hoffnung, dass der Hausherr mich außen vor lassen würde.

Doch zum ersten Mal fragte ich mich, wie er sich wohl fühlte, wenn er alle Blicke niederredete und am Ende nur noch gesenkte Lider sah und gegen Mauern von Trotz und Erbitterung anbellte. Vielleicht lag es an dem Abstand von fünf Jahren, dass ich in des Generals Stimme das Scheppern von Verzweiflung hörte. Vielleicht sehnte er sich nach Antworten, die er zugleich so sehr fürchtete, dass er prophylaktisch mit schwersten Geschützen über den Braten feuerte.

Ich hob die Augen und sah, dass er mich ansah.

»Und wie soll er heißen?«, fragte meine Mutter die Bürgermeistersgattin über den Tisch hinüber. »Haben Sie schon einen Namen?«

»Wenn es ein Mädchen wird, Judith oder Julia, und Alexander, wenn es ein Junge wird.«

»Hajo«, fuhr Gallion dazwischen. »Was ist das eigentlich für ein Name? Schreibt man den mit Y oder mit J?«

Hajo blickte irritiert auf.

Verdammt, dachte ich. Siglinde hatte ihrem Vater erzählt, dass ich beim Anblick von Hajos Unterschrift schnell und bedenkenlos auf Analphabetismus getippt hatte. Nachdem er mich und Siglinde vorgeführt hatte, sah Gallion nun die Chance, auch den Mann, den er für seine Tochter vorgesehen hatte, zu demütigen. Ich hatte es satt.

»Hajo«, sagte ich, »ist die Kurzform von Hans-Joachim.«

Damit erübrigte sich die Frage nach Y oder J. Gallion blinzelte. Er würde nicht das Risiko eingehen, Hajo direkt einen Analphabeten zu nennen. Er ging nie das Risiko ein, dass ihm jemand nachwies, dass er unrecht hatte.

»Dann heißen Sie also eigentlich Hans-Joachim?«

»Nein, nur Hajo.«

»Steht das so in Ihrem Pass?«

Hajo nickte. Selbst wenn es nicht stimmte, konnte Gallion sich kaum den Pass zeigen lassen.

»Und Lem? Irgendwie klingt das polnisch, oder irre ich mich da? Schreibt man das mit zwei M?«

Ich schüttelte den Kopf.

»Nein«, sagte Hajo.

»Aber Sie kommen doch irgendwo von da oben?«

»Aus Kühlungsborn.«

»Kühlungsbronn?«

»Ah, Kühlungsborn«, sagte ich. »Gibt es da nicht ein ziemlich großes Gestüt?«

»Da komme ich her«, sagte Hajo.

»Man lernt doch nie aus«, rief der General. »Ein Gestüt, das ich nicht kenne, eine Schande. Da muss ich auf meine alten Tage doch noch mal auf Reisen gehen. Kühlungsbronn oder wie? Das muss ich mir aufschreiben. Alte Leute können sich nichts mehr richtig merken.« Er stand auf und griff sich Block und Bleistift beim Telefon. »Wo hab ich nur meine Brille? Ach, wissen Sie was, Hajo, schreiben Sie mir das schnell auf.« Block und Stift landeten neben Hajos Teller.

Bitte, Mama, sag was, dachte ich. Sag irgendwas, lenk den General ab.

»Zum Häkeln brauche ich auch eine Brille, aber hören tu ich noch ganz gut«, teilte meine Mutter mit. »Erst letzte Woche hat der Arzt festgestellt, dass ich für mein Alter sogar ein außergewöhnlich gutes Gehör besitze.«

Da die anderen am Tisch die Brisanz von Gallions Auftrag an seinen Angestellten ohnehin nicht begriffen hatten, stiegen sie eilig auf das Thema ein und steuerten Informationen zur Taubheit der heutigen Jugend bei. Gallion fühlte sich provoziert, sein Gehör zu verteidigen, nachdem er Gedächtnis und Sehleistung soeben preisgegeben hatte.

Hajo hatte den Bleistift noch immer nicht ergriffen. Niemand konnte vom Burschen verlangen, dass er am Tisch des

Bauern die Mahlzeit unterbrach. Aber im Grunde schob Hajo nur noch Kaninchenknochen mit Messer und Gabel hin und her. So schwierig, dachte ich, konnte das mit den 26 Buchstaben doch nicht sein. Er war zwar offenbar in der DDR aufgewachsen, aber doch nicht im Busch, wo er nie ein geschriebenes Wort gesehen hatte. Für einen, der so exklusive Worte beherrschte wie *Zynismus* oder *Sodomit*, konnte es doch nicht unmöglich sein, das Zeichenbild seines Heimatorts zu reproduzieren, das er hunderte Male auf dem Ortsschild gesehen haben musste. Man musste die Zeichen bloß abmalen, notfalls aus dem Gedächtnis, und ein gutes Gedächtnis hatte er ja.

Meine Mutter stieß zur Blindheit vor. Gallions schwarze Augen ruhten auf Hajo, der auf den Teller schaute. Ich lehnte mich zurück, sodass Gallion mich hinter Frau von Sterra nicht mehr sehen konnte, und klopfte mit der Messerspitze ganz leicht auf den Tisch. Zu hören war es nicht, aber Hajo spürte die Erschütterung unter seinen Unterarmen. Sein Blick schoss die Platte entlang zu meinem Messer. Ich malte ein K auf das Holz, für mich auf dem Kopf, für ihn richtig herum.

Er nahm den Bleistift.

Mangel an Mut konnte man ihm nicht nachsagen. Oder ihm war nicht klar, dass er, wenn es nicht klappte, nicht mehr einfach kommentarlos aufstehen und weggehen konnte, ohne dass allen sein Scheitern offenbar wurde. Als er sich anschickte, das Ü auf der falschen Seite neben das K zu setzen, klopfte ich noch mal mit der Messerspitze. Nicht einmal besonders ungelenk kopierte er dann linkshändig Buchstabe für Buchstabe, während Mimi anfing die Teller einzusammeln. Derweil grübelte ich darüber, warum Pferde nicht schreiben lernten. Es hatte mit der Frage zu tun, warum sich Tiere in Urwäldern und Steppen orientieren konnten, sich Menschen aber oft in Städten und Gebäuden verliefen, selbst wenn sie dort schon einmal gewesen waren. Pferde hatten ein fotografisches Gedächtnis für Gelände. Lag an einer Mülltonne eine Mülltüte, die am Vortag nicht dort gewesen war, dann scheute so manches Pferd. Es erkannte jeden Weg, aus welcher Richtung auch immer es darauf stieß. Es hatte einen Plan von der Gegend im Kopf, exakt bis auf Steine am Wegesrand und variabel genug, um jahreszeitliche Veränderungen einzubauen. Doch genau dort, wo Pferde im Hirn die Landkarte anlegten, dort legte der Mensch sein Alphabet an, wenn er schreiben lernte. Viele verloren damit das Orientierungsgedächtnis. Dies geschah in der linken Hirnhälfte, die ihre Befehle an die rechte Schreibhand weitergab. Hajo war Linkshänder wie die meisten Pferde, die den Linksgalopp bevorzugten, und wie viele männliche Genies, etwa Leonardo da Vinci oder Einstein. Aus irgendeinem Grund war es ihm bislang nicht geglückt, die 26 oder 29 Zeichen, aus denen wir die Worte bildeten, in seinem Hirn brauchbar zu organisieren.

Als Mimi Kuchenteller und Kaffeetassen verteilte und Apfelkuchen auftrug, schob Hajo den Notizblock von sich. Gallion hatte, das war offensichtlich, in dem Moment den Spaß an der Sache verloren, als Hajo den Bleistift ergriff. Es machte mir nichts aus, dass der General mir nun einen Blick zuwarf, der mir sagte: »Ätsch, du hast dich geirrt, der Kerl kann's doch.«

Kaum war die Tafel aufgehoben, verschwand Hajo, um nach der Stute Hamsun zu schauen. Siglinde verdünnisierte sich mit Mimi in die Küche. Ich kannte das auch, dieses dringende Bedürfnis, unten einen Topfdeckel an die Wand zu werfen oder sich in der Stille einer Toilette auf den Finger zu beißen. Ich trat auf den Balkon, der seitlich am Haus über dem Durchgang zu den Westweiden hing. Wenn man sich ans Ostende des Balkons stellte, konnte man fast den ganzen Hof überblicken. Ich fragte mich wie früher oft, was der General wohl sagen würde, wenn ich mich hinunterstürzte. »Macht nichts, die Stute war sowieso güst.«

Mimi und Siglinde brachten endlich Obstler und Schnapsgläser. Hajo erschien wenig später. Siglinde fragte ihn mit Blicken, er deutete ein Kopfschütteln an. »Noch nicht so weit.« Seine Nervosität war nicht recht einleuchtend, wenn man sie auf die tragende Stute bezog. Die meisten Stuten fohlten nach Mitternacht ab, wenn es am ruhigsten war. Und sie brauchten in der Regel menschliche Ammendienste nicht. Hajos Augen wussten nicht so recht, ob sie mir ausweichen oder an mir hängen bleiben sollten. Siglinde lächelte viel zu viel, wie jemand, der nicht zeigen will, dass er sich fürchterlich geärgert hat.

Der General beobachtete mich von hinten, ich fühlte es und richtete, um mich abzulenken, an Hajo die Frage, ob er bei jeder Fohlengeburt dabei sei.

»Wollt ihr euch nicht endlich duzen?«, stieß Siglinde mit Schnapsgläsern dazwischen.

Wir hoben die Gläser darauf.

»Weißt du, Hajo«, sagte Siglinde, »jetzt kann ich es dir ja sagen: Lisa hat doch wirklich geglaubt, dass du Ana … also dass du nicht schreiben kannst …«

Du Aas, dachte ich.

»… aber Papa hat sich jetzt selber lächerlich gemacht mit seinem Kühlungsbronn oder wie das heißt.«

Hajo sagte nichts, ich auch nicht.

»Lisa, du musst unbedingt morgen ausreiten«, sagte Siglinde. »Hast du deine Reithose dabei? Nein? Na, macht nichts. Ich müsste noch eine haben, die dir passt.« Sie trat zurück und maß mit den Augen meine Gesäßbreite und meine Beine. »Das wird schon gehen. Du bist im Becken etwas schmaler als ich.«

»Aber ich habe seit fünf Jahren nicht mehr auf einem Pferd gesessen.«

»Reiten verlernt man nicht, das ist wie Fahrradfahren, was, Hajo?«

Hajo riss den Blick von meinem Gesäß hoch und nickte. »Wir werden schon ein ehrliches Pferd für sie finden.«

Wenn die Bereiter von ehrlichen Pferden anfingen, dann

war man als Reiterin praktisch durchgefallen und gehörte zu den Damen mit Goldarmbändern und morschen Knochen, die bei jedem Seitensprung des Gauls sofort das Gleichgewicht verloren.

»Siglinde!«, schrie der General von der Eichenwand her. »Hier sind noch andere Gäste, und die haben leere Gläser.«

Sie schwirrte ab, griff die Schnapsflasche und füllte dem Bürgermeister und Herrn von Sterra nach. Frau von Sterra lehnte ab und raffte den leinenen Edelknitter aus deutschem Ökofachhandel zusammen. Als Siglinde zu Frau Wagner kam, griff meine Mutter ein. »Alkohol schadet Ihrem Kind, denken Sie daran.« Doch sich selbst verwehrte meine Mutter das Gläschen nicht. »Das ist gut für die Verdauung.« Frau Wagner lächelte wie gefoppt und musste sich nun auch noch eine auf Gottes Strafe hinauslaufende Schilderung der Fehl- und Dummgeburten der unverheirateten jungen Leute aus der Nachbarschaft anhören. »Als ich mit meiner Tochter schwanger war, habe ich die Wäsche mit Weihwasser besprengt.«

Ich schlich mich von seitlich an den General heran, der mit Herrn von Sterra über Weinlagen sprach und mit seinem Keller prahlte.

»Warte, ich habe da was für dich. Ich hole die Flasche mal gleich aus dem Keller.« Im Umdrehen wäre er beinahe gegen mich geprallt. »Was willst du?«

»Ich muss mit dir reden.« Es fiel mir immer noch schwer, den General zu duzen. Es gab Intimitäten, die gönnte man nicht jedem.

»Was hätten wir miteinander zu bereden?«

Ich sah Siglindes kohlschwarzen Blick von jenseits des Zimmers und wandte ihr den Rücken zu. »Hör zu, Schwiegervater. Ich will eins klarstellen: Ich bin nur drei Tage hier wegen meiner Mutter. Von dir will ich nichts. Ich bin nicht hier, um die alten Geschichten wieder auszugraben. Also hör auf zu behaupten, ich hätte es auf dein Geld abgesehen. Und wenn du wirklich uneheliche Kinder hast, dann mach gefälligst ein Testament zugunsten Siglindes. Sie hat's verdient.«

»Geh mir aus dem Weg!«

»Wenn du vorbeiwillst, dann geh da lang. Oder hör mir zu.«

Der Alte schlitzte die Augen und gebar ein fieses kleines Lächeln. »Was legst du dich denn so ins Zeug für Siglinde. Ihr wart euch doch früher nicht grün. Hast wohl ein schlechtes Gewissen, eh?«

»Wieso denn?«

Er lachte tonlos. »Rennst gegen die Riegelwand und fragst noch, wo es gewummert hat. Du gestattest, dass ich dir nicht glaube. Natürlich willst du was. Jetzt tust du so, als wolltest du Siglinde helfen. Aber sie braucht deine Hilfe nicht. Wir brauchen alle deine Hilfe nicht. Mein Sohn hat sie auch nicht gebraucht. Also geh mir aus dem Weg.«

»Ich bin nicht schuld an Todts Unfall! Er saß am Steuer.«

»Du denkst wohl, mit deinem entstellten Frätzchen glaubt dir das jeder. Seht her, ich bin ja selber Opfer. Aber was hast du gemacht mit Todt? Keiner war dabei. Was wirklich passiert ist, weißt nur du allein. Dein Gewissen ist rein, ja? Vollständig? Hast einem versoffenen Pfaffen gebeichtet und Ablass bekommen. So seid ihr doch. Hab ich recht? Aber verschont mich, du und deine Mutter, mit dem christlichen Getue, wir helfen uns selbst. Und wenn du Siglinde wirklich was Gutes tun willst, dann verschwinde und hör auf, Hajo nachzustellen. Sie hat nicht mehr viel Zeit, weißt du. Ich sterbe bald. Und ich will hier noch mal Kindergeschrei hören. Ich will die nächste Generation sehen. Ich will sehen, dass es weitergeht. Ich sage dir, wenn Siglinde nicht bald zu Pott kommt mit diesem Kerl oder einem anderen, dann mache ich ein Testament, aber eines, das sich gewaschen hat. Das habt ihr dann davon, ihr aufsässigen Weiber. Also lass den Hajo in Ruhe und meine Siglinde, und sag mir nicht, was ich zu tun habe. Und geh mir aus dem Weg.«

Er schubste mich beiseite und verließ das Zimmer.

Ich zündete mir auf dem Balkon eine Zigarette an. Fledermäuse schwirrten im schwindenden Zwielicht. Drosseln sangen, Amseln auf den Häusern und Wipfeln, und fern im Gebüsch der Ars, dort, wo die Pferde die Nacht verbrachten, begann eine Nachtigall ihr Lied. Kühl strich mir die Luft um die Schultern. Ein heller Pferdekopf schimmerte vor dem schwarzen Loch der Außenbox. Vielleicht war es Falko, der über den Hof lauschte. Ich sah ihn auch, den Mann mit weißem Haar, bevor er um die Remise verschwand. Gallions Weinkeller aber befand sich genau unter der Küche.

»Was war denn?«, fragte Siglinde plötzlich bei mir draußen auf dem Balkon. Über ihre Locken sprangen rotschwarz die Lichter vom Zimmer hinter ihr.

»Deinen Vater reitet der Teufel. Du solltest ihn umbringen, bevor er sein Testament macht.«

»Aber vielleicht hat er schon eines gemacht.«

»Aha. Du hast tatsächlich schon darüber nachgedacht.«

»Quatsch!«

»Mach dir nichts draus. Die meisten Leute denken irgendwann einmal über Mord nach. Man kann so viele Probleme lösen, wenn man störende Menschen beseitigt. Die meisten tun es nur nicht. Denn hinterher hat man noch größere Probleme mit der Polizei. Es sei denn, keiner merkt, dass es Mord war. Deinem Vater bräuchtest du nur eine gute Suppe mit Schnittlauch und Eibengrün machen. Das gibt Brechdurchfall. Alte Leute sterben zuweilen an Durchfall. Zwar könnte euer Hausarzt ahnen, dass es eine Atropinvergiftung ist. Aber er wird sich hüten, auf dem Totenschein ›nicht natürliche Ursache‹ anzukreuzen und euch die Polizei ins Haus zu bringen. So etwas spricht sich im Dorf herum und die Patienten laufen ihm weg.«

Siglinde lachte äußerst unbehaglich.

Ich nahm sie bei der Hand und zog sie weg von der Tür in den

Einblickschatten der Hauswand. »Hörst du die Nachtigall? Die Welt hat viel Anlage zum Paradies.«

Hätte es nur den Apfel nicht gegeben. Wieder einmal fragte ich mich, warum das christliche Dogma den Apfel nicht tabuisiert hatte. Herrschte doch allgemeiner Konsens darüber, dass es sich bei der Frucht des verbotenen Baums um einen Apfel gehandelt hatte. Aber Pfaffen und Mütter waren sich einig, dass es ohne Apfel nicht ging, zumal in einer Obstbaumgegend wie dieser. Auf dass wir täglich unsere Unschuld verlieren und die Strafe ihren Sinn bekommt.

15

Um halb elf hatte Gott ein Einsehen und ließ uns gehen. Der General wollte ins Bett. Auch Siglinde, die um sechs wieder rausmusste, hatte schon ganz kleine Augen. Meine Mutter war hingegen gar nicht müde und blieb in der offenen Küchentür stehen, um Mimi Mut zuzusprechen, die den Abwasch aber schon halb hinter sich gebracht hatte.

»Was machen Sie denn mit den Resten?«

Ich zupfte meine Mutter am Blusenärmel hinaus, ehe sie sich den kalten Broccoli einpacken ließ. Siglinde brachte uns dann noch über den dunklen Hof. Am Durchgang zum Parkplatz gab sie uns die Hand.

Emma stand mittlerweile mutterseelenallein auf dem immerhin von einer Laterne beleuchteten Parkplatz. Die anderen waren schon alle abgefahren. Ich führte meine Mutter über den Kies – nachts sah sie nicht mehr so gut – und machte ihr die Tür auf. Vom roten Leder meines Sitzes musste ich ein paar Ebereschenblätter fegen, die der Baum über uns hatte fallen lassen, bevor ich mich hinters Steuer setzte. Inzwischen war es nicht mehr nur kühl, es war eisig. Ich hätte eine Jacke mitnehmen sollen. Ich hätte auch das Verdeck zumachen können. Aber für die paar Minuten bis in die Wieselstraße lohnte sich das nicht.

Emma war alt und hatte ihre Mucken. Der Motor hustete. Schon beim rückwärts Ausparken hätte mir auffallen müssen, dass mit der Bremse etwas nicht stimmte. Als ich den Weg zur Landstraße hinabrollte, etwas zu schnell, weil fröstelnd verkrampft und damit Emma sich freihustete, und als ich dann bremsen wollte, bevor ich auf die Landstraße bog, da musste ich pumpen und hatte keine Bremse mehr.

Von rechts eierte ein Scheinwerfer herbei. Dem würde ich genau vor den Bug rollen. Ich war schon zu dicht an der Straße und zu schnell, um Emma herumzureißen und in einen Koppelzaun lenken zu können. Ich war praktisch schon auf der Straße und trat das Gaspedal ins Bodenblech.

Meine Mutter kiekste. Rechts schrillten Reifen. Emma sprang über die Straße, schlug mit der Schnauze bös in die Wiese gegenüber, hoppelte über Maulwurfshügel, ratschte unters Gezweig eines Apfelbaums und krachte gegen den Stamm. Die Zweige brachen sich an der Kante der Windschutzscheibe und schlugen mir kleine Äpfel und Blätter ins Gesicht. Ich nehme an, meiner Mutter auch.

Die Bremse hatte nicht funktioniert. Ich war wie gelähmt von Erinnerung. »Die Bremse!«, sagte Todt, nein, schrie er, und schon schossen wir über die Wiese in den Birnbaum.

Und meine Mutter? Ich sah ihre Augen schon durchstochen von Ästen, das Figürchen geköpft. Es war viel Blattwerk zwischen uns, das ich beiseitekämpfte. Sie saß ganz still, Holzknöchlein im Dutt. Aber die Lippen bewegten sich. Sie betete, also lebte sie.

»Du hättest uns umbringen können, Kind!«

»Die Bremse hat nicht funktioniert. Bist du verletzt? Tut dir was weh? Nicht bewegen. Warte, ich hole dich raus.«

Ich schlug mich durchs sperrige Gezweig auf den Rücksitz

und hinten übers Heck hinaus. Dann tauchte ich wieder unter den Apfelbaum und wuchtete die Beifahrertür auf. Meine Mutter fiel mir entgegen. Ich zog sie unter dem Geäst hervor und stellte sie auf die bucklige Wiese. Sie stand. Sie probierte Beine und Füße. Es funktionierte.

»Die schöne Bluse!«, sagte sie.

»Ich kauf dir eine neue.«

Ein Zweiglein hatte ihr eine kleine Wunde in die Stirn geschlagen. Der Blutstropfen, der herausquoll wie die rubinroten Tropfen aus dem Leib des heiligen Sebastian überm Sofa, schnürte mir die Kehle zu. Hemmungslose Reue und gewaltige Trauer überwältigten mich. Beinahe hätte ich sie getötet. Beinahe wäre es mir gelungen. Aber der bonbonfarbene Schutzengel aus dem Wohnzimmer war stärker gewesen als die unbewussten Tötungswünsche der Tochter. Gott sei Dank.

»Du bist wirklich in Ordnung, Mama?«

Da kam auch schon der Fahrer des anderen Wagens über die Straße auf die Wiese. Das Karohemd flatterte ihm über dem Gürtel. »Was fällt Ihnen ein?« Ihm wurde klar, dass er zwei Frauen gegenüberstand. »Sie haben wohl den Führerschein im Lotto gewonnen.«

»Die Bremse hat versagt«, sagte ich.

»Ach was, Sie haben Bremse und Gas verwechselt.«

Es war klar, die Polizei musste her. Der GTI des jungen Mannes hing mit zwei Rädern im Straßengraben. Eine Befreiung aus eigener Kraft war nicht mehr möglich. Ich kroch noch einmal unter den Baum, um meine Handtasche zu suchen. Emma knisterte leise. Die Motorhaube war aufgeworfen. Totalschaden nannte man das wohl. Ich strich ihr übers Blech. Das gefiederte Ebereschenblatt, das ich zwischen Schutzblech und Kühlerhaube hervorzog, war nicht aus diesem Baum gefallen. Ich probierte das Handschuhfach, in dem sich der Hebel für die Motorhaube befand. Wieder einmal hatte ich es nicht abgeschlossen gehabt.

Auf der Landstraße hielt ein zweiter Wagen, ein Audi. Ich rief über Handy die Polizei. Inzwischen kam der Audifahrer auf die Wiese. Seine Frau winkte vom Straßenrand. Meine Mutter kannte sie. Ich begriff nicht, wen sie mir da vorstellte, irgendwelche Leute mittleren Alters aus ihrer Gemeinde, aber sie erboten sich, meine Mutter heimzubringen. Der GTI-Fahrer erklärte sich einverstanden. Ich war zu gelähmt, um meiner Sorge Ausdruck zu geben, dass meine Mutter allein daheim einem Schock erliegen könnte. So blieben der GTI-Fahrer und ich an der dunklen Landstraße zurück. Er kaute Pfefferminzkaugummi.

Ich zitterte mir eine Zigarette rein. Wie viel Alkohol hatte ich eigentlich getrunken? Wie oft bekam die Polizei die Geschichte von versagenden Bremsen zu hören, wenn die Flitzer zu Seiten der Landstraße in den Gräben und Bäumen hingen? Emma ist tot, dachte ich und hatte das Gefühl, alles falsch gemacht zu haben. Es war logisch nicht zu erklären. Es war ein ungutes Gefühl, unter dessen Decke sich die Ungereimtheiten meines Lebens regten. »Geh mir aus dem Weg«, hatte der General vorhin gesagt, und ganz nah hatte ich eben meine Mutter an den Tod gefahren, nachdem wir einen so unbeschwerten Nachmittag beim Einkaufen verbracht hatten. Nur gut, dass wir es heute getan hatten, denn jetzt hatte ich kein Auto mehr. Derartige Dinge zwischen Banalität und Tragik gingen mir durch den Kopf, als ob es galt, das Eigentliche zu unterdrücken: Warum hatte Emmas Bremse versagt? Warum hing sie im Baum wie vor fünf Jahren Todts Porsche? Warum wiederholte es sich?

Ein Streifenwagen aus Vingen landete an. Zwei Polizisten stiegen aus, ein Jungbulle und ein Älterer mit grauem Schnauzer und steiler Falte in der Stirn. »Sie haben die Unfallstelle nicht abgesichert.«

»Die da«, sagte der GTI-Fahrer, »ist einfach aus dem Feldweg rausgefahren.«

»Meine Bremse hat versagt.«

Die Polizisten trennten uns. Der Jüngere ließ sich vom GTI-Fahrer seine Unschuld beteuern, der Ältere nahm sich meiner an. »Sie schlottern ja. Ist Ihnen kalt? Kommen Sie, setzen wir uns in den Wagen.«

Im Polizeiauto war es windstill und stickig. Ich verwies auf meine Mutter, die man daheim als Zeugin befragen könne, und endete unversehens bei dem Unfall, den Todt und ich auf der anderen Seite von Vingen gehabt hatten.

»Ich erinnere mich daran«, sagte der Polizeihauptmeister. »Ich war damals zwar nicht an der Unfallstelle, aber so was lässt einen ja nicht kalt. Sie sind also Todt Gallions Frau?« Er musterte die Narben in meinem Gesicht. »Und jetzt sagen Sie, die Bremsen hätten damals versagt. Sie kommen ein bisschen spät damit. Das lässt sich heute nicht mehr nachprüfen. Aber wenn diesmal die Bremsen versagt haben, dann wird das morgen der Sachverständige feststellen. Darauf können Sie sich verlassen.«

Er sah mich an, als erwartete er, dass ich meine Aussage als Ausrede widerrufe. Aber das Ebereschenblatt, das zwischen Haube und Kotflügel geklemmt hatte, war ein eindeutiger Beweis, dass jemand auf dem Gestütsparkplatz seine Finger in Emmas Motorblock gehabt hatte. Ich hatte den General über den Hof gehen sehen, als er vorgab, Wein aus dem Keller zu holen. Und ob Hajo jedes Mal bei der Stute gewesen war, wenn er für zehn Minuten verschwand, war auch fraglich. Um das Dutzend vollzumachen, auch Dieter Bongart hatte gewusst, dass mein Auto mit Stuttgarter Kennzeichen an diesem Abend auf dem Gestütsparkplatz stehen würde.

»Emma … ich meine, mein Auto ist zwar ein altes Auto, aber …«

Der Jungbulle unterbrach uns. Er beugte sich zum Fenster herein, um sich den Alkoholautomaten geben zu lassen.

»Ich muss auch Sie fragen«, sagte mein Hauptmeister, »ob Sie etwas getrunken haben.«

»Ein Glas Wein zum Essen und einen Obstler hinterher.«

»Hm. Dann rufen wir mal den Abschleppdienst.«

Manchmal war es hilfreich, eine Frau im viel zu leichten Kleidchen zu sein und verwirrt einem älteren Herrn das Herz auszuschütten. Er füllte den Unfallbericht aus, schrieb mir seinen Namen, Weckerle, auf einen Zettel und bat mich, ihn anzurufen, wenn mir noch etwas einfiele.

Um halb zwölf kam der Abschleppdienst. Es war nicht schwierig, den GTI aus dem Graben zu ziehen, aber Emma stellte sich wie üblich störrisch an. Es war ihr letzter Protest.

Weckerle und sein Kollege wurden zu einem weiteren Einsatz gerufen. Der Abschleppwagen stand mit der Schnauze in Richtung Eningen und konnte auf der Landstraße nicht wenden. Es war den Männern zwar peinlich, mich allein auf der Straße zurücklassen zu müssen, aber ich behauptete, jemand vom Gestüt könne mich heimfahren.

16

Die Nachtigall sang. Ich ging die Zufahrt hinauf zum Gestüt. In keinem der Häuser brannte noch Licht. Ich gab meine Absicht auf, Gallion zur Rede zu stellen. Mir war nicht aggressiv genug zumute. Der Blutstropfen auf der Stirn meiner Mutter schnürte noch an meiner Kehle. Von Kindheit an war ich darauf getrimmt, kleine Zeichen als große Mahnungen zu verstehen. Ich war zu weit gegangen heute Nachmittag bei meinem Rechten mit meiner Mutter. So was rächte sich.

Von den Außenboxen drang leises Schnauben über den Hof. Der nachtfüllende Jubel der Nachtigall lockte mich über die Arsbrücke zwischen die Koppeln. Ich hörte Pferde über den harten Boden traben. Wind rauschte in den Bäumen und wehte den Geruch nach Erde, Gras und Herde herbei. Das Mondlicht formte Pferdeleiber im Dunkeln. Sie kamen an den Zaun. Weiche Mäuler und schnobernde Nüstern begrüßten mich wie ein fremdes Fohlen, forderten mich zum Mitkommen auf, fort in die Prärie.

Die Illusion endete für sie am nächsten Koppelzaun und für mich, als ich Licht bemerkte. Es fiel aus einem Spalt der Schiebetür des vom Hauptweg zurückgesetzten Stalls, in dem Palas und Hamsun und die beiden alten Stuten untergebracht waren. Durch den Spalt drohte mir die Schnauze des Belgischen Schäferhundes, ganz schnurrhaargesträubte knurrende Wachsamkeit.

»Bär, was ist?«, sagte drinnen Hajo. Seine Hand langte dem Hund ans Halsband. Die andere schob die Tür auf. Er war zu verblüfft, zu erschrocken eigentlich, um die Maske rechtzeitig auf sein Gesicht zu bekommen. Ich sah in Abgründe zügelloser Verbitterung, die er rasch mit seinem indiskreten Lächeln zudeckte.

»Was wollen Sie … was willst du denn hier, eh?«

»Mein Auto ist kaputt.«

Er blickte an mir entlang. »Ah so.« Doch zog er den Hund zurück und ließ mich in den Stall. Die beiden alten Stuten hoben die Köpfe. Der Hengst schnaubte über die Boxentür. Hajo ließ den Hund los, der mich nun mit erhobener Schnauze umkreiste. Die Tür zu Hamsuns Box stand offen. Die Stute mümmelte geistig abwesend im Heu.

»Was macht Hamsun?«

Hajo wischte sich die Hände am Jeansgesäß ab und schaute sich nach der Box um. Das weiße Hemd hatte er gegen ein grünliches T-Shirt vertauscht. »Das Euter ist voll. Es kann nicht mehr lange dauern. Sie ist nur ein bisschen nervös. Es ist ihr Erstling.«

»Ist sie nicht überhaupt ein bisschen spät dran? Es ist schon Juni.«

»Juni ist noch okay. Wir hatten zwei lange Winter. Rosse und

Tragzeit hängen von der Sonneneinstrahlung ab. Es haben heuer alle spät abgefohlt. Hamsun ist die Letzte. Das Fohlen ist halt nicht sonderlich vital.«

»Dann sollte ich wohl schleunigst wieder verschwinden. Sonst störe ich nur.«

Er hätte mir beistimmen müssen, doch wusste er sichtlich nicht, was er sagen sollte. Hamsun stand in der Box, den schönen hellgrauen Kopf ins Heu gesenkt, die Ohren nach allen Richtungen rätselnd. Das Euter war nicht nur prall gefüllt, die Milch tropfte sogar schon heraus und lief ihr die Innenseiten der Schenkel hinab. Hin und wieder zog sie angewidert ein Hinterbein an.

»Also, dann gehe ich mal. Viel Glück mit dem Fohlen.«

»Ich kann dich nicht heimfahren«, sagte Hajo, »leider.«

»Ist schon klar.«

»Ich habe nämlich keinen Führerschein.«

»Ist nicht nötig, wirklich nicht. Ich gehe zu Fuß. Es sind nur ein paar Kilometer.«

»Aber du kannst mein Fahrrad haben, wenn du willst.«

Eine überraschend angenehme Aussicht. »Wenn das ginge.«

»Aber sicher.« Er schien erleichtert über die Lösung, die zielgerichtetes Handeln erforderte, zog einen Schlüsselbund aus der Hose und setzte sich in Richtung Stallausgang in Bewegung.

In diesem Moment schoss Hamsun das Fruchtwasser unterm Schweif hervor. Hajo blieb stehen. Es war, als versuchte er einen Alptraum abzuschütteln, in dem er sich noch befand.

»Sag mir nur, wo dein Fahrrad steht«, sprang ich ihm bei. »Ich werde es schon finden. Bleib du bei der Stute. Ich bringe den Schlüssel zurück.«

Er ließ den Schlüssel in meine Hand gleiten und wandte sich der Box zu. »Das Fahrrad steht im Haupthaus die Treppe runter links. Das blaue.«

Hamsun warf sich zu Boden.

Hajo betrat die Box und hatte mich in diesem Augenblick vergessen. Dickbäuchig ließ sich Hamsun auf die Seite fallen und stöhnte. Der Kopf lag im Stroh mit kleinen eingesunkenen Augen. Die streifige Kiefermuskulatur zeigte, wie sehr sie während der Wehe die Zähne zusammenbiss. Ihr Atem ging zitternd. Ich blieb. Wenn sich die Stute die Austreibung nicht verkniffen hatte, bis ich weg war, dann störte ich jetzt auch nicht mehr. Es war ein Gerücht, dass Stuten sich von der Herde entfernten, um allein zu gebären. Sie mussten sich nur sicher fühlen. Hamsun war offensichtlich ein Pferd, das die Gesellschaft von Menschen und die Gegenwart alter Stuten und des Hengstes schätzte. Es mochte sie sogar beruhigen, denn irgendwie quälte sie sich mächtig und verstand nicht so recht, warum. Als sie Anstalten machte, sich nach den ersten Wehen wieder zu erheben, drückte Hajo ihren Kopf zurück ins Stroh. Dabei wurde er meiner wieder gewahr.

»Ich fürchte, das Fohlen liegt nicht richtig.«

»Soll ich den Tierarzt rufen? Ich habe ein Handy hier.«

Er belächelte meine Sorge. Offenbar konnte der Tierarzt nichts tun, was nicht auch Hajo konnte. Ohne Zweifel brauchte er dabei auch meine Hilfe nicht. Dennoch legte ich Handtasche und Schlüssel vor der Schnauze des Belgischen Schäferhundes ab. Hajo überließ mir generös den Platz am Kopf der Stute. Zwar musste man eine Stute nicht am Aufstehen hindern, aber so wie Hamsun lag, lag sie gerade sehr gut, und die Seitenlage war die leichtere. Im Stehen hätte sie das Fohlen aus dem Bauch heraus durchs Becken pressen müssen.

»Du wirst dein Kleid versauen«, sagte Hajo vom Hinterteil der Stute her. Ich zippelte am Saum, zurückgeworfen auf die Lächerlichkeit kurzer Kleidchen, während Hamsun stöhnte und vor Schmerzen mit den Hinterbeinen schlug. Hajo wich behände aus. Sie knirschte mit den Zähnen. Auf den Backenmuskeln erschienen Streifen. Hajo zog die Brauen zusammen. Allmählich hätten die Vorderhufe des Fohlens erscheinen müssen.

»Es will nicht«, bemerkte er und schob die Schweifhaare beiseite.

Hamsun hob den Kopf, Hajo auch, und ich warf mich dem Pferd auf den Hals. Ohne Zaudern schob Hajo Hand und Arm bis weit über den Ellbogen ins Pferd hinein. Hamsun stieß Töne aus, die menschlicher waren als menschlich. Sie wusste nicht, ob sie sich gegen den Zugriff wehren sollte oder gegen die eigenen Schmerzen. Auf der anderen Seite des hochgewölbten Bauchs ächzte Hajo. Tief im Stutenleib angelte er nach den Vorderhufen des Fohlens, um sie in den Geburtsgang zu dirigieren.

»Pressen! Pressen!«, stöhnte er.

Hamsun schlug mit den Hinterbeinen. Ich warf mich auf ihren Leib. Hajo fiel rückwärts gegen die Boxenwand. Sein linker Arm schleimte grünlich-bläulich-rötlich. Aber unter dem Schwanz der Stute spickten jetzt die Vorderhüfchen hervor, die zur Schonung des Geburtsgangs gummiartig gepolstert waren. Na bitte. Hajo hockte an der Boxenwand und keuchte. Hamsun stöhnte. Ein zweiter Schub, und Kopf und Schulter rutschten heraus. Hajo sprang auf und schob mich weg von der Stute, die flugs den Rest des Fohlens auswarf und im nächsten Moment aufstand. Die Nabelschnur riss.

Da lag im Stroh ein nasses schwarzes Bündel, halb verhüllt von einer blau-grün schillernden festen Haut. Der Kopf des Kleinen war unendlich lang und edel, die Ohren klebten im Genick. Hamsun drehte sich um und blähte die Nüstern, wich sogar zurück vor dem schwärzlichen Haufen im Stroh, der so gar nicht nach Pferd aussah.

Hajo sank auf die Knie. Nie habe ich einen Mann rückhaltloser lächeln sehen. Was für finstere Gedanken er auch bewegt haben mochte, als er zwei Stunden auf dem Strohballen an der Boxentür saß und wartete, jetzt schimmerte seine Seele rein und sauber, als er das Füllen, das noch völlig benommen war, mit Stroh abrieb. Stuten halfen ihren Fohlen nicht aus der

Embryonalhülle, aber dem Menschen war es unmöglich, nicht zärtlich zu werden. Gemeinsam taten wir am Fohlen, was unnötig war, aber dringend notwendig, um nicht an unserer eigenen Rührung zu ersticken. Es erregte schließlich Hamsuns Neugierde. Sie näherte sich, schnoberte und begann, ihre Ausgeburt zu beknabbern und zu belecken.

Hajo lachte leise und kehlig, wie Stuten tönen, wenn sie Kontakt aufnehmen, und zu meinem Schrecken gab der Winzling plötzlich ein Wiehern von sich. Hamsun antwortete mit zärtlichen Lauten.

Hajo ging sich waschen. Dann warteten wir Schulter an Schulter, Knie an Knie auf dem Strohballen an der Boxentür. Er schwieg, aber ich hörte seine Gedanken rumpeln. Ich dachte: Du wärst verrückt, wenn du ihn jetzt fragen würdest, ob er an Emmas Bremse war. Mir wurde kalt. Gänsehaut flutete meine Arme und Beine. Hajos Blick kitzelte über die gestellten Härchen. Er stand auf, ging weg, kam zurück, warf mir einen braunen Baumwollsweater zu und setzte sich wieder. Ich kämpfte mich in den Pullover, bemüht, Hajo nicht den Ellbogen ins Gesicht zu hauen. Wärme berauschte mich, zusammen mit dem Geruch nach Heu und Pferd im Gewebe.

Das Fohlen machte einen ersten Versuch, auf die viel zu langen Beine zu kommen. Weil Kopf und Schulter schwerer waren, lupfte es dem Tierchen die knickerigen Hinterbeine vom Boden, und es stürzte kopfüber ins Stroh. In Hajos Mundwinkeln zuckte ein kleines Lächeln.

Als Hamsun sich erneut hinlegte, wurde mir klar, dass wir auf die Nachgeburt warteten, ein blutiges, glibbriges Ungetüm, das Pferde höchst selten selber auffraßen. Hajo kam mit Schubkarre und Mistgabel. Der Hund im Stallgang witterte aufgeregt und verfressen. Das Fohlen unternahm den zweiten Versuch aufzustehen und stürzte. Hajo brachte die Schubkarre fort und setzte sich dann wieder. Hamsun wirkte desinteressiert, auch wenn das Euter stopfte.

»Ich hatte mal eine Stute«, sagte Hajo unvermittelt, »die hat ihr Fohlen zu früh bekommen. Die Milch war noch nicht da. Sie hat ihr Fohlen nicht anerkannt, ist sogar im Stall draufgetreten. Ich habe dem Fohlen die Flasche gegeben, aber es starb nach ein paar Tagen, weil ihm die Antikörper fehlten, die es mit der ersten Stutenmilch aufnimmt. Inzwischen hatte aber die Stute Milch. Sie ließ es nicht mehr zu, dass ich das tote Fohlen aus der Box holte. Sie verteidigte es wie wild.« Er warf mir einen kurzen Seitenblick zu. »Das hier ist ein Stutfohlen. Es wird kein erstklassiges Pferd, weil es so spät gekommen ist, aber es wird was. Willst du ihm einen Namen geben?«

»Ich?«

»Du warst doch zum ersten Mal bei einer Geburt dabei. Dann musst du ihm einen Namen geben. Und dann …«, er holte Luft, »dann musst du mir zeigen, wie man ihn schreibt, damit ich mich nicht wieder blamiere.«

Ich hielt die Luft an.

Das Füllen machte den dritten Anlauf, wackelte zwei Sekunden auf unkoordiniert in die Gegend staksenden Beinen und brach erneut zusammen.

»Ich habe nämlich nie lesen und schreiben gelernt. Es hat sich nicht ergeben. Meine Eltern gehörten zu einem kleinen polnischen Wanderzirkus. Wir waren immer unterwegs. Manchmal steckte man mich in eine Schule, aber ein kleiner Zirkus bleibt nirgendwo lange. Ich habe ein bisschen Polnisch und Ungarisch und Tschechisch gelernt, Russisch sowieso. Meine Eltern haben mit mir Deutsch gesprochen. Aber zum Lesen und Schreiben hat es nie gelangt. Als ich ungefähr zwölf war …«

Noch einmal brach das Stutfohlen zusammen, doch raffte es sich sofort wieder auf. Der Teufel steckte in den irrsinnig langen Beinen, die koordiniert werden mussten.

»… raffte eine Grippe die halbe Zirkusmannschaft hin, auch meine Eltern. Ich blieb im Gestüt Kühlungsborn. Der Alte zog mich wie einen Sohn auf, aber der Junge hasste mich. Als der Alte vor neun Jahren starb, bin ich gegangen.«

Das Fohlen stand sekundenlang völlig regungslos mit desorientierter Ohrhaltung und lotete sein Gleichgewicht aus.

»Seit der Wende ziehe ich durch Deutschland von Gestüt zu Gestüt und von Reiterhof zu Reiterhof. Ich habe den Stallburschen gemacht und für den Bauern das Mädchen für alles. Manchmal sind sie dahintergekommen, dass ich reiten kann, aber wenn sie mich dann zu den Prüfungen schicken wollten, damit ich den Pferdewirt oder den Bereiter mache, dann bin ich abgehauen.«

»Aber es gibt doch Kurse. Reutlingen hat eine Volkshochschule.«

»Die Programmhefte kann ich nicht lesen. Ich hätte mich jemandem anvertrauen müssen. Aber wenn man vierzig ist, dann will man sich nicht mehr zum Idioten machen. Es ist doch so, jeder Dummkopf kann lesen und schreiben, nur ich nicht. Es ist, als hätte ich ein Loch im Gehirn. Jemand hat mal versucht, es mir beizubringen. Ich habe mir nur gemerkt, wie man meinen Namen schreibt.«

»Aber du hast ihn falsch geschrieben, zumindest im Vertrag, den Siglinde dich hat unterschreiben lassen. Sonst wäre ich nicht darauf gekommen.«

Hajo lachte verärgert.

»Leider war Siglinde dabei, als es mir auffiel.«

»Und sie hat es dem Alten gesagt. Sie werden mich bloßstellen, bis mir nichts anderes mehr übrigbleibt, als zu gehen.«

Das Fohlen machte einen Schritt und schwankte. Ich spürte an Hajos Körperspannung, dass auch er den Sturz vorhersah, dass er mitlitt, als das Pferdchen, getragen vom Übergewicht des Kopfes, quer durch die Box segelte, jeden neuen Stolperer mit einer schrecklichen Verwirrung und Entflechtung der Beine abfangend. Sein Ziel war die Stute mit ihrem Euter. Es suchte nach etwas Winkligem und landete zunächst an ihrer Ellbogenbeuge. Hamsun knabberte zwar am wolligen Schwanzansatz des Kleinen, war aber noch nicht so erfahren, sich ihm mit dem Euter zuzudrehen.

»Ich würde gleich gehen, um mir die Demütigungen zu ersparen«, fuhr Hajo fort, »aber wenn ich jetzt abhaue, dann löst die Polizei wahrscheinlich eine Großfahndung aus und verhaftet mich unter Mordverdacht.«

Das war es also, was ihm seit Stunden im Schädel herumrumpelte.

»Dann nimm es als Chance«, sagte ich, »dass du diesmal nicht abhauen kannst. Geh in die Offensive, gib zu, dass du Analphabet bist, und lern endlich schreiben. An Intelligenz fehlt es dir ja nicht.«

»Danke«, knurrte er.

Der Instinkt sagte dem Fohlen zwar, dass es das Euter unter dem Stutenbauch finden würde, aber nicht, ob vorn oder hinten. Mit vorgestülpter Zunge suchte das Tierchen den Bauch entlang. Es war zum Verzweifeln. Solch sinnlose Instinktlücken interpretierte der Mensch gern als wichtiges Stadium der Stuten-Fohlen-Bindung. Es lernt Geruch und Farbe der Mutter. Vor allem an der Farbe erkennt es die Mutter auf der Weide unter anderen Stuten stets heraus. Doch stößt das Maul dann endlich ans Euter, spritzt ihm die Milch entgegen und rinnt ihm über die Zungentülle in den Schlund, dann hört die Suche nach Erklärungen auf. Unser Fohlen saugte sich fest. Aber Hamsun erschrak und wich aus. Die Suche begann von Neuem.

»Du hast ein gutes Gedächtnis«, fuhr ich fort, »ein großes Vokabular …«

Hajo hielt es nicht mehr neben mir auf dem Strohballen. Er trat an Hamsuns Kopf, um die Stute festzuhalten, damit sie dem Fohlen, das heftig suchte, nicht wieder ausweichen konnte.

»Lesen kann ich ja manches«, sagte er. »Ich weiß, was auf den

Klotüren steht, zum Beispiel. Manche Worte erkenne ich, aber ich könnte sie nicht schreiben.«

Er gab dem Fohlen einen kleinen Schubs unter die Hinterbeine der Stute. Ein Mensch kann eben nicht widerstehen, der Kreatur zu zeigen, wo es langgeht. Auch ich konnte es nicht.

»Ich vermute, es ist nur eine Frage der geeigneten Methode, dir das Schreiben beizubringen. Wenn du willst …«

So unvermutet direkt sprang mich quer durch die Box seine Hoffnung an, dass ich das unbedachte Angebot nicht vollendete.

Ich hatte ihn wohl im falschen Moment erwischt, als ich vorhin aus der Nacht auftauchte. Ich hatte ihn nicht nur aus finsteren Gedanken über das Missgeschick seiner Existenz, sondern auch aus glühenden Wunschträumen geschreckt. Ich hatte auf Gallions Tisch Buchstaben gemalt, um ihn vor Spott zu schützen, statt über ihn zu lachen, wie Dörfler über das Missgeschick ihrer Nachbarn lachten. Seitdem fantasierte er einen neuen Ausweg, träumte von Hilfe, träumte von einer Frau, die ihn erlöste aus der Einsamkeit des Bereiters zwischen seinen Pferden und der des Analphabeten in seiner lebenslangen Flucht.

An sich war ich keinem Abenteuer abgeneigt. Aber dieses hatte eine schwer abzuschätzende Dimension. Der General hatte mich davor gewarnt, seiner Tochter den Beschäler abspenstig zu machen. Außerdem konnte ich die Gefühle eines Mannes wie Hajo in keiner Weise absehen, abschätzen oder gar steuern. Seine soziale Prägung und Vorstellungen von Männlichkeit und Weiblichkeit mochten sich fatal an seiner tierischen Umgebung orientieren, nämlich an dem testosteronstrotzenden, eifersüchtigen und besitzergreifenden Gerangel von Hengsten um Stuten.

Das hungrige Stutfohlen wechselte schmatzend von einer Zitze zur nächsten, während Hamsun an Hajos Hand stillstand. Das Fohlen war schwarz, ein Rappschimmel, der mit den Jahren weiß werden würde wie seine Mutter.

»Und wie soll es denn nun heißen?«, sagte Hajo.

»Muss ich mich an das H der Stute halten? Dann Haifa.«

»Okay.« Hajo ließ die Stute los. Der Belgische Schäferhund sprang auf, als wir in den Stallgang traten. Hajo hob seinen Schlüssel und meine Handtasche vom Boden auf und gab mir meinen Teil. So unangenehm nahe kamen mir dabei die Gletscheraugen und die aus allen Poren dampfende Männlichkeit, dass ich zurückwich. Er hielt mir das Stalltor auf und lächelte ungemein undelikat. Der Hund musste drinnen bleiben. Hajo schob die Tür vor seiner sehnsüchtig in die Nacht schnüffelnden Nase zu und schloss ab. Sterne glitzerten. Der Mond rollte über die Schwäbische Alb. Fledermäuse flatterten. Immer noch jubelte die Nachtigall.

»Warum klappt es eigentlich mit dir und Siglinde nicht?«

Hajo schnalzte mit der Zunge. »Sie gefällt mir nicht.«

»Warum denn nicht? Sie ist schön und temperamentvoll. Und sie ist die Herrin eines Gestüts.«

»Was kümmert dich das, eh? Natürlich bin ich ihr dankbar. Sie hat mir hier Möglichkeiten gegeben, die ich nirgendwo hatte. Aber zum Sklaven mache ich mich deshalb nicht.«

»Was hast du denn für Vorstellungen von der Ehe? Du wärst unkündbar und Herr eines Gestüts. Dafür müsstest du sie nur ein bisschen vögeln. Das würdest du doch wohl hinkriegen.«

Hajo blieb stehen. »Es würde nichts nützen. Siglinde kann keine Kinder kriegen.«

Ich schluckte. »Woher weißt du das?«

»Es ist offensichtlich. Ein Jahr lang hat sie es mit diesem Bongart versucht. An ihm kann es nicht gelegen haben, er hat … er hatte eine Tochter.«

»Und eine güste Stute willst auch du nicht haben.«

Hajo schnalzte kopfschüttelnd und setzte sich wieder in Marsch. »Was ich will, spielt keine Rolle. Hör endlich auf, dich in unsere Angelegenheiten zu mischen.«

»Warum denn?«

»Du machst Siglinde und den Alten nervös. Merkst du das nicht? Ich weiß ja nicht, was damals vorgefallen ist, aber sie haben Angst vor dir.«

»Ach was! Siglinde und der General haben keine Angst. Aber du. Du bist doch vorbestraft. Sonst hättest du mir heute Mittag auf der Weide kaum so anschaulich die Qualen des Gefängnisses geschildert. Es war im Knast, wo einer versucht hat, dir das Schreiben beizubringen. Stimmt's?«

»Und wem willst du es zuerst weitererzählen? Der Polizei oder Siglinde oder dem Alten? Was willst du eigentlich genau von mir?«

»Antworten«, sagte ich. »Hier wurde jemand ermordet. Es geht mich nichts an, da hast du recht. Aber jemand hat heute Abend die Bremse an meinem Auto lahmgelegt. Meine Mutter hätte mit dabei draufgehen können.«

Er stoppte auf der Arsbrücke. Der Mond funkelte ihm aus den Augen. »Und deshalb tauchst du bei mir im Stall auf.«

O Gott, war er enttäuscht.

»Ich soll die Bremsen an deinem Auto beschädigt haben? Welches Auto war es denn von all denen, die vorhin auf dem Parkplatz standen?«

Am Stuttgarter Nummernschild hatte er sich jedenfalls nicht orientieren können. »Aber du wirst doch wohl das Auto vom Bürgermeister und das von Sterras kennen. Das dritte war meins. Ganz einfach.«

»Und was hat mir deine Mutter getan, dass ich sie dann gleich mit dir zum Teufel schicke, eh? Aber gut, Vanessa hat mir ja auch nichts getan und trotzdem habe ich sie bestialisch zugerichtet. Morgen schreien alle Analphabet und Mörder, und die Bullen schleifen mich vom Hof, damit wieder Ruhe ist. Aber sag mir mal, warum mich? Warum nicht Bongart, zum Beispiel.«

»Wieso Bongart?«

»Er war gestern Abend, also Donnerstagabend hier.«

»Wo?«

»Hier. Von meinem Fenster in meiner Stube im Wirtschaftshaus kann ich den Parkplatz sehen. Es war gegen neun, halb zehn abends, als ich ein Auto hörte. Es war Bongarts. Dann habe ich ihn gesehen. Eine Viertelstunde später fuhr er wieder.«

»Ein Vater ermordet nicht seine eigene Tochter.«

Doch ich dachte an Bongarts Anruf kurz bevor ich zu Gallion musste. Er hatte mir etwas sagen wollen. Vielleicht hatte er nur Hajo beschuldigen wollen, genauso, wie Hajo jetzt ihn anschwärzte. Die beiden Männer mussten sich hassen, nicht nur, weil der eine, der Reiche, sich Siglinde zuerst geschnappt hatte, und der andere, der Armselige, es jetzt ablehnte, Siglindes zweite Wahl zu sein.

»Du kannst Bongart nicht leiden«, sagte ich. »Siglinde hat mir von eurem Streit vor einem Jahr erzählt. Er wollte sich mit dir um seine Frau schlagen und du hast ihn vor allen Leuten lächerlich gemacht. Wenn er dich nicht hasst, so hasste dich bestimmt Vanessa dafür. Allein deswegen könnte sie auf die Idee verfallen sein, deinen Arabal zu vergiften. Die Eibenhecke wächst gleich in ihrer Nachbarschaft. Aber du hast auch sie selbst gedemütigt. Sie hast du nicht in der S-Gruppe mitreiten lassen, obgleich sie bestimmt besser ritt als ihre Mutter auf diesem Fuchs, wie heißt er doch: Zoro.«

»Zoro ist kein Fuchs. Er ist ein Schimmel.«

Hübsch, dachte ich. Der spanische Name für Fuchs hatte mich in die Irre geführt. Die weißen Haare im Putzzeug aus Bongarts Fach wirbelten mir durchs Hirn und der Schriftzug Bongart in der Kappe. Pflegten nicht Mädchen ihren Besitz mit Vor- und Zunamen zu kennzeichnen?

»Was läuft da eigentlich mit Heide Bongart? Was ist das für eine? Was treibt ihr mit ihr, ihr Männer?«

Hajo legte ein schmutziges Lächeln auf. »Ihr macht's Spaß.«

»Aber der Tochter doch wohl kaum, die das mit ansehen musste.«

Er zuckte mit den Schultern. »Das ist Sache von Mutter und Tochter. Was soll ich denn machen? Wenn ich Vanessa in der S-Gruppe hätte mitreiten lassen, hätte ich die Mutter auf dem Hals gehabt. Am Ende hätte sie noch behauptet, ich hätte was mit der Kleinen.«

»Kompliziert.«

Hajo hantierte mit dem Schlüsselbund, um die Tür des Wirtschaftshauses aufzuschließen. »Nicht kompliziert. Es ist ganz einfach. Solche Mädels wie Vanessa sind einfach tabu. Man sieht zu, dass man so wenig wie möglich mit ihnen zu tun hat. Außerdem haben sie sowieso nur Augen für ihr Pferd.«

»Aber sie hat sich an dir gerächt, an deinem Pferd Arabal.«

»Hör auf! Ich habe sie nicht getötet. Das wäre kein Grund für mich. Ich habe immer wieder alles verloren, und Arabal gehörte mir ja nicht.«

Er schloss die Tür auf und verschwand im Treppenhaus. Die Nachtigall jubilierte. Ich wartete unter Sternen, bis Hajo ein geschultertes Fahrrad aus der Tür rammelte und vor mich hinstellte. Nur die Reifen waren neu, und die Kette war geölt.

»Die Gangschaltung läuft«, sagte Hajo. »Ich habe sie hingekriegt.«

Wenn er in jedem Moment seines Lebens so gewitzt gewesen wäre, dann hätte er das nicht gesagt. Offenbar verfügte er auch über eine gewisse technische Begabung. Vermutlich hatte er in seiner Jugend auf dem Gestüt Kühlungsborn auch Traktoren, Heumaschinen und Trabis nicht nur gefahren, sondern auch repariert, zum Beispiel die Bremsen.

»Wirst du damit klarkommen?« Er musterte mein Kleidchen, das unter seinem Sweater hervorlugte, und die Stange des Rades, die dem bisschen Stoff kaum in die Quere kommen würde. »Nein, lass!«, sagte er, als ich Anstalten machte, seinen Sweater auszuziehen, und hob die Hände. Ich hatte meine Hände bereits am Pullover. Also kippte das Fahrrad zwischen uns. Ich fasste nach dem Sattel, er auch.

Etwas verwirrt radelte ich nach Hause. Nicht nur, dass ich im Fahrtwind bibbernd Rechenschaft von mir forderte, weil ich *nach Hause* dachte, obgleich ich zum Haus meiner Mutter fuhr. Mein *Zuhause* war eine Altbauwohnung in der Neckarstraße in Stuttgart gegenüber der Staatsanwaltschaft, wo ganz nebenbei bemerkt ein Oberstaatsanwalt meiner Rückkehr harrte, der sein Zuhause in einer Jugendstilwohnung an der Kauzenhecke hatte, einen Bechsteinflügel besaß und jede Menge Bildung und Kultur.

17

Meine Mutter schnarchte. Die töchterliche Sorge hatte mich bewogen, die Tür ihres Schlafzimmers einen Spaltbreit zu öffnen, um zu hören, ob sie noch atmete. Ich konnte mich nicht erinnern, ihr Schlafzimmer früher betreten zu haben, und war verblüfft, sie in einem Ehebett liegen zu sehen. Ich hatte angenommen, das habe sie so entschlossen abgeschafft, wie sie meinen Vater unter die Erde brachte und allen nickenden Eheweibern und Witwen des Ortes erklärte, ihr käme kein Mann mehr ins Haus. Mein männerfeindliches katholisches Gedankengut bekam später bei den Feministinnen der *Amazone* den richtigen Schliff.

Als Kind hatte ich mir einen älteren Bruder gewünscht. Mit einem Bruder über mir, auf dem die Hoffnungen der Eltern ruhten, hätte ich womöglich beizeiten kapiert, dass der Geschlechtsunterschied nicht nur auf Anatomie beruht, sondern vor allem auf unterschiedlichem Erleben, Denken, Fühlen, Verhalten und Wünschen. Als ich endlich mit Todts Hilfe den anatomischen Unterschied erkannte – ich hatte zwar davon gehört, dem jedoch keine existenzielle Bedeutung beigemessen –, war es zu spät, mein Ich noch umzukrempeln, in Männlichkeit und

Weiblichkeit aufzudröseln und mich Letzterem zuzuschlagen. Die hölzerne Madonna auf der Sockenkommode hatte mich von früher Kindheit an in die Irre geführt.

Petras überwältigend junges Fleisch kam mir in den Sinn. Die Gewissensbisse, die ich hätte haben müssen, weil ich eine Sechzehnjährige verführt hatte, der ich keineswegs die Freundschaft bieten konnte, von der sie vielleicht träumte, wollten sich nicht einstellen. Vielmehr wünschte ich mich zurück in die Wolken von Klamotten in dem Kinderzimmer und zwischen die Hügel weicher Brüste. Petra war gleichgültiger erzogen worden. Darum. Das Geld, das ihre Mutter an der Kasse bei Schlecker verdiente, reichte auch nicht weit. Aber dort herrschte nicht verschämte, sondern unverschämte Armut. Diese Mutter schnappte nach dem Hunderter, bevor sie mich zum Interview an ihre Tochter ließ. Da konnte auch Petra sich ihren Teil erobern. Ihre Geheimnisse bedrohte kein allwissender Gott mit unerdenklichen Strafen. Die Geheimnisse gehörten ihr ganz allein.

»Hast du das gewusst?«, fragte meine Mutter beim Frühstück am Küchentisch. »Da haben sie gestern eine Tote im Gestüt gefunden.« Sie blickte aus dem *Vinger Boten* auf, den sie jeden Morgen vor allem wegen der Todesanzeigen studierte. »Warum hast du mir denn nichts davon gesagt. Da sitzen wir beim Abendessen beim Gallion alle so fröhlich beisammen, und dabei hat ein junger Mann ein junges Mädchen ermordet …«

»Wie?«

»Die Polizei fahndet nach einem Bürschle aus Reutlingen. Einem Ronald Maiwald. Er soll die kleine Bongart ermordet haben, die aus dem Amselweg. Die kennst du doch. Ach nein, die Bongarts sind ja erst vor drei oder vier Jahren hergezogen. Ich habe die kleine Vanessa oft auf dem Fahrrad gesehen, mit Reitstiefeln, so wie du früher.«

»Nein, Mama. Du kannst mich nicht mit Vanessa vergleichen.«

Meine Mutter schob die Lippen vor. »Ich habe ja auch immer aufgepasst, dass ich weiß, wo du dich rumtreibst und mit wem. Es kann so viel passieren. Und die jungen Mädchen sind so vertrauensselig. Scheint's hat der Kerl aus Reutlingen der Vanessa nämlich Gewalt angetan und sie dann bei einem Pferd eingesperrt.«

»Steht das da so in der Zeitung?«

»Natürlich nicht. Das dürfen sie nicht schreiben, damit keine Panik ausbricht wegen einem Kinderschänder. Da steht nur, dass sie ihn als Zeugen suchen. Aber das ist nur ein Trick, damit er nicht merkt, dass sie ihm auf den Fersen sind. Stell dir vor, er ist mit der Mistgabel auf die kleine Vanessa losgegangen und ...«

»Mit der Mistgabel?«

»Das haben sie bei der Obduktion herausgefunden. Er hat ihr die Mistgabel in den Bauch gestoßen. Ein Wunder, wie sie das herausbekommen haben, denn die Leiche hatte scheint's überhaupt keine Menschenähnlichkeit mehr. Der Vater hat sie auch nur an einem Muttermal am Hals erkannt. Der arme Mann. Jetzt wollen sie noch den Zahnarzt von Vanessa fragen, ob das Gebiss übereinstimmt. Sie bitten ihn, dass er sich meldet, denn Vanessas Mutter können sie nicht fragen, weil sie irgendwo unterwegs ist.«

»Sag mal, weißt du, warum der alte Gallion gestern plötzlich vom Testament und von unehelichen Kindern angefangen hat? Hat er welche?«

Die Augen meiner Mutter glitzerten. »Da hat ihm mal eine aus Eningen ein Balg anhängen wollen.« Sie kramte im Schatzkästlein der Gerüchte. »Aber das ist gerichtlich bewiesen worden, dass er nicht der Vater war. Die war nur scharf auf sein Geld. Sie sind alle hinter seinem Geld her. Das Ripp von Bongart auch.«

»Was? Vanessa?«

»Nicht Vanessa! Die Mutter. Deswegen hat sie sich doch scheiden lassen. Sie will den Alten. Und nun ist die Tochter tot. Das hat sie nun davon.«

»Mama? Sag mal, wofür hat dich Gott eigentlich bestraft, dass du deinen Mann so früh verloren hast? Oder war's eher eine Belohnung?«

Sie sah mich entgeistert an, erschrocken, wie ertappt. »Aber, Kind, der war doch auch dein Vater.«

»Ich habe ihn mir nicht ausgesucht, aber du.«

»Ach Lisa, das waren damals doch ganz andere Zeiten.«

»Was soll das heißen?«

»Damals, da war das eben so. Man musste heiraten. Und man wollte es ja auch. Man hat doch Verantwortung.«

Mir frohlockte das Herz. Du alte Sünderin! »Ihr musstet heiraten?«

»Nun ja, dein Vater war halt ein ungestümer Bursche.«

18

Ich radelte nach Vingen hinein, Hajos braunen Sweater auf den Gepäckträger geklemmt, und schob das Rad die Berggasse hinauf. Aber bei Graber machte niemand auf. Die Mutter kassierte bei Schlecker, und Petra verbrachte den schulfreien Samstag offenbar woanders. Vielleicht besser so.

Das *Hotel König* grünte mit Kupferdächern aufgemotzt an der Durchfahrtsstraße und warb mit einem Stern für seine Küche. Bongart war nicht auf seinem Zimmer. Ich fand ihn im Frühstückssaal an einem Tisch in der Ecke über einer Schale Müsli mit dem Rücken zum früchtereichen Frühstücksbüfett.

»Nicht erschrecken!«

Er fuhr zusammen und versuchte zu lächeln. »Frau Nerz.«

Ein Kellner war sofort zur Stelle und erkundigte sich, ob ich Kaffee oder Tee wolle. Ich hatte keine Gelegenheit klarzustellen, dass ich nicht zu Bongarts Frühstücksrechnung gehörte, denn es trillerte mein Handy.

Polizeihauptmeister Weckerle von der Vingener Wache hatte seine Nachtschicht aus Gründen, die nur er kannte, verlängert und wollte mir nun mitteilen, dass sich der Sachverständige mein Auto bereits angeschaut hatte. »Eine Bremsleitung ist abgerissen. Kommen Sie doch so bald als möglich bei uns vorbei.«

Bongart war an die soziale Abartigkeit von Handys genug gewöhnt, um jede Form falscher Diskretion abgelegt zu haben. »Gibt es was Neues?«

»Es war die Polizei«, erklärte ich. »An meinem Wagen haben gestern Abend plötzlich die Bremsen versagt. Vielleicht hätte ich mich doch besser von Ihnen zum Essen einladen lassen sollen.«

Bongart lächelte müde.

»Es sieht nämlich so aus, als hätte jemand auf dem Gallion'schen Parkplatz seine Finger in meiner Bremsanlage gehabt. Was haben Sie denn gestern Abend so getrieben?«

Bongart hob die Brauen. »Was ist denn das für eine Frage? Bedenken Sie, dass ich nicht weiß, was Sie für einen Wagen fahren.«

»Aber Sie wussten, wo er stand, nämlich unter Bäumen auf dem Gestütsparkplatz. Und da stand gestern Abend nur ein Auto mit Stuttgarter Kennzeichen.«

Bongart seufzte. »Dann muss ich mir wohl ein Alibi überlegen, hm?« Er ließ die mischfarbenen Augen zum Nachbartisch schweifen, an dem eben Leute mit übervollen Orangensaftgläsern und Tellern mit Brötchen und Wurst anlandeten.

»Ach lassen Sie mal«, sagte ich. »Ich bin ja nicht die Polizei. Mich interessiert sowieso mehr, was Sie am Donnerstagabend im Gestüt gesucht haben.«

»Wie?«

»Sie sind gesehen worden. Leugnen ist zwecklos.«

»Wie reden Sie denn mit mir?«

»Sie wollten doch mit mir reden. Sie haben mich extra gestern angerufen, um mir etwas mitzuteilen, das man nicht am Telefon bespricht. War es das?«

Bongart seufzte und strich sich über den grauen Schnauzer. »Du meine Güte. Können Sie denn nicht verstehen, dass man mit jemandem reden will, wenn man eben gerade die Leiche seiner Tochter identifiziert hat? Meine Ehe ist kaputt und meine Tochter ist tot. Und diese Kommissarin ist ein Eiszapfen. ›Kennen Sie Ihre Tochter überhaupt‹, hat sie zu mir gesagt. Stellen Sie sich vor, Sie stehen vor einem Kadaver, der mit Plastik zugedeckt ist, und man zeigt Ihnen nur einen kleinen Leberfleck und behauptet, das sei der Hals. Und sagen Sie mal mit Bestimmtheit, dass Sie dieses Muttermal kennen und dass das Ihre Tochter ist. Da kommen Sie sich doch vor wie ein Prüfling, als müssten Sie noch beweisen, dass Sie der liebende Vater sind. Und dann sitzen Sie in diesem Hotel und stellen den Fernseher an.« Seine Stimme schwankte kurz. »Also gut. Es stimmt, ich war Donnerstagabend in Vingen. Ich habe meine Ex gesucht. Im Haus war niemand, also fuhr ich zum Gestüt. Ihr Auto stand zwar auf dem Parkplatz, aber sie war nirgendwo zu finden. Also bin ich unverrichteter Dinge wieder nach Stuttgart gefahren. Wenn ich mir vorstelle, dass da Vanessa schon …« Er brach ab.

»Und was wollten Sie von Ihrer Ex? Ich dachte, Sie reden nicht mehr miteinander.«

»Man kann doch nicht ewig kindisch sein. Es ging um Vanessa. Sie wollte eigentlich immer zu mir nach Stuttgart ziehen. Ich habe immer gesagt, das geht nicht, ich bin zu wenig zu Hause. Aber seit ein paar Wochen merkte ich nun, dass sie es nicht mehr wollte. Und wenn sie mich am Wochenende besuchte, war sie lustlos und verstockt, geradezu abweisend. Ich hatte den Eindruck, da ist irgendwas im Busch. Ich dachte, dass Heide vielleicht weiß, was los ist.«

»Vanessa hatte einen Freund in Reutlingen«, sagte ich. »Das war der Grund.«

Bongart fuhr sich übers Gesicht. »Warum hat sie mir das nicht gesagt? Das ist doch normal.«

»Die erste Liebe ist nie normal. Außerdem hätten Sie den Jungen abgelehnt. Er ist nämlich 22 und einfacher Drucker.«

Der Vater ächzte. »Wo ist er eigentlich? Wo war er denn, als Vanessa Hilfe brauchte? Wenn ich den erwische …«

»Die Polizei sucht ihn schon.«

Bongarts Schnurrbart sträubte sich. »Wenn er meiner Tochter auch nur ein Haar gekrümmt hat, dann gnade ihm Gott!«

Da bäumte sich die Männlichkeit im grauen Anzug auf. Aber wer an Rache denkt, hat den Tod des eigenen Kindes noch lange nicht begriffen.

»Hören Sie«, sagte ich, »dieser Ronni hat Ihrer Tochter nichts getan. Sie haben sich immer außerhalb des Gestüts getroffen, und zwar im alten Steinbruch. Er kannte sich im Stall wahrscheinlich gar nicht gut genug aus.«

»Aber wer tut einem fünfzehnjährigen Mädchen so was an? Wer tut so was? Rammt ihr eine Mistgabel in den Bauch und stößt sie diesem Pferd vor die Hufe. Warum bloß? Warum?«

Ich stellte mir Vanessa vor, allein im dunklen Schulstall, nachdem Petra gegangen ist. Sie wartet auf ihre Mutter und schaut Prinz beim Fressen zu, redet mit ihm. Da kommt jemand, jemand, den sie kennt. Plötzlich hat sie eine Mistgabel im Bauch. Sie taumelt gegen die Boxentür. Die Tür ist nicht verriegelt und rollt einen Spaltbreit auf. Zwischen Vanessas Fingern quillt Blut aus ihrem Bauch. Sie ist geschockt, unfähig zu schreien, kaum imstande, sich aufrecht zu halten. Sie begreift nicht, was passiert. Sie klammert sich an die Gitter der Boxentür, schiebt die Arme durch, streckt die Hände nach dem Angreifer. Die Mistgabel saust an ihrem Kopf vorbei gegen Prinz. Er schlägt aus und trifft sie am Rücken. Vanessa verliert das Bewusstsein. Ihre Arme verklemmen sich zunächst in den Gitterstäben. Prinz zerschlägt sie, bis sie hinunterrutscht, und tritt in der Nacht verschiedene Male auf den Fremdkörper in seiner Box, der nicht mehr atmet.

»Schmerzen hat sie mit Sicherheit nicht empfunden«, sagte ich. »Es ging so schnell. Sie hatte keine Zeit dazu.«

Bongart bedeckte das Gesicht mit den Händen. Er gab sich Mühe, das Unfassbare zu würdigen und an diesem Frühstückstisch mit der Schale Müsli Gefühle zu zeigen, ein Ausgestoßener zwischen Vingener Stadtrandvilla, die ihm verschlossen war, und Stuttgarter Ministerium, das in der kommenden Woche seine Präsenz verlangte.

»Eines finde ich allerdings seltsam«, begann ich wieder. »Warum fragen Sie sich nicht, wo Ihre Frau ist?«

Bongart blinzelte mich zwischen Schmerz und Bitterkeit an. »Ich habe schon lange aufgehört, mich zu fragen, wo sich meine Ex herumtreibt.«

Ich hätte ihm sagen können, wo sie war. Aber er schien es nicht wissen zu wollen. Vielleicht, weil er es wusste. Denn vielleicht hatte er vorgestern Abend seine Ex ja doch im Stall angetroffen.

»Sind Sie sich eigentlich ganz sicher«, fragte ich, »dass Sie gestern Vanessa identifiziert haben, zweifelsfrei?«

»Was soll das?« War es Misstrauen oder Hoffnung, die Bongart beutelten? »Zweifelsfrei? Wer kann das schon sagen? Ich werde nie wieder aufhören zu zweifeln, an mir als Vater, als Ehemann, als Mensch. Aber es hat doch keinen Sinn, sich an falsche Hoffnungen zu klammern. Ich muss mich damit abfinden, dass meine Tochter tot ist. Je eher, desto besser.«

Ein tapferer Mann. Er beugte sich den Tatsachen, statt sich an Hoffnungen zu klammern. Denn er hatte der Kommissarin in der Kühlhalle der Gerichtsmedizin beweisen müssen und wollen, dass er der Vater war, ein einsamer verlassener Vater. Er konnte mit seiner Trauer nicht warten, bis der Zahnarzt das Gebiss der Toten überprüft hatte. Dem Zustand zwischen Hoffen und Bangen war er nicht gewachsen. Er machte Schluss mit den Gefühlen, bevor er im Wechselbad ertrank, definierte sich so als gescheiterter Vater und Ehemann und stürzte sich übermorgen wieder in seine Arbeit.

Auch Todt hatte solchen Mut bewiesen, hatte sich lieber dem Urteil seines Vaters ausgeliefert, er habe seine Schwester töten wollen, als mühsam um die eigene seelische und moralische Rehabilitation zu kämpfen. Hätte Todt an der Schuld gezweifelt, die ihm sein Vater aufzwang, so hätte er den Familienfrieden aufs Spiel gesetzt und sein Erbe. Doch im Grunde war es nicht das finanzielle, sondern ein zutiefst emotionales Risiko, das Todt niemals eingegangen war. Er wäre der Freiheit nicht gewachsen gewesen. Sein ganzes Ich hatte sich so sehr um die Schuld herum gebaut, dass es zusammengestürzt wäre, hätte man ihm den Vorwurf entzogen, er habe seine Schwester umbringen wollen.

»Herr Bongart, wissen Sie zufällig, ob Ihre Ex in Frankfurt eine Freundin hat und wie sie heißt?«

»Wieso? Was interessiert Sie das denn?«

»Ich habe zufällig erfahren, dass Ihre Ex dort sein oder Donnerstag dort zu Besuch gewesen sein könnte.«

Bongart kniff die Augen zusammen. »Sie sind mir ein bisschen zu neugierig, Frau Nerz.«

»Sehen Sie«, sagte ich munter, »am Ende stellt sich doch noch heraus, dass Sie mir gestern mit dem Auto eins auswischen wollten. Journalistinnen sind nun einmal neugierig. Sie wittern immer irgendwo Dreck. Aber Sie haben doch nichts zu befürchten, oder?«

»Na gut, es gab mal eine Freundin in Frankfurt, eine Margot Henschel. Aber ob die noch aktuell ist, kann ich wirklich nicht sagen.«

19

Ich verabschiedete mich von ihm mit dem Gefühl, dass bei Bongart im Ministerium doch etwas im Busch war, das den *Stuttgarter Anzeiger* interessieren könnte. Ich musste am Montag mit Pit Hessler darüber reden. Aber zunächst ließ ich mir an der Hotelrezeption etwas zum Schreiben geben und zog mich in die Sitzgruppe hinter einem Strunk Ziergräser zurück, um per Handy die Auskunft anzurufen. In wenigen Sekunden hatte ich die Nummer in Frankfurt.

»Henschel«, sagte eine Frau.

»Lisa Nerz. Ich hätte gern Frau Bongart gesprochen.«

»Sie ist nicht hier.«

»War Sie bei Ihnen?«

»Warum wollen Sie das wissen?« Wahrscheinlich vermutete sie in mir eine Spionin von Heides Exmann.

»Frau Henschel, ich rufe aus Vingen an. Es geht um Frau Bongarts Tochter. Ich müsste sie wirklich dringend sprechen.«

Es gab einen Knick in ihrer Stimme. »Ich kann Ihnen leider auch nicht helfen. Ich weiß nicht, wo Heide abgeblieben ist. Ihr Flieger wäre gestern um halb neun gegangen. Sie wollte bei mir übernachten. Aber vielleicht ist sie dann doch direkt von Vingen aus gefahren. Bei sich zu Hause ist sie jedenfalls nicht. Ich habe schon angerufen. Was ist denn mit Vanessa? Heide wollte sie Donnerstagabend nach Stuttgart bringen.«

»Der Vater ist aber hier in Vingen und sucht seine Tochter.«

»Und wer sind Sie eigentlich?«

»Ich bin vom Gestüt, wo Heide und Vanessa reiten.«

»Um Gottes willen. Da wird doch nichts passiert sein.«

»Haben Sie die Urlaubsadresse von Heide auf Teneriffa?«

»Nein. Tut mir leid.«

Die Polsterspalten in der Sitzgruppe hinter Ziergras, in die ich Hand und Handy sinken ließ, enthielten schmutzige Abgründe.

Warum identifizierte Bongart seine Tochter, wenn es seine

Exfrau war? Er war Donnerstagabend im Gestüt gewesen, vielleicht, um den Streit ums Sorgerecht außergerichtlich zu gewinnen. Heide konnte Vanessa nicht gehen lassen, wenn er der Tochter die Villa überschrieben hatte, in der Heide lebte und leben wollte. Aber wie ging es nun weiter? Hoffte ein Ministerialbeamter wirklich, dass die Polizei nicht dahinterkam, dass die Leiche nicht die einer Fünfzehnjährigen, sondern die einer Vierzigjährigen war, so ähnlich sich Mutter und Tochter auch gewesen sein mochten? Glaubte er, dass er seine Tochter in Internaten, womöglich im Ausland so lange verstecken konnte, bis der Fall abgeschlossen war?

Oder war es überhaupt ganz anders? Bongart hatte zwei Dinge von mir nicht unbedingt wissen wollen: wo seine Exfrau war und wie Vanessas Freund hieß. Nicht nur Vanessa, auch Ronni war im Moment verschwunden. Immer war mir Bongarts Trauer um seine Tochter entweder hilflos oder inszeniert vorgekommen. Er trauerte nicht, er hatte Vanessa nur deshalb als Opfer identifiziert, weil er sie als Täterin schützen wollte. Das Hirn eines fünfzehnjährigen Scheidungskindes mochte zu Kurzschlüssen neigen. Die Mutter war eine Stallnutte. Die Männer stritten sich um sie. Ihr Vater floh vor dem Gelächter von Vingen nach Stuttgart. Die Mutter durfte in der S-Gruppe mitreiten, Vanessa nicht. Dann, an jenem Donnerstagabend, als Heide darauf bestand, ihre Tochter in Stuttgart beim Vater abzuliefern, und mit einem Anruf drohte, kaum wäre sie im Hotel auf Teneriffa angekommen, und weitere mütterlich besorgte Anrufe im Haus des Vaters ankündigte, und als Vanessa klar wurde, dass nicht nur das Wochenende mit Ronni gefährdet war, sondern der ganze Plan, da verlor sie Nerven und Kontrolle. Da stand die Mistgabel, da keilte auch schon Prinz los. Aus dem Teenagerdrama triefte Blut. Vanessa radelte heim und rief Ronni zu Hilfe. Der wusste keinen Rat. Also rief sie den Vater an. Wen auch sonst? Er kam, schickte die Kinder fort, besah sich die Leiche, befand, dass sie nicht wegzuschaffen war, nahm ihr allen Goldschmuck ab, fuhr Heides Auto vom Parkplatz, als im Gestüt alle schliefen, und kam am andern Tag – auffällig schnell nach dem Telefonat mit mir – als besorgter Vater nach Vingen, um seine tote Tochter zu identifizieren.

Irgendwann mussten die Gerichtsmediziner allerdings merken, dass sie eine Vierzigjährige auf dem Seziertisch hatten. Spätestens, wenn der Zahnarzt sich übers Gebiss wunderte und wenn sie dann die Verknorpelung der Knochenspalten untersuchten, die Hinweise aufs Alter gaben. Es mochte an Kommissarin Feils Ungeschick im Umgang mit Kollegen liegen, dass sich niemand damit beeilte und dass ein Bericht jetzt am Wochenende nicht auf ihrem Schreibtisch landete. Aber spätestens am Montag würde Bongart, mit der Identität der Leiche konfrontiert, die Tat auf sich nehmen und gestehen, dass er im Zorn seine Exfrau getötet hatte.

»Und wo ist Ihre Tochter?«, würde man ihn fragen.

»Mit Ronni auf Teneriffa.«

Heide hatte ja Flugtickets bei sich gehabt. Dann mussten es allerdings zwei gewesen sein. Das musste man doch herausbekommen können.

20

Ich radelte vom *Hotel König* hundert Meter weiter zur Polizeiwache am Ortsausgang gen Metzingen. Hauptmeister Weckerle standen die fünfzig Jahre samt Nachtschicht und Überstunden im Gesicht. Seine Frau war vor einem halben Jahr an Krebs gestorben. Wir begaben uns in ein Büro, das nach übernächtigten Äpfeln und Bananen roch.

»Warum haben Sie mir denn gestern Nacht vorenthalten, dass es im Gestüt bereits ein mutmaßliches Gewaltverbrechen mit tödlichem Ausgang gegeben hat?«, fragte er und blickte streng.

»Ich dachte, Sie wüssten das. Ihre Kollegen waren doch am Tatort.«

»Nun«, blinzelte er, »äußerten Sie gestern allerdings den Verdacht, dass es bei Ihrem gestrigen Unfall und bei dem Unfall Ihres verstorbenen Gatten vor fünf Jahren nicht mit rechten Dingen zugegangen sei.« Weckerle musterte mich mit tränenden Nachtschichtaugen.

»Ich erinnere mich nicht an den Unfall vor fünf Jahren«, sagte ich überrascht, weil sich bei mir plötzlich Unbehagen einstellte, »nicht wirklich. Gestern, das war nur so ähnlich wie damals. Wieder sind wir an einen Baum gefahren. Vielleicht habe ich darum gedacht, auch damals müsste die Bremse versagt haben. Das Gehirn verschmilzt manchmal ähnliche Szenen und projiziert Dinge in die Erinnerung, die gar nicht geschehen sind.«

»Hm. Jedenfalls«, sagte der Hauptmeister, »habe ich mich aktenkundig gemacht. Als Unfallursache wurde damals nicht angepasste Geschwindigkeit angenommen, neunzig bis hundertzehn Ka-em-ha. Der Sachverständige hat das aufgrund der Schleifspuren in der Wiese und des Aufpralls auf den Baum errechnet. Eine höhere Geschwindigkeit schließt er aufgrund der Straßenverhältnisse, und weil Bremsspuren nicht vorhanden waren, aus. Sie sind in der Tat ungebremst aus der Kurve getragen worden. Und nun frage ich Sie: Haben damals die Bremsen versagt?«

»Ich weiß es nicht. Wirklich nicht.«

»Und wie war das nun gestern Nacht? Sie haben das Bremspedal betätigt.« Weckerle blickte mich an, als käme es darauf an, dass ich jetzt nichts Falsches sagte.

»Ich hatte das Gefühl, ins Leere zu treten. Da musste ich mich aber auch schon entscheiden, was ich tue, um den Zusammenstoß mit dem anderen Auto auf der Landstraße zu vermeiden, und habe Gas gegeben. Was sagt denn der Sachverständige?«

»Die Bremsleitung beim rechten Vorderrad ist abgerissen. Wie Sie vielleicht wissen, sitzt der Schlauch auf einem festverschweißten Nippel und wird mit einer Schlauchschnalle festgehalten. Dieser Nippel ist abgebrochen. Er war offensichtlich bereits weitgehend durchgerostet. Der Schlauch könnte aber auch erst abgerissen worden sein, als Sie über die Wiese rutschten. Wann waren Sie denn das letzte Mal in der Inspektion?«

»Erst kürzlich.«

»Möglicherweise war nämlich die Verbindung undicht, sodass bereits seit längerem Bremsflüssigkeit austrat. Aber Sie hätten es in jedem Fall bei Fahrtantritt bemerken müssen. Die Warnleuchte an Ihren Armaturen leuchtet auf.«

»Ich kann mich nicht erinnern, dass sie aufgeleuchtete hätte.« Ich konnte mich daran wirklich nicht erinnern.

»Hm. Es ist ein altes Auto.« Der Polizist wiegte den Kopf. »Allerdings war auch das Handschuhfach nicht abgeschlossen. Da könnte man jetzt natürlich sagen, es könnte jemand die Motorhaube geöffnet haben, um den Kontakt für die Warnleuchte zu unterbrechen. An die Bremsleitung kommt man allerdings besser von unten. Aber es dauert einige Zeit, bis die Flüssigkeit rausgetropft ist.«

Weckerle baute goldene Brücken.

»Der Wagen von Ihrem Unfallgegner hat Totalschaden. Die Achsen sind verschoben. Das ist so ein tiefergelegter GTI. Seine Versicherung kann einen Teil seines Schadens bei Ihrer geltend machen. Aufgrund seines Blutalkoholgehalts von 0,4 Promille muss allerdings von einem Mitverschulden des Unfallbeteiligten ausgegangen werden. Nun ist es aber so, dass Ihre Versicherung natürlich keinen Pfennig zahlt, auch Ihnen nicht, wenn der Unfall durch Manipulation eines Dritten ursächlich herbeigeführt wurde. Dann sind Sie ja nicht schuld.«

»Ih!«

»Ah, jetzt wachen Sie auf, gell?«

»Also«, sagte ich, »ich habe keinen Anhaltspunkt dafür, dass mir jemand Schaden zufügen wollte oder an meinen Bremsen war.«

Der Polizist hüstelte und schob die Unterlagen auf dem Tisch hin und her. Dann sah er mich an.

»Wissen Sie, mein Vater war einer jener Obstbauern, die der alte Gallion ruiniert hat. Eigentlich hätte ich Obstbauer werden sollen. Aber mein Vater musste den Hof verkaufen. Sicher, Gallion hat viel für den Ort getan. Die Fußgängerzone, das Kriegsgefallenendenkmal, die Festhalle, das hat alles er gespendet. Aber mein Vater hatte natürlich nichts davon. Ihren verstorbenen Gatten kannte ich als integeren Mann. Er hat sich, wie mir schien, wirklich bemüht, die hiesigen Obstbauern durch Abnahmegarantien wieder zu stärken. Aber nicht, dass Sie mich falsch verstehen. Ich will Ihnen keinesfalls irgendetwas einreden. Wenn Sie sagen, dass Sie keinen Grund haben, den Herrschaften vom Gestüt irgendwelche unlauteren Absichten zu unterstellen, dann will ich Ihnen folgenden Vorschlag machen: Der Gutachter stellt hier nur fest, dass die Bremsanlage infolge von Korrosion vorgeschädigt gewesen sein könnte. Offensichtlich funktionierte auch die Warnlampe nicht.« Weckerle machte eine Pause, die mir verdeutlichen sollte, dass meine Aufmerksamkeit für Emmas Gesamtzustand an Fahrlässigkeit grenzte. »Aber wenn Sie belegen können, dass Sie vor Kurzem den Wagen in der Inspektion hatten …«

Ich nickte heftig.

»… dann belassen wir es dabei.«

Sympathie schwankte über den Tisch hin und wider. Doch in keinem Fall durfte ich der Dankbarkeit dafür, dass er mir die Versicherungshaftung rettete, deutliche Worte verleihen. Andernfalls hätte ich unsere stillschweigende Übereinkunft gebrochen, zu ignorieren, dass wir beide dem alten Gallion alles Böse zutrauten. Hätte ich darauf bestanden, dass jemand Emmas Motorhaube geöffnet hatte, dann hätten Weckerle oder seine Kollegen ermitteln müssen. Der alte Polizeihauptmeister wäre am Ende sogar bereit gewesen, seiner Abneigung gegen Gallion nachzugeben und sich in die Nesseln zu setzen. Aber lieber war es offensichtlich auch ihm, wenn er dies erst dann tun musste, wenn es statt Verdachtsmomenten konkrete Beweise gab.

»Ihnen und Ihrer Mutter ist ja nichts passiert«, resümierte er. »Wann kehren Sie nach Stuttgart zurück? Morgen? Wenn ich Ihnen einen Rat geben darf …« Er sah mich an und sprach den Rat, mich künftig vom Gestüt fernzuhalten, dann indirekt aus: »Zu den Gallions haben Sie sowieso nie recht gepasst.«

Mit einiger Verwirrung schob ich das Fahrrad übers Kopfsteinpflaster in die Fußgängerzone. In Wahrheit hatte ich dem Polizisten das Ebereschenblatt unter Emmas Motorhaube nicht deshalb verschwiegen, weil ich ihm Ermittlungen gegen Gallion ersparen wollte. Es war das Unbehagen, das mich angefallen hatte, als ich dem Polizisten erklären sollte, dass auch bei Todts Unfall die Bremse versagt hatte. Seit fünf Jahren bemühte ich mich, einen Streit zu verdrängen, den wir kurz vor dem Unfall gehabt hatten, und rang mit Schuldgefühlen. Doch hatte ich genau damit im Grunde die Verantwortung für Todts Tod übernommen, genauso egozentrisch, wie er sich für Siglindes Sturz vom Baum verantwortlich gefühlt hatte. Alles Krampf, wenn jemand seine Finger in den Bremsleitungen des Porsche gehabt hatte. Mit meiner Erinnerung an den Unfall hatte ich in Wahrheit die Ahnung verdrängt, dass es Mord gewesen war.

Leute wie Todt und ich übernahmen eben lieber die Verantwortung, als andere schuldig zu sprechen. Es wäre nämlich damals für mich aussichtslos gewesen, den Gallions Vorwürfe zu machen, nicht nur moralische, sondern ganz konkrete, die ich hätte beweisen müssen. Wie eine Irre mit feuerroten Narben hätte ich gleich nach meinem Unfall in Vingen herumgeistern können und behaupten, mein Mann sei von denen im Gestüt ermordet worden. Das hatte ich mir ersparen wollen. Stattdessen war ich Journalistin geworden und hatte andere Mordfälle aufgeklärt, weil Verdrängung eben zu zwanghaften Handlungen führt.

Mir schwindelte auf dem Gallion'schen Schmuckpflaster in der Fußgängerzone. Ich fühlte die Blicke der Vingener auf mir. Da standen die beiden alten Frauen mit Gemüse in den Einkaufstaschen an der Ecke und wandten die Augen ab. Scheel glitzerten die Blicke der Kids in Schlaghosen, die vorm Schlecker in Haarlacken wühlten. Das junge Paar, grau vor Arbeitslosigkeit, schob den Kinderwagen zwischen meinem Fahrrad und einer Benetton-Auslage hindurch. Sie alle hatten wie PHM Weckerle längst aufgehört zu hoffen, dass eines Tages einer käme, der sie von den Gallions befreite, dem Segen und Fluch des Dorfes, dem Großgrundbesitzer und Spender, dem Herren über Wohlstand und Wehe. Zwar verlieh seine Pferdezucht dem Ort an der Schwäbischen Alb internationalen Rang, aber Vingen selbst blieb doch immer nur das Kaff am Rande. Die Demütigung war subtil, nicht groß genug zum Aufstand, aber doch ausreichend für böse Wünsche.

Zwischen Volksbank und Rathaus träumte ich von meiner und ihrer Erlösung. Wozu hatte ich denn in all den Jahren gelernt, in Mordfällen zu recherchieren, wenn ich mein Können jetzt nicht einsetzte, um den General zu erledigen?

»He! Hallo, Lisa!«

Petra Graber saß auf dem Brunnen vor dem Rathaus und winkte mir zu. Bei ihr befanden sich ein strichdürres Mädel in Plastikhosen und zwei Jungs auf Inlineskates, die mich mit aufgeworfenen Schnuten und der Hochnäsigkeit der Jugend als Erwachsene disqualifizierten, die mit Herrenfahrrad und Herrenjackett voll daneben war. Inmitten dieser nabelfreien und baseballbemützten Sinnlosigkeit strahlte Petra wie ein Juwel. Ich schluckte sehr viel mächtige Erregung hinunter.

»Wo gehst du hin?«, fragte sie.

In Vingen fragte niemand: »Was machst du hier?« Es war nicht überraschend, in der Fußgängerzone einen Bekannten zu treffen. Man traf sich ständig. Deshalb fragte man immer: »Wo gehst du hin?« Als ob sich neue Ziele auftun könnten.

Meine Seele war auf dem Weg zu ihr gewesen. Sie suchte seit gestern nur noch den Rückweg in Petras gepolstertes Kinderzimmer. Aber das konnte ich jetzt nicht sagen.

»Gut siehst du aus«, sagte ich stattdessen, denn Petra hatte die Dauerwellen mit Wetgel zu strengen Kringeln nach hinten gekämmt und ihr volles Gesicht mit den grünblauen Augen und dem trotzigen Unterschichtzug von allem Firlefanz befreit. Ich war berauscht. Sie stellte mich den Schnuten vor, verabschiedete sich dabei von ihnen, sprang vom Brunnenrand herunter und kam an meine Seite. Ich dankte Gott, dass ich eine Frau war und niemand Petra und mich schief ansehen musste, nur weil wir verliebt nebeneinander gingen. Mit dem Fahrrad zwischen uns und unserem weiblichen Getratsche führten wir sie alle in die Irre, die drei Schnuten am Brunnen, die Alten mit den Gemüsetaschen an der Ecke und den Pfarrer.

»Wie geht's dir?«

Petra lächelte fein, sogar ein wenig verschmitzt. Sie lächelte, als wüsste sie um meine Gier und mein schlechtes Gewissen und als bräuchte ich mir darüber nicht den Kopf zu zerbrechen.

»Was für ein Auto fährt Vanessas Mutter eigentlich?«

»Einen blauen Polo«, sagte Petra. »Warum?«

»Blaue Polos gibt es tausende. Ich hatte auf einen roten Mazda MX5 gehofft, den jeder in der Gegend kennt. Ihr Wagen muss hier irgendwo stehen. Vielleicht am Reutlinger Bahnhof. Da hätte ich ihn jedenfalls abgestellt.«

»Wie?«

»Ja, Petra, ich habe Grund zu der Annahme, dass Vanessas Mutter nicht auf Teneriffa angekommen ist.«

Sie sah mich an. Die gegelten Lockenwürmchen wippten an

den Schläfen. Ich musste mich am Fahrrad festhalten, um ihr nicht in die Haare zu fassen und sie an mich zu ziehen.

»Findest du es nicht seltsam«, fragte ich, »dass Ronni nicht nach Vanessa gesucht hat? Auch mit dir hat er nicht Kontakt aufgenommen, oder?«

»Shit!« Petra blieb stehen. »Jetzt kapier ich erst. Vanessa ist nicht tot. Es ist Heide. Und Vanessa ist mit Ronni in Tübingen, wie's geplant war. Du meine Güte, ich werd verrückt. Wenn das wahr wäre! Wow!«

Ich mochte ihre Freude nicht durch den Hinweis dämpfen, dass in diesem Fall Vanessa die Mörderin ihrer Mutter sein könnte.

»Ich hänge mich gleich ans Telefon«, sagte Petra. »Das krieg ich raus, wenn die in Tübingen sind. Ich habe die Nummer von einem von Ronnis Kumpels.«

»Tu das«, sagte ich lahm. »Und ruf mich an, sobald du was weißt.«

»Mach ich.«

Unsere Finger berührten sich, als ich ihr meine Visitenkarte mit der Nummer meines Handys gab. Mit X-Beinen und fülliger Weiblichkeit auf den Hüften stieg sie die Berggasse hinan. Kiloweise war sie den fadendünnen Teenies überlegen. Ich warf Hajos Fahrrad gegen die nächstbeste Hauswand und rannte los. Im Hauseingang Nummer 12 holte ich sie ein. Das Kinderzimmer war aufgeräumt, die Reitstiefel standen ordentlich in der Ecke. Ich riss Pullover, T-Shirts und Jeans aus dem Schrank, küsste ihr den Protest von den Lippen und zog sie auf den Boden. Als ihre Brust in meiner Hand wabbelte wie ein flüchtiges Stück Wackelpeter, fiel mir Sallys Freundin ein. Das heißt, zunächst fiel mir Sally ein, die meine sexuellen Neigungen nur unterstützte, wenn sie sich auf Männer bezogen, genauer auf Richard, sich aber im Glauben sonnte, dass ich sie insgeheim heiß begehrte. Dann fiel mir Sallys Freundin ein, die bei Lufthansa arbeitete. Ich angelte das Handy aus meinem

Jackett, das sich bereits lüstern mit Petras Jeans verschlungen hatte, und rief Sally an, während Petra mir die Socken von den Zehen zupfte.

»Sally, du musst mir einen Gefallen tun.«

»Du klingst aber komisch. Ist was?«

Petra senkte nur eben den Zeigefinger zwischen meine Zehen und ich musste mein Lustgeheul unterdrücken.

»Nein, Sally, kannst du mal deine Freundin bei Lufthansa anrufen. Ich muss wissen, ob eine Heide Bongart den Flug Frankfurt–Teneriffa für Freitag früh um halb neun gebucht hat und geflogen ist.«

»Mach ich. Aber ich finde trotzdem, dass du irgendwie komisch klingst.«

Ich stopfte mir einen Sweatshirtärmel in den Mund. »Ich räume nur gerade mein Kinderzimmer auf.«

»Spinnst du?«

Ich drückte Sally weg, warf das Handy über die Schulter ins Bett und nahm mir eine baumwollige Auszeit.

21

Hajos Fahrrad lehnte noch am untersten Haus der Berggasse. Wer klaute auch ein so altes Ding. Ich fuhr nicht auf den Gestütshof, sondern bog vorher zwischen Parkplatz und Remise auf den Weg ab, den die Heuwagen nahmen, wenn sie außen um die Gebäude herum zur Scheune an der Ars gelangen wollten, und lehnte das Fahrrad neben die Küchentür. Mimi saß drinnen und las bunte Blätter.

»Isser oben?«

Sie nickte.

Ich stieg im Haus die Stiege hinauf.

Der General saß in seiner finsteren Ecke unter der Eichenschrankwand und studierte das *Süddeutsche Elite- und Sporthengstbuch.* Er linste nur kurz über den Rand seiner Lesebrille hinweg und fuhr dann mit dem Studium typenvoller Modelle aus dem ägyptischen Staatsgestüt Al Zahara'a fort, die von der Trockenheit ihres Ursprungslandes geprägt waren und seit Kriegsende die Grundlage für die Zucht des Gestüts Weil im Haupt- und Landesgestüt Marbach bildeten. Stuttgart, sagt man, komme von Stutengarten. König Wilhelm I. hatte Anfang des 19. Jahrhunderts die ersten Araber aus dem Orient eingeführt. Sie kamen alsbald von Weil nach Marbach, das sich heute Hauptgestüt nennt, weil es eine Stutenherde hält, nicht nur Zuchthengste. Aber Gallion war im Begriff, dem Landesgestüt den Rang abzulaufen. Auch er hielt eine Stutenherde, hatte fünfundzwanzig Angestellte und Kosten von gut einer halben Million Mark im Jahr.

Ich stellte mich ans Fenster. Wenn meine Mutter mich früher zum Milchholen zum Bauern schickte, dann wartete ich mit dem Milcheimer in der Hand auf dem Hof zwischen den Hühnern, bis die Bäuerin kam und fragte, was ich wollte. Niemals stöberte man den Bauern irgendwo auf und sprach ihn an, bevor er zeigte, dass er zum Reden bereit war.

Der General klappte das Buch zu. »Was willst du?«

»Wir müssen mal vernünftig miteinander reden.«

Er nahm die Brille von der Hakennase. »Dann komm her und setz dich.«

Ich durchquerte das Zimmer und setzte mich ans fernste Ende des Sofas. »Ich habe deiner Tochter gestern zugeraten, dass sie dir Gift in die Suppe tut.«

Friedrich Gallion lehnte sich ins Sesselpolster zurück. »Wozu? Sie kriegt doch sowieso alles. Kann sie's nicht abwarten?«

»Hast du denn dein Testament gemacht?«

»Ja, und du kriegst nichts.«

»Warum hast du solche Angst vor mir, Schwiegervater? Glaubst du, ich kann dir gefährlich werden, dir und deinen Plänen mit Siglinde? Kann ich ihr noch irgendetwas wegnehmen? Irgendetwas, was du nur ihr gönnst und nicht einmal deinem Sohn gegönnt hast und schon gar nicht seiner Frau. Ja, Schwiegervater, wenn ich mich erinnern könnte an den Unfall und wenn ich gar beweisen könnte, was damals passiert ist, dann müsstet ihr vielleicht Angst haben. Wenn ich zum Beispiel mit Bestimmtheit sagen könnte, dass Todt den Porsche zweimal in die Werkstatt bringen musste, weil etwas an der Bremse war. Jedes Mal war es nur die Bremslichtschraube, die fehlte. Als die Warnlampe zum dritten Mal leuchtete, fuhren wir nach Stuttgart und zurück. Und dann war es aus.«

Des Generals Augen bohrten kleine Löcher in die Wand gegenüber. Es ruhte kein Segen auf der Familie, hätte meine Mutter gesagt. Das kam daher, dass Friedrichs Vater in Polen als Gauleiter die Pistole vor sich auf den Tisch legte, wenn Bittsteller kamen, auch als Ehlert kam, der Landstallmeister des Hauptgestüts Trakehnen, dem er die Räumung des Gestüts verbot. Als die Flucht vor der Sowjetarmee dann doch am 17. Oktober 1944 mit 800 Stuten begann, trug Friedrich den Fluch des Vaters, der sich erschossen hatte, im Tornister. Er verschrieb sein Leben dem Vollblut und der Auslese der Besten. Dann kam Siglinde und nahm ihm die Frau, jene Edle, die Nolde-Blumen an die Wände hängte und den musischen Sinn ihrem Sohn vererbte. Das Mädchen sollte ihm Trost sein mit seinen hämatitschwarzen Augen. Doch der Sohn nahm ihm auch dies. Nach dem Sturz war Siglinde erst stumm, dann dumm, und dann wurde sie nie wieder dieselbe. Das konnte er nicht verzeihen, dem einen so wenig wie der anderen. So zwang er seine Brut, sich im Wettkampf zu zermürben, wer ihm die Kinder brachte, die er sich wünschte, unschuldige Kinder, deren Gelächter das Haus erhellte.

»Es war Mord, weißt du, Schwiegervater. Mord.«

Gallion blinzelte. »Willst du mir drohen? Willst du mich erpressen?«

»Lass dein Geld stecken. Ich will wissen, warum Todt sterben musste.«

»Das wirst du selbst am besten wissen.«

»Ach, hör doch auf. Ich bin nicht schuld an seinem Tod. Du bist schuld. Du hast dein Haus deinen Kindern zur Hölle gemacht. Meine Ehe hast du zerstört mit deinem Gezerfe von Schlappschwänzen und güsten Stuten. Bis ins Bett hat uns dein Nachzuchtgebot verfolgt, bis überhaupt nichts mehr ging.«

Friedrich Gallion lachte lauthals.

»Ja«, sagte ich eisig, »kein Mensch kann es dir verübeln, dass du deine Enkel noch sehen wolltest. Aber du hast alles kaputtgemacht. Siglinde ist unfruchtbar. Sie hat alles probiert. Aber das Material der Beschäler aus den Rennställen in Oldenburg und Hannover hat nicht angeschlagen, und auch der Bürohengst Bongart konnte nichts liefern. Du glaubst doch an Psychologen, auch wenn sie deinen Sohn zum Mörder erklären. Dann schick Siglinde mal hin. Unfruchtbarkeit hat oft seelische Ursachen.«

Jetzt lachte er wenigstens nicht mehr.

»Du bist schuld, dass Todt Siglinde fallen ließ. Du hast das Fenster aufgerissen und ihn mit deinem Geschrei abgelenkt. Und beschwer dich nicht. Du hast das Schuldigsprechen angefangen auf deinem Hof.«

»Am Ende willst du mich auch noch verantwortlich machen für den Tod der kleinen Vanessa«, schnarrte er. »Aber was kann ich dafür, wenn dieser polnische Zigeuner durchdreht, dieser Hajo.«

»Die Tote ist nicht Vanessa. Es ist Heide. Was sagst du nun?«

»Heide ist auf Teneriffa. Sie ist gestern geflogen.«

»Hast du sie zum Flughafen gebracht?«

Friedrich blinzelte. »Gestern war ich den ganzen Tag hier, wie du weißt.«

»Warum leihst du ihr eines deiner Privatpferde? Früher hast du nicht mal Todt auf eines deiner Pferde gelassen. Warum sie auf einmal, eh?«

»Man wird eben älter und toleranter.«

»Verarsch mich nicht«, sagte ich. »Ich weiß, was Heide für eine war. Du hattest was mit ihr.«

Der General lachte leise. »Wie stellst du dir das vor. Ich bin siebzig. Da steigt man nicht mehr auf jede Stute. Und denk endlich mal nach. Weißt du, warum ich nach Karolines Tod nicht wieder geheiratet habe?«

Na, die Stallnutte hätte er ja wohl nicht heiraten wollen.

»Kandidatinnen gab es genug. Jede hätte meine Launen in Kauf genommen, wenn sie hier hätte einziehen dürfen. Mir wär's auch lieber gewesen, die Frau im Haus zu haben, statt immer nach Reutlingen zu fahren für ein bisschen Spaß. Aber hätt ich das meinen Kindern antun können? Hätte ich ihnen ein fremdes Weib vor die Nase setzen sollen, damit sie am Ende im Gestüt mitredet? Das hast du nie kapiert. Du glaubst, ich hätte immer nur an mich gedacht und meine Kinder gequält.«

»Todt ist an dir zerbrochen.«

»Nein. Er ist an dem zerbrochen, was er Siglinde angetan hat. Ich habe ihn aufs Internat schicken müssen, nicht um Siglinde vor ihm zu schützen, sondern ihn vor ihr. Weil ich gesehen habe, dass er es nicht aushielt, sie jeden Tag zu sehen. Ich hoffte, er werde fern von hier zu sich selbst finden. Darum habe ich beide auseinandergehalten. Aber ich wollte, dass Todt einmal das Gestüt leitet …«

Die Stimme rutschte ihm weg.

»… zusammen mit Siglinde.«

»Warum«, fragte ich, »wenn du deine Kinder liebst, stellst du sie ständig bloß. Warum musstest du Siglinde gestern vor allen Leuten mit Hajo aufziehen? Er will sie doch gar nicht. Außerdem bist du offenbar der Meinung, dass er bei dir im Stall eine Frau umgebracht hat. Warum willst du ihn dann noch mit Siglinde verkuppeln?«

»Bei mir zündet er jedenfalls keine Scheune an.«

War es schon Altersschwachsinn oder die Gallion'sche Intelligenz, die mich zwang, den Sprüngen des Alten hinterherzuhüpfen wie ein Känguru. »Du kannst doch nicht einfach behaupten, Hajo sei ein Mörder und Brandstifter. So was muss man beweisen.«

»Wenn die Tote nicht Vanessa ist, sondern Heide, dann ist es noch viel einfacher. Ich habe mich nämlich gefragt, warum Vanessa, warum tötet er die Tochter, wenn er hinter der Mutter her ist? Hajo sucht eine Frau, die Geld hat. Er will seine eigenen Pferde züchten. Er will ein Gestüt haben. Weil Siglinde ja erst mal mit diesem Bongart rummachen musste, hat er sich an Heide gehalten. Jetzt ist sie ihm lästig geworden, jetzt, wo er Siglinde haben kann. Wahrscheinlich haben sie sich gestritten, Heide und er, und Hajo ist durchgedreht. Er ist unberechenbar. Ich habe immer gewusst, dass wir mit ihm noch mal ernste Probleme kriegen. Aber ohne Not kannst du so einen ja nicht fortjagen. Wer riskiert schon, dass die Scheune brennt.«

»Moment mal. Willst du damit sagen, dass du das von Marbach schon lange weißt?«

»Ich habe mich natürlich erkundigt. Siglinde ist mir zu vertrauensselig. Sie ist immer gleich Feuer und Flamme für jemanden, wenn er gut reitet. Ich habe sie gewarnt. Beim Hajo kannst du das nicht machen, heut hü und morgen hott. Den schickst du gleich fort oder den hast du für immer, oder er zündet dir was an.«

In meinem Hirn legten sich sämtliche Schalter um. Siglinde hatte den Anruf bei Karla in Marbach gestern fingiert. Sie wusste längst, was sie mir als Neuheit mitteilte.

Ohne es zu merken, hatte ich plötzlich das Eibenzweiglein aus dem Jackett gezogen und drehte es in der Hand. Als ich hochschaute, hatte der General bereits wieder die Brille auf der Nase und das Hengstbuch in der Hand.

»Was ist eigentlich dran an dem Gerücht«, fragte ich, »dass du mich gern gemocht hast?«

Er schlug das Hengstbuch auf und linste über die Brillenränder. »Wie du selber sagst: Es ist ein Gerücht.«

Ich warf den Eibenzweig auf den Eichentisch.

»Daran könntest du sterben, Schwiegervater. Denk an mich, wenn dir nach einem Süppchen mit Kräutern speiübel wird.«

22

Ich schob das Fahrrad mit Hajos Pullover auf dem Gepäckträger über den Hof. Samstagvormittag waren reichlich Leute da. An der Ecke des alten Stalls bei der Arsbrücke drückte sich dieser Stallbursche Aggi herum. Auf den zweiten Blick kam mir das komisch vor. Siglinde stand auf der anderen Seite des Hofs an der Remise, wo vier Leute um eine Turnierstute herum diskutierten, die in einen Pferdeanhänger hineinsollte. Als ich näher kam, sah ich, dass Aggi etwas in der Hand drehte, etwas Grünes. Das Pferd, das ihm am nächsten war, streckte den Kopf aus der Außenboxtür, machte den Hals lang und schnoberte fresslüstern. Aber Aggi enthielt ihm das Grünzeug vor und grinste dabei mit wuchtigem Kinn.

»He!«, rief ich.

Der schwachsinnige Bursche schrak zusammen und warf das Zweiglein weg. Das Pferd senkte den Schädel und reckte den Hals. Ich ließ das Fahrrad fallen und schnappte dem Pferd den Zweig vor den Lippen weg.

»He, bleib stehen!«

Aber Aggi eierte davon, schlagseitig und betrunken. Im Augenwinkel sah ich Siglinde drüben durchstarten. Aggi eilte auf die Brücke zu. Siglinde stoppte bei mir, fragte: »Was ist?«, sah das Grünzeug und sprang Aggi hinterher, packte ihn am Arm, riss ihn herum und ohrfeigte ihn, dass er rückwärts in die Ars fiel.

Zwei Reiter ließen das Putzzeug fallen und sprangen herbei. Während sie den Burschen, der sich hustend in die Böschung krallte, aus dem Wasser zogen, kam ein dritter Reiter herzu, der Siglinde bremste. Aber kaum stand Aggi tropfend zwischen seinen Rettern, hob Siglinde die Fäuste und stürzte sich auf ihn. Erst als man sie getrennt hatte, schrie sie los und kreischte Aggi an: »Hau ab, du! Ich will dich hier nicht mehr sehen. Oder ich schlag dich tot!«

»Na, na!«, machte einer der Reiter.

Ich drehte das Zweiglein, so dass er es sehen konnte. »Eibe. Aggi hat ein Pferd damit geneckt.«

Der Reiter war bestürzt. »Aber der Aggi weiß doch nicht, was er tut.«

»Eben darum«, schrie Siglinde. »Ich kann hier keinen brauchen, der nicht weiß, was er tut. Und die Sauferei geht mir auch auf die Nerven. Der Aggi geht. Jetzt reicht's mir. Ich habe die Faxen dicke.«

»Aber wo soll er denn hin?«

»Das ist mir doch egal.«

Aggi tropfte. Die schief geknöpfte Hose klebte ihm an den krummen Beinen. Die beiden Reiter, die ihn aus dem Wasser gezogen hatten, ließen ihn los. Wer fasste so einen Kerl auch gerne an? Aggi hob sein abartiges Kinn in die Sonne und setzte sich mit der Miene eines geprügelten Hundes in Bewegung. Kaum war er zwei Meter fortgeschlingert, huschte Siglinde ihm nach und trat ihm nicht, nein, sprang ihm mit dem Reitstiefel ins Steißbein.

Er schlug der Länge nach auf die Schnauze. Fast sofort kam Blut unter ihm hervor. Während wieder andere ihn aufhoben – das Blut troff ihm aus der Nase übers Kinn und bekleckerte sein Hemd –, nahm ich Siglinde am Arm. »Es reicht. Es ist genug! Hörst du?«

Ihre Augen glühten so rot, dass ich zurückwich.

»Du…!«, keuchte sie, ohnmächtig im Zorn und unfähig, das

Wort zu finden, das den Hass ausdrückte, der mir aus diesen Augen entgegensprang. »Geh weg!«

Ich war perplex. Vielleicht mein Glück. Meine Erstarrung bot Siglinde keinen Angriffspunkt. Sie starrte mich an, atemlos, die Fäuste geballt, die Zähne gebleckt, dann drehte sie abrupt ab, bog um die Ecke und verschwand hinter dem alten Stallgebäude.

Inzwischen hing Aggi benommen in den Armen seiner Helfer, blutüberströmt, das Hemd besudelt, die Hosen nass. Man rief nach Dr. Hilgert. Ich hob Hajos Fahrrad auf. Nicht weit davon glänzte Aggis Blut auf dem Asphalt. Mir wurde schlagartig und unvermutet heftig übel. Es glitzerte etwas einen halbem Meter von der Blutlache entfernt, etwa dort, wo Aggis Hand aufgeschlagen war. Es war ein Ohrring, genauer, ein goldener Stecker mit Brillant von beachtlichem Karat. Ihm fehlte das Steckflügelchen, mit dem man ihn im Ohr fixierte. Rausgerissen, vielleicht einer Toten.

Ich hielt mich am Fahrrad fest. Unsere Phantasie malte sich den Mord als Folge eines intelligenten Wollens aus, verschleiert und vertuscht von der taktischen Intelligenz eines Bongart oder der strategischen Genialität des Generals, aber am Ende war es doch nur platte Gewalt und schwachsinnige Geilheit. Am Ende war es eben doch Vanessa, das Mädchen, das dem Knecht in die Hände geraten war. Der Teufel Alkohol war's. Das hatte Aggi schon gestern jedem entgegengebrabbelt.

Jetzt schleifte man den blöden Burschen übern Hof zum Haupthaus, wahrscheinlich, um ihn in seiner Koje abzulegen, bis der Arzt kam. So wie ihm der Schädel brummte, würde er sich heute nicht mehr davonmachen. Ich musste mit Siglinde reden. Sie konnte ihn nicht wegjagen, solange der Tod in Prinz' Box nicht aufgeklärt war.

Ich lehnte Hajos Fahrrad an die Wand unterm Bürofenster.

Am Hänger vor der Remise gab es einen Tumult. Die Stute wollte nicht hinein, sie scheute an der Rampe. Ihr Schweif war für ein Turnier gewickelt und die Mähne zu Zopfknötchen geflochten. Oben im Hänger stand eine Frau und lockte mit Hafer.

Ich wandte mich der Ars zu. Hinter dem alten Stall erhob sich die große Scheune. Auf dieser Seite endete ein Asphaltweg an ihren riesigen Schiebetoren für die Heuwagen. Auf der anderen Seite führte eine Rampe fürs Stroh in die zweite Ebene. Im Spätsommer war sie bis unters Dach mit den übermannshohen Heu- und Strohwalzen gefüllt. Im Innern solcher Massen konnten Gährungsprozesse die Temperatur bis zur Selbstentzündung treiben. Jetzt, Anfang Juni, zerfielen die Vorjahresreste in der Halle. Lichtstrahlen spießten durch Lattenritzen in den tanzenden Staub. Kein Mensch, der einmal mit ganzer Lunge die Schärfe von angegorenem Stroh und Heu eingesogen und ausgehustet hatte, träumte noch von einer Nacht im Heu. Den Allergikern unter den Pferden streute man Sägespäne ein.

Erst sah ich Siglinde in der großen lichtdurchspießten Dämmerung nicht. Staubwölkchen wallten. An den Wänden lauerten die Heuräder, manche schon von Mistgabeln zerrissen, andere fest wie Mühlsteine. Links vom Eingang stand Siglinde in Reithosen und schimmernden Stiefeln, die Hände in die Hüften gestützt, das Kinn gehoben, die Augen funkelnd.

»Was willst du? Was spionierst du mir nach?«

»Aber, Siglinde.«

Sie kam herbei, ein wenig zu schnell. Fast überfallartig trat sie an mich heran, jeden Muskel gespannt für sofortige Selbstverteidigung, notfalls mit der Hand, sollten die Worte nicht ausreichen.

»Was ist denn los?«, fragte ich auf Ruhe bedacht. »Du hättest Aggi wirklich fast totgeschlagen. Er hat sich mindestens das Nasenbein gebrochen, wenn nicht auch den Kiefer.«

»Was geht dich das an, eh?«

»Es mag ja sein, dass er ein Mensch ist, der das Wort Mensch nicht verdient. Es mag sogar sein, dass er es war, der Vanessa getötet hat, aber …«

»Außerdem hat er Arabal vergiftet!«

»Meinst du wirklich?«

»Jetzt wollte er es wieder tun. Das ist doch klar. Auf frischer Tat ertappt.«

Ich drehte das Eibenzweiglein in den Fingern. »Aggi wusste, was das ist. Das stimmt. Aber er war keineswegs im Begriff, es einem Pferd zu geben, auch wenn das Pferd so aussah, als hätte es große Lust, sich damit zu vergiften. Ich frage mich, wo hat Aggi den Zweig her? Besonders frisch sieht er nicht aus, nicht wie heute gepflückt.«

»Weißt du was«, sagte Siglinde mit einem spitzen Unterton, »ich habe Klugscheißer wie dich satt.«

Ihre Wut war noch nicht verraucht, so schnell ging das nicht. Aber sie hatte bis auf ihre Stimme alles unter Kontrolle. Mich interessierten im Moment tatsächlich weder Arabal noch Aggi noch Vanessa. Ich wollte wissen, warum ich vorhin so plötzlich in den Strudel ihres furchtbaren Zorns geraten war.

»Was habe ich dir denn getan, Siglinde?«

»Ach lass mich doch in Ruhe. Immer diese Fragen. Was mischst du dich überhaupt in alles ein? Hau endlich ab. Geh zurück in deine Stadt. Wir brauchen dich hier nicht.«

»Ist ja okay.«

»Ist gar nicht okay. Immer musst du das letzte Wort haben. Immer spielst du die Vernunft in Person. Aber ich brauche deine Ratschläge nicht. Ich komme allein klar.«

»Es tut mir leid, wenn der Eindruck entstanden sein sollte, dass ich …«

»Jetzt halt dein Maul!« Siglinde kreischte. »Du sollst endlich die Fresse halten, hab ich gesagt. Du machst uns alle ganz verrückt mit deinem Geschwätz. Aggi soll Vanessa umgebracht haben. Na wunderbar. Aber erst machst du den Hajo deswegen an und dann schnüffelst du mir hinterher. Ja was willst du denn eigentlich? Dich hat jedenfalls keiner eingeladen, hier die Dedek … Deti … Detektivin zu spielen.«

»Stimmt«, sagte ich umso leiser. »Aber nun ist es zu spät. Inzwischen weiß ich, dass jemand an der Bremse herumgebastelt hat. Todt ist ermordet worden und ich gestern beinahe auch. Das geht mich etwas an.«

Siglinde glotzte mich an und lachte auf. »Aber du lebst noch, wie ich sehe.«

»Aber wie, das siehst du nicht. Ich habe Todt geliebt. Seit meinem Unfall bin ich nur noch die mit dem Narbengesicht. Männer versprechen sich besonders ungezügelten Sex mit mir, denn ich gehöre nicht mehr zu den gesitteten Frauen. Und die Frauen, die sehen in mir den Burschen, aber den, der nicht über den dreisten Pimmel verfügt, der Männer so langweilig macht.«

Auf Siglindes Gesicht erschien ein fieses kleines Lächeln. »Du hast was mit Mädchen? Ist ja interessant. Und weißt du was, das habe ich immer schon gewusst.«

Da hatte sie mehr gewusst als ich. Mochte ja sein, dass ich auch früher schon gelegentlich den Impuls verspürt und züchtig unterdrückt hatte, Siglinde mal an den lederbesetzten Hintern zu langen. Aber damals lebte Todt noch und meine Sinne waren nicht so verwirrt und verloren wie heute.

»Na und?«, fragte ich. »Du kannst es ja auch nicht mit den Männern.«

»Sag das nicht noch mal, du Sau!« In ihren Augen schillerte die Iris wie Hämatit, der das Schleifwasser blutrot färbt. Ihre Lippen plusterten sich auf. »Ich habe nichts mit Mädchen. Aber ich habe immer gewusst, dass du nicht ganz sauber bist. So wie du mich immer angeschaut hast. Und ich habe mich von dir anfassen lassen.« Sie schüttelte sich.

»Rein schwesterlich«, sagte ich. »Ich hätte gern eine Schwester gehabt. Du doch auch. Wir hätten uns gegen die Männer verbünden können.«

Es war ein eigenartiger Moment zwischen Heuwalzen und Staubwirbeln in Lichtspießen, ein Augenblick wortloser Gleichgesinntheit, nur dass Siglinde es nicht zugeben würde. Es war möglich, dass ich die Hand hob und ihr in die schwarzen Locken fasste. Sie stand wie ein eben gezähmtes Wildpferd, das der Hand nur halb traut.

»Und warum«, fragte sie bockig auftrumpfend und schüttelte meine Hand ab, »warum hast du dann immer zu Todt gehalten? Immer habt ihr über mich gelacht und hergezogen. Die dumme kleine Schwester von Todt, die nicht richtig sprechen kann. Todt ist immer mitgegangen, wenn ein Käufer kam, weil er dachte, ich lasse mich über den Tisch ziehen. Und du hast mir immer die Worte erklärt, so in diesem Ton …« Siglinde zog die Brauen zusammen. »… wie Frau Wimmer, unsere Grundschullehrerin, wie einem Dummerchen. Sabotage heißt das, hast du gesagt, wenn man was kaputtmacht, was andere brauchen. Ich hab's mir gemerkt, wie du siehst. Sabotage.«

»Es tut mir leid, Siglinde. Ich habe dich nie für dumm gehalten. Im Gegenteil. Ihr Gallions seid alle ziemlich intelligent. Du kannst es nur nicht so ausdrücken.«

»Ja, jetzt tut's dir leid. Aber du hast es immer voll genossen, wenn du mir zeigen konntest, wie klug und gebildet du bist. Du …« Sie maß mich von oben bis unten. »Du kleine Sekretärin, du Erbschleicherin, du kannst dir die Klamotten und deine Brillis im Ohr doch bloß leisten, weil du Todt beerbt hast. Da solltest du mir dankbar sein für, aber stattdessen …«

»Dankbar? Dir? Wofür?«

Siglinde blickte mich irritiert an. »Dafür, dass ich … ach, scher dich zum Teufel. Ich habe die Faxen dicke. Ich mach mich doch nicht zum Idiot.«

»Zum Idioten, Siglinde. Es heißt zum Idio-ten, noch besser zur Idiotin.«

Eine halbe Sekunde stand die Welt still, dann explodierten Sterne vor meinen Augen. Mit Krallen und Klauen fuhr Siglinde mir an die Gurgel.

23

Ich hustete Heuhalme, Schimmelpilzsporen und Zigarettenteer und kotzte die Bronchien gleich mit aus. Staub stiebte, Häcksel wirbelte, Halme flogen. Ich kroch auf dem Lattenboden dem Licht zu.

Wie ich Siglindes Wut überlebt hatte, war mir unklar. Vermutlich im Reflex mit einer dieser wirkungsvollen Techniken, die wir im Judo lernten, um Würgegriffe zu brechen, hatte ich mir kurz Luft verschafft. Siglinde knallte mich rückwärts gegen eins der Heuräder, und Häcksel regnete mir die Augen zu, fuhr mir durch die Nase ins Hirn. Sie drückte mir den Kehlkopf in die Halswirbel, aber ich sackte in die Hocke, was ihren Griff lockerte, und krallte mich in ihre Kniekehlen. Da spürte ich auch schon das Heurad über mir wanken. Siglinde riss das tonnenschwere Ding über mich. Der Stoß in meinen Rücken war gewalttätig und mörderisch. Siglindes Lederstiefelsohlen ratschten über die Holzlatten des Bodens. Sie stolperte, kam aber weg, bevor das Rad kippte. Ich warf mich in die Rolle seitwärts vorwärts. Das gepresste Heurad krachte staubend auf den Boden, Halme und Häcksel explodierten förmlich darunter hervor und nebelten mich ein, verklebten mir die Augen, verstopften die Bronchien.

Nein, dachte ich dann, als ich luftschnappend im Licht in der Schiebetür stand und blauen Himmel ahnte. Da kannst du jetzt nicht lang, geh lieber hinten raus. Besser, ich lief Siglinde nicht hinterher. Sonst schillerte am Ende auch noch mein Blut auf dem Asphalt des Hofs.

Ich erklomm die Leiter zum Strohboden, watete durch Stroh und trat auf der anderen Seite auf die Rampe an die frische Luft.

Warum sollte ich ihr dankbar sein? Weil sie dafür gesorgt hatte, dass ich Todt beerben konnte und jetzt in Wohlstand lebte und es mit den Mädels treiben konnte?

Grün und unbeweidet lagen die Westkoppeln vor mir. Das Gras stand hoch und blühte. Ich zündete mir eine Zigarette an und harkte und zupfte die Heuhalme aus meinen Haaren und vom Blazer.

Aber zum Geständnis hatte ich Siglinde doch nicht provozieren können, obgleich ich es versucht hatte mit meiner Korrektur ihrer Grammatik. Schlecht kalkuliert. Ich war zu weit gegangen, hatte zu viel Zorn heraufbeschworen. In ihren Wutausbrüchen war Siglinde immer ohne Worte gewesen, und nur der General hatte ihre gewalttätigen Überfälle bremsen können, indem er brüllte wie eine Bestie. Zum Beispiel, als ich sagte: ›Sabotage heißt das, wenn man jemandem was kaputtmacht, was er braucht.‹ Denn Siglinde hatte den Traktor mit der Heugabel in die Reifen von Todts Porsche gefahren. Und das nur, weil Todt und ich zur Herbstauktion nach Marbach fahren wollten, um einen Hengst zu ersteigern. Der erste Anschlag auf Todts Auto, das er danach immer in die Garage in der Remise stellte. Mir wäre Siglinde wahrscheinlich schon damals an die Gurgel gesprungen, als ich ihr Sabotage vorwarf, wäre nicht der General dazwischengegangen. Er schickte Siglinde raus in den Stall und stellte Todt und mir seinen Mercedes zur Verfügung, damit wir den Hengst kaufen konnten, der einen Monat später an einer Kolik krepierte.

O Gott, Siglinde, was hast du getan?

Fünf Jahre leitete sie jetzt den Hof. Dann kam ich wieder. Der General phantasierte, ich könnte bleiben wollen. Hajo konnte die Augen nicht von mir lassen. Auf einmal war ich wieder ihre Konkurrentin, noch gefährlicher als früher schon in meiner triumphierenden Zweisamkeit mit Todt und unter dem Schutz von Friedrich Gallions Hoffnung, wir könnten ihm die begehrten Enkel bescheren. Mit Bongart sprach Siglinde über mich, erklärte ihm, der General habe große Hoffnungen in mich gesetzt, mich sogar gemocht. So hatte sie das gesehen. Für Siglinde, die im Konkurrenzgedanken aufgewachsen war, im Bewusstsein, dass ihr Bruder sie zu töten versucht hatte und dass sie ihn ausstechen musste, um den Hof zu bekommen, gab es auch heute noch keinen anderen Gedanken, als dass ich zurückgekommen war, um wieder meinen Platz am Tisch des Generals einzunehmen. Während des Geburtstagsessens, während wir sie unten in Mimis Küche glaubten, hatte sie noch einmal Sabotage betrieben, einen Hufauskratzer genommen und Emmas Bremsschlauch vom morschen Nippel gerissen.

Konnte ich daran noch zweifeln? Bestand irgendein Zweifel daran, dass sie mich eben unter einer Heuwalze hatte plattmachen wollen? Oder sollte ich der Fairness halber annehmen, dass sie sich nur hatte festhalten wollen, weil ich im Begriff war, ihr die Beine wegzuziehen, und dass dabei die Walze ins Wanken geraten war?

Ich bog in den Durchgang zwischen Wohnhaus und altem Stall auf den Hof und sicherte das Terrain. Siglinde war nicht zu sehen. Reiter liefen mit Putzzeug und Sätteln um ihre Pferde herum, die vor den Stalltüren angebunden waren. Ich hätte auch den Weg außen um die Häuser herum nehmen können, aber dort Siglinde über den Weg zu laufen, wo keiner mehr war, schien mir gefährlicher.

Die Turnierstute war immer noch nicht im Hänger. Inzwischen hatte man sie in Longierleinen gespannt, die zu beiden Seiten der Hängertür befestigt waren und dem Pferd um Flanken und Hinterteil liefen. Zu beiden Seiten an den Leinen ziehend rang man ihr jeden Millimeter die Rampe hinauf ab, ohne dass sie zurückweichen oder ausbrechen konnte.

Kommissarin Feil kam mir von schräg vorn entgegen, diesmal in Edeljeans und lachsfarbener Bluse. Sie sah ein wenig abgehetzt aus, beinahe verschwitzt. »Frau Nerz, ich komme gerade von Ihrer Mutter …«

»Ist was mit meiner Mutter?«

Sie lächelte fast. »Nein. Aber Sie müssen mir ein paar Fragen beantworten. Wir suchen nach Ronald Maiwald. Der Hinweis kam gestern von Ihnen. Ich muss Sie fragen, wie Sie von diesem Freund Vanessa Bongarts Kenntnis erlangt haben.«

»Eine Freundin Vanessas hat ihn erwähnt. Aber ihren Namen kann ich Ihnen nicht sagen.«

»Frau Nerz! Hier geht es um ein Gewaltverbrechen. Dem Opfer wurde eine Mistgabel in den Unterleib gerammt. Und da das Opfer im zweiten Monat schwanger war, müssen wir den mutmaßlichen Freund in Betracht ziehen. Wir können eine Beziehungstat nicht von vornherein ausschließen. Also sagen Sie mir bitte, wer wissen könnte, wo sich dieser Maiwald derzeit aufhält.«

»Ich weiß nicht, wie das Mädchen heißt, das mir das erzählt hat«, log ich, »aber sie kommt regelmäßig zum Reiten hierher, und sie war gestern da. Ihre Leute müssen doch auch mit ihr gesprochen haben.«

Feil schluckte bei dem unfeinen Hinweis auf eine Polizeipanne. »Sie hatten gestern einen Unfall, sagte man mir auf dem Revier Vingen.«

Aha, dachte ich, Feil hatte auf dem Revier nach meiner Adresse gefragt, vielmehr der meiner Mutter, weil ihre Beamten gestern auch verschwitzt hatten, meine Personalien aufzunehmen.

»Sie sind wohl zu schnell gefahren. Wohl ein bisschen zu viel getrunken, was?«, bemerkte sie bissig. »Und diese Dorfpolizisten lassen das einfach so durchgehen. Es wurde kein Alkoholtest gemacht.«

Ich konnte mir plastisch vorstellen, wie sich die Dame mit

dem norddeutschen Charme auf dem Revier jede Sympathie verscherzt hatte, als sie an Weckerles Protokollakte herumnörgelte. Sie hatte so etwas an sich, das einem Lust machte, sie ein wenig hochzunehmen. Zumindest hatte ich keinerlei Bedürfnis, ihr die Unklarheiten meiner Unfälle zu erläutern.

»Schauen Sie mal«, sagte ich stattdessen, »was ich gefunden habe: einen Ohrstecker mit Brillant, ziemlich teuer. Dieser Stallknecht Aggi hat ihn vorhin fallen lassen. Er liegt im Moment mit blutiger Nase in seinem Zimmer. Ich frage mich, woher er diesen Ohrstecker hat. Glauben Sie, dass ein junges Mädchen wie Vanessa so was trägt?«

»Geben Sie her.« Feil nahm mir das Schmuckstück hastig ab. »Die Tote trug zwar keinen Schmuck, aber die Ohrläppchen sind durchstochen. Wir haben den Vater schon gefragt. Aber er hatte natürlich keinen blassen Schimmer, was seine Tochter für Schmuck trug.«

»Und wenn die Tote nicht Vanessa wäre?«, sagte ich vorsichtig.

»Nun seien Sie mal nicht schlauer als die Polizei, Frau Nerz.« Feil wandte sich schon ab, drehte sich aber dann noch einmal um und musterte mich mit lachsfarbenem Grinsen. »Übrigens, vielleicht gehen Sie mal heim zu Ihrer Mutter. Eine Dusche würde Ihnen sicher guttun. Und ziehen Sie sich was Frisches an. Sie sehen aus, als hätten Sie im Heu übernachtet.« Damit flatterte sie vom Hof.

Vor dem Hänger hatte man inzwischen eine Beratungspause eingelegt. Die Stute stand mit großen Augen, seitwärts-rückwärts gerichteten Ohren und eingekniffenem Hinterteil in Todesangst dabei. Wahrscheinlich hatte sie weniger vor dem Hänger Angst als vor dem Turnier, das einer solchen Verladung regelmäßig folgte.

Hajo erschien mit dem braunen Sweater vom Fahrradgepäckträger in der Hand. Er näherte sich der Stute, ließ sie an dem Kleidungsstück schnobern und band ihr dann den Pullover mit den Ärmeln über die Augen. Der Halter führte das blinde Pferd ein paarmal im Kreis und dann auf die Rampe des Hängers. Eigenartig, dass die Viecher uns glauben, dass die Gefahr abhandengekommen ist, die sie nicht mehr sehen.

24

Die Sonne erklomm den Süden über der grünen Wand des Albtraufs. Ich machte mich zu Fuß über die Koppeln auf den Weg nach Vingen, raus aus dem Gestüt mit seinen Zäunen, denen weder Mensch noch Tier entkamen.

Auf der fernen Landstraße flitzten Autos hin und her. In die südöstliche Ecke der Koppeln musste ich zielen. Dann waren es nur noch zwei Kilometer Landstraße bis Vingen. Heupferdchen sprangen aus den Grashalmen vor meinen Füßen in alle Winde. Zwischen Elektrobändern grasten Pferde, die Nüstern im Grün, die Kruppe in der Sonne umschwärmt von Fliegen. Ein Pferd wälzte sich grunzend in einer Erdkuhle. Ein Stich fuhr mir den Arm herauf. Ich sah die Pferdebremse am Handgelenk und schlug zu. Aber das Biest ließ sich fallen. Blut quoll aus dem Biss. Ich entzündete eilends eine Zigarette und hielt die Glut über die schnell aufquellende Einstichstelle. Das Bremsengift, auf das ich ziemlich allergisch reagierte, zerfiel erst bei über sechzig Grad. Es musste wehtun. Dabei klingelte das Handy und ich kam mit Zigarette und Telefon durcheinander.

»Hi«, meldete sich Sally. »Es hat etwas länger gedauert, weil …«

Ich klemmte das Handy zwischen Kiefer und Schulter, um meinen Bremsenstich weiter zu behandeln. »Ist schon okay. Was hast du rausgekriegt?«

»Du klingst schon wieder so seltsam.«

»Mach dir keine Sorgen. Ich versuche nur, einen Bremsenstich in eine Brandblase zu verwandeln. Erzähl mir einfach gleich, was du bei Lufthansa erfahren hast, sonst bin ich tot, ehe du deine Informationen loswirst.«

Sally schluckte. »Geh lieber sofort ins Krankenhaus.«

»Ich bin okay. Also, was ist mit Heide Bongarts Lufthansa-Flug?«

»Sie hat gebucht, aber sie ist nicht geflogen, und dieser Friedrich Gallion auch nicht.«

Mir fiel das Handy vom Kinn ins Gras.

»Der Flug wurde in einem Reisebüro in Reutlingen gebucht«, fuhr Sally fort, nachdem ich sie wieder am Ohr und die Zigarettenglut wieder an meinem Bremsenstich hatte. »Sie hat beide Flüge mit Kreditkarte bezahlt. Zwei Wochen Teneriffa. Sag mal, Friedrich Gallion, das ist doch ...«

»Mein ehemaliger Schwiegervater, stimmt.«

»Er wollte übrigens von Stuttgart aus fliegen, 6 Uhr 40 nach Frankfurt. Sie hatte erst ab Frankfurt gebucht. Sag mal, was ist eigentlich los bei euch?«

»Ich erzähl's dir morgen Abend, wenn ich heimkomme.«

Eigentlich hätte ich umdrehen müssen, um den General zur Rede zu stellen. Von wegen, keine Beziehung zu Heide. Nach Teneriffa hatten beide am Morgen seines Geburtstags fliegen wollen, den Gratulanten ein Schnippchen schlagen, er von Stuttgart, sie von Frankfurt aus, damit ihnen keiner draufkam. Und wenn er gestern früh nicht aufgebrochen war, dann wusste er am Donnerstagabend schon, dass die Tote doch Heide war. Übrigens im zweiten Monat schwanger. Damit bekam Friedrichs Schwadroniererei beim Festessen über Testamente und uneheliche Erben einen ganz konkreten Sinn.

Aber ich hatte keine Zeit, darüber nachzudenken. Ich wollte daheim sein, falls mich der allergische Schock ereilte, auch wenn sich der Bremsenstich inzwischen in eine gelbliche Brandblase verwandelt hatte. Ich durchquerte grasende Pferde, umrundete einen Apfelbaum und wurde plötzlich des Kerls mit dem Fahrrad gewahr, der an der Landstraße wartete. Hajo. Er sah aus wie die Mittagsglut selbst, verschwitzt, die Haut verbrannt, das Haar wie Heu am Halm, die Augen wie Sommerhimmel, die Reithosen wie eingetrockneter Schlamm.

»Wo willst du hin?«, fragte er, als ich die Böschung der Straße erklomm.

»Heim.«

»Ich habe jetzt Mittagspause«, teilte er mit. Nun wollte er es also wissen, erstens, ob ich mein Versprechen hielt, und zweitens, ob er in anderthalb Stunden die Sache mit den 26 oder meinetwegen 29 Buchstaben lernen konnte. Dabei hatte ich im Moment wirklich andere Sorgen.

»Ich muss heim.«

»Dann steig auf.«

Er bot mir den Platz auf der Stange des Fahrrads an. Seit meiner Kindheit hatte ich mich nicht mehr auf so ein Abenteuer eingelassen. Was würde meine Mutter sagen, wenn ich ihr diesen Kerl anbrachte? Sie hatte mir eingebläut, dass ein Mädchen immer Nein sagte, wenn Männer sie zum Mitfahren einluden. Seitdem versuchte ich zu beweisen, dass es in meinen Beziehungen zu Männern Zwischentöne gab, nicht nur Hurerei oder Ehe. Aber die katholische Phantasie in ihrer höllischen Ausschweifung war stärker. Sie ließ eine Fahrradfahrt ohne Hintergedanken zwischen den Armen eines Mannes, der mir Heuhalme aus den Haaren zupfte, nicht zu. Ich dachte ausführlich an alles Mögliche.

Den im Gegensatz zu mir ziemlich leichtgebauten Mann kostete es erhebliche Anstrengung, uns auf gemäßigter Schlangenlinie zwischen Fahrbahn und Graben zu halten, während an uns die Autos vorbeihupten. Die leichte Steigung nach Neu-Vingen hinauf zwang uns dann abzusteigen.

»Diese Kommissarin«, sagte Hajo auf dem Weg an den Vorgärten entlang, »hat eben den Aggi von den Bullen abholen lassen. Er soll es gewesen sein.«

»Glaubst du das?«

Hajo druckste. »Ich bin mir nicht sicher, aber ich glaube, die Tote ist nicht Vanessa. Ich glaube, es ist ihre Mutter. Heide hatte immer die blaue Reitweste an, wegen der Reißverschlusstasche für den Autoschlüssel.«

»Auf jeden Fall war die Tote schwanger.«

Hajo blieb plötzlich stehen. »Dann ist es Heide. Sie war schwanger.«

»Woher weißt du das?«

»Ich … nun, das sieht man einfach. Auch Stuten, die tragen, verändern sich irgendwie.«

»Und wer ist der Vater? Weißt du das auch?«

Er schüttelte den Kopf. Aber da war doch noch was, und es war ihm sichtlich unangenehm. »Bei Heide kann man das nicht so genau sagen. Aber sie könnte auch … nun, sie könnte auch von mir schwanger gewesen sein.«

»Das könnte dir das Genick brechen«, bemerkte ich mit gewisser Schadenfreude. Hajos hormongesteuerte Taktik, sich bei der Geliebten und womöglich künftigen Gattin des Generals beizeiten als Samenspender und Lustreserve zur Verfügung zu stellen, verlangte einfach eine Strafandrohung.

»Aber sie haben doch jetzt den Aggi verhaftet«, sagte er.

»Das heißt noch gar nichts. Du hast ein Vorstrafenregister. Wie lang ist es eigentlich? Weswegen warst du im Knast?«

»Wegen schwerer Körperverletzung. Es war gleich nach der Wende. Ich habe mich provozieren lassen durch das dumme Geschwätz eines Idioten.«

»Und Heide wurde eine Mistgabel in den Bauch gerammt. Ein etwas rauer Versuch einer Abtreibung, muss ich schon sagen. Außerdem ist ihr ganzer Goldschmuck weg. Schwere Körperverletzung mit Todesfolge in Tateinheit mit Raub. Man könnte auch Raubmord sagen.«

Der fatale Zug um Hajos Mund vertiefte sich. »Was soll ich denn mit Goldschmuck anfangen? Für so was braucht man einen Hehler. Das macht mir doch kein Juwelier zu Geld. Außerdem müsste ich verrückt sein, meine ganze Existenz wegen ein paar tausend Mark aufs Spiel zu setzen.« Er sah mich an. »Was soll ich mit Geld, wenn ich Arbeit habe?«

Das klang weltfremd, aber schlüssig. Vielleicht setzte der Vagabund wirklich andere Prioritäten. Es machte mir Hoffnung, dass ich mir selbst eines Tages glauben würde, dass ich Todt damals nicht wegen seines Reichtums interessant gefunden hatte, auch wenn Sally mich stets auslachte, wenn ich behauptete, die knappe Million, deren Anlagezinsen mich unabhängig von den Launen meiner Chefredakteure machte, bedeute mir nichts. Offensichtlich konnte auch einer wie Hajo Geld verachten, obgleich er keines hatte.

Die Gardine hinter dem Küchenfenster des Hauses, vor dessen Törchen wir standen, begann zu wackeln. Besser, wir gingen weiter, ehe sich die Witwe dahinter bedroht fühlte und die Polizei rief.

»Aber«, sagte ich, »warum musstest du unbedingt in Marbach diese Scheune anzünden.«

»Hätte ich sie doch nur angezündet! Dann wäre dieses Thema wenigstens erledigt. Aber ich war es nicht. Die Polizei hat mich eine Nacht und einen Tag eingesperrt und alles, was ich bei mir und an mir hatte, auf Brandspuren und Brandbeschleuniger untersucht. Als sie mich laufen ließen, haben sie sich sogar bei mir entschuldigt.«

»Dann wollen wir hoffen«, sagte ich, »dass man Heides Klunker nun nicht unter deiner Matratze findet.«

»Wird man nicht. Ich habe sie nicht umgebracht. Warum sollte ich denn, wenn das Kind von mir ist? Hätte ich zahlen müssen, dann hätte ich das auch noch irgendwie geschafft. Es ist ein Kind, ein Menschenleben.«

Ich blieb vor dem Törchen meiner Mutter stehen. »Hajo.«

»Ja?«

»Warum hast du niemandem gesagt, was du da in Prinz'

Box gesehen hast? Dass die Tote Heide ist, dass sie schwanger war.«

Wieder sah ich die Gräben einer schrecklichen Sammlung von zurückliegenden Katastrophen in seinem Gesicht. »Wem hätte ich es sagen sollen? Siglinde? Sie hat Heide doch umgebracht.«

»Und wieso bringt sie uns dann auf die Idee, dass die Tote Vanessa ist? Sie musste doch damit rechnen, dass der Schwindel auffliegt, sobald Vanessa wieder auftaucht.«

Hajo zuckte mit den Schultern. »Ich weiß nicht, was Siglinde denkt. Ich weiß nur, ohne sie kann der Alte das Gestüt nicht mehr halten. Er braucht sie. Sonst müsste er verkaufen. Wenn Siglinde verhaftet wird, dann schmeißt der Alte mich raus. Dann nütze ich ihm nichts mehr. Er hat mich nur Siglinde zuliebe geduldet. Und woanders könnte ich nur wieder als Stallbursche arbeiten.«

»Also«, sagte ich, »läuft es darauf hinaus, dass du gehen musst.«

Er wandte sich unwillig ab.

»Halt«, sagte ich, »hier geht's rein.«

25

Zuerst hatte Hajo Hemmungen, das Rad an den Zaun oder ans schmucke Häuschen zu lehnen. Linkisch wie ein Knecht begrüßte er dann meine Mutter, die aus dem dunklen Flur auf uns zuschoss.

»Ah, Sie sind es, Herr Lem. Aber das Essen ist noch nicht fertig, Lisa. Außerdem habe ich nicht gewusst, dass du noch jemanden mitbringst.«

»Machen Sie sich wegen mir keine Umstände«, sagte Hajo.

»Das ist ein gastliches Haus, Herr Lem. Sie sind selbstverständlich von Herzen willkommen.«

Auf dem Herd köchelte ein Gulasch. Hajo wischte sich die Hände am Gesäß ab und stand dumm herum.

»Da werden wir jetzt einfach ein paar Nudeln mehr machen«, sagte meine Mutter, »bitte setzen Sie sich doch, Herr Lem. Mit der Gallion'schen Küche können wir zwar nicht konkurrieren, aber dafür kommt es von Herzen.«

»Danke. Aber ich will wirklich nichts essen. Ich habe keinen Hunger.«

»Setz dich«, sagte ich.

»Bitte nehmen Sie Platz«, drängte meine Mutter. »Aber einen Kaffee trinken Sie jetzt doch erst einmal.«

»Nein danke. Wirklich nicht«, sagte Hajo und setzte sich endlich auf die äußerste Kante der Eckbank. Er beherrschte perfekt, was man von einem Burschen erwartete, der in bäuerlichen Küchen zu Hause war. Meine Mutter ließ sich auch nicht nachsagen, dass sie nicht genügend nötigte, und füllte die Kaffeemaschine. Ich ging unterdessen Papier und Bleistift suchen. Als ich wiederkam, standen die Kaffeetassen schon, und Hajo hatte seine Füße unter den Tisch geschoben. Ich rutschte von der anderen Seite in die Eckbank.

»Wie lange arbeiten Sie schon im Gestüt?«, erkundigte sich meine Mutter.

»Im Winter fünf Jahre.«

»Und gefällt es Ihnen in Vingen?«

»Ja.« Er spielte mit dem Kaffeelöffel und warf einen nervösen Blick auf Papier und Bleistift neben seiner Tasse.

»Die Gallions haben ja viel für den Ort getan«, sagte meine Mutter.

»Ja, ich glaube schon.«

Meine Mutter stellte Milchkännchen und Zuckerdose auf den Tisch und goss den Kaffee ein. »Früher gab es ja nur sonntags Zucker. Aber so alt sind Sie noch nicht. Nicht wahr.«

»Ich nehme sowieso keinen Zucker.«

Auch jahrzehntelange Übung im Aushorchen hatte meiner

Mutter keine Methode an die Hand gegeben, Hajo zu entlocken, wer er war. Der Unterhaltung hätte ich gern noch länger gelauscht. Aber Hajo zeigte bald, dass er geneigt war, den Stier bei den Hörnern zu packen, sobald er die Lage gepeilt hatte.

»Ich bin Ihrer Tochter sehr dankbar, dass sie den Versuch machen will, mir Lesen und Schreiben beizubringen.«

»Wie?«, fragte meine Mutter mit ungewöhnlich spontaner Verblüffung.

Ich winkte mit dem Bleistift.

»Ach richtig, Sie haben da Probleme. Meine Tochter hat Ihnen ja schon gestern Abend geholfen, damit der Chef nichts merkt. Ich habe es genau gesehen. Aber grämen Sie sich nicht. Lisa, erinnerst du dich an Paul, den Schwager von Onkel Karle? Er hat auch immer nur so getan, als läse er die Zeitung. Erst war Krieg und danach hat er immer nur auf dem Acker gearbeitet von Sonnenaufgang bis Sonnenuntergang. Da hat er dann vollends vergessen, was er mal gelernt hat.« Meine Mutter musterte Hajos dreckige Fingernägel. »Schön, dass Lisa Ihnen helfen will. Wir haben immer geholfen, wo Not und Bedürftigkeit herrscht.«

Damit stand sie auf, strich die Schürze glatt und ging an die Spüle, um mit Lappen und Bürste herumzutrödeln. Wenn Hajo sein Leben auf Höfen und Gestüten zugebracht hatte, dann wusste er, dass man die Küche nie für sich allein hatte und nie in die Stube auswich, um Ruhe zu haben. Ich rückte das Papier zurecht.

»Fangen wir mit deinem Namen an.«

Dass er Buchstaben abmalen konnte, hatte er schon bewiesen. Diesmal waren es nur vier Stück. Nachdem ich ihm H, A, J und O vorgesprochen hatte, konnte er sie auch richtig benennen, wenn ich einen herausdeutete. Doch dann schrieb er »Hoja«.

»Zuerst das A, dann das O«, sagte ich.

»Aha.«

»Jetzt merken Sie sich das halt«, sagte meine Mutter von der Spüle her.

»Mama, er kann sich nicht die Schreibweise von hunderten von Worten merken. Der Witz ist, dass man sie aus 26 Buchstaben logisch zusammensetzt.«

Sie kam an den Tisch. »Schauen Sie mal her: Das heißt Hajo. Das werden Sie sich wohl merken können. Und das hier heißt Vingen.« Sie krakelte unleserlich: »Vingen, also V wie Vingen, I wie Inge, N wie neulich, E wie Erich und noch mal N wie neulich. Was heißt das?«

»Vingen.«

»Na sehen Sie.«

Ich hielt das V und das Schluss-N zu. »Und jetzt?«

Er grübelte redlich und schüttelte dann den Kopf.

»Siehst du, Mama, so geht das nicht.«

Sie kehrte schnaufend an die Spüle zurück. In Hajos Augenwinkeln hockte die Überzeugung, dass er zu blöd war.

»Vergiss Vingen«, sagte ich und drehte das Papier mit der weißen Rückseite nach oben.

»Es hat keinen Sinn«, sagte er. »Das lerne ich nie.«

»Richtig. Du lernst es nie. Aber ich will wissen, warum. Klar?«

»Sei doch nicht so ungeduldig«, sagte meine Mutter. »Das geht doch nicht von heut auf morgen.«

Hajo machte Anstalten aufzustehen.

»Sitzen bleiben!«, sagte ich.

»Ich muss jetzt sowieso …«

Ich schnalzte mit der Zunge.

Er lehnte sich zurück und atmete langsam aus. »Okay. Also da das A und da das O. Das werde ich mir merken.«

»Okay. Dann der Nachname.«

Ich notierte Lem und erklärte ihm die drei Buchstaben. »Pass auf, jetzt nehme ich diese drei, stelle sie etwas um und tue einen vierten dazu, das H von Hajo. Okay?«

Ich schrieb HELM, malte jeden einzelnen Buchstaben groß und deutlich, tönte ihm jeden vor, hauchte das H, blökte »eeee«, lallte »llllll» und summte »mmmm». Einzeln abgefragt, konnte er die Buchstaben benennen. Hoffnung kam auf.

»Und nun das Wort. Was heißt das nun? H–eeee …«

»Ist es ein Wort, das es gibt?«, erkundigte er sich. »Mehl?«

»Das heißt Helm«, sagte meine Mutter resolut. »Sie müssen von links nach rechts lesen. Lisa, das hättest du ihm aber auch gleich sagen müssen. Was du machst, hat überhaupt keine Methode. Außerdem haben wir in der Schule mit dem I angefangen.«

Ich atmete durch. »Und wir mit Hans und Lotte. Es gibt verschiedene Methoden.«

Trotzdem hatte sie recht. Sie hatte immer recht. Ich krempelte mein Hirn auf links und schrieb MLAH. Seine Antwort kam blitzschnell, wenn man berücksichtigte, dass er mittlerweile verunsichert war und mehr nach dem suchte, was ich hören wollte, als dem zu vertrauen, was sich von dem, was er sah, in seinem Hirn spiegelte. »Ha … Halm.«

»Jawohl! Richtig! Wunderbar!«

Hajo lächelte verblüfft.

»Erinnerst du dich«, sagte meine Mutter, »der kleinen Sabine, der Nichte von Tante Martha, mussten sie am Anfang auch immer einen Spiegel hinhalten, damit sie vorlesen konnte. Sie war auch Linkshänder.«

Leider ließ sich der verblüffende Effekt mit komplizierteren Wörtern nicht wiederholen. Hajo spiegelte nicht einfach. Er las weder von links noch von rechts, sondern fasste ein Gesamtbild ins Auge. Das ermöglichte es ihm zwar, Worte, die er oft gesehen hatte, zu erkennen, nicht aber, sie zu zergliedern und zu buchstabieren. Bei längeren Worten griff er sich optisch prägnante Buchstabengruppen heraus, die er bevorzugt im Gegensinn las und dabei der Sprechbarkeit anglich. So entstand aus Kühlungsborn ein »Kül-gnus-rob«.

»Sehr schön«, sagte ich, »du kannst im Prinzip lesen.«

Er konnte sich meiner Begeisterung nicht ganz entziehen.

»Ich habe im Fernsehen einen Bericht gesehen«, sagte meine Mutter, »wo sie den Kindern in Ostdeutschland Lesen und Schreiben beigebracht haben. Wie heißt das? Legatiker?«

»Legastheniker«, sagte ich. »Heute nennt man das, was die haben, Dyslexie.«

»Genau. Die konnten alle nicht richtig lesen. Sie haben gesagt, dass die nicht richtig im Kopf sind …«

Ich sah Hajo irritiert blinzeln.

»Die denken links herum, hat es geheißen.«

Was auch immer das hieß. Ich beeilte mich, Hajo zu erklären, dass meine Mutter nicht meinte, dass er oder alle Kinder in Ostdeutschland schwachsinnig seien. »Es ist die zeitlich lineare Ordnung, die dir Schwierigkeiten macht, das banale Nacheinander. Aber wenn du hochkomplexe Dinge wie den Zustand eines Pferdes beurteilen musst, dann bist du mit deinem ganzheitlichen Blick im Vorteil. Du siehst alles auf einmal.«

»Männer sind überhaupt intuitiver«, behauptete meine Mutter. »Das sage ich schon immer. Sie können nicht logisch denken. Gell, Herr Lem. Dabei ist es so einfach. Viel einfacher, als Sie denken. Sie müssen halt nur alles, was einer sagt, von links nach rechts in Töne und Buchstaben zerlegen und von links nach rechts hinschreiben und ablesen, und nicht so durcheinander, wie es in Ihrem Kopf herumschwirrt.«

»Das ist alles?«

Dennoch sah ich den Berg vor mir, den er vor sich hatte, wenn er sein vielschichtiges Sehen, Hören und Denken in eine Linie bringen musste. Dazu musste er seine Wahrnehmung analysieren. Aber er war eben kein analytischer Mensch. Er hatte von Anfang an gewusst, was die Leiche in Prinz' Box für ihn und das Gestüt bedeutete, wer sie war, wer sie womöglich getötet hatte und warum. Aber er hätte nicht erklären können, woher er das wusste und woraus er es schloss.

»Übrigens«, sagte er, »hat der Alte heute Morgen darauf bestanden, dass ich ihm den Namen unseres Fohlens aufschreibe. Er wollte wissen, ob sich Haifa mit e-i oder a-i schreibt. Er hat nichts gelten lassen. Ich musste zugeben, dass ich keine Ahnung habe.«

»Scheiße!«

»Du sollst nicht fluchen!«, sagte meine Mutter.

»Ich fluche nicht. Wenn ich *verdammt!* sagen würde oder *zum Teufel mit dem General!* oder *cago en Dios!*, dann würde ich fluchen.« Vorsichthalber übersetzte ich ihr das spanische *ich scheiß auf Gott* nicht. »Kann der General denn niemanden in Ruhe lassen! Wieso hat ihm der gestrige Test nicht gereicht?«

»Er hat gesagt, ich hätte geschummelt.«

»Mama! Hast du ihm etwa verraten, dass ich geholfen habe?«

Meine Mutter schüttelte den Kopf. »Diese knittrige Person war es. Diese Frau von Sterra, die neben dir saß. Aber die sollte erst mal ihre Blusen richtig bügeln.«

Hajo lächelte fein.

»Und jetzt regt euch nicht auf«, sagte meine Mutter. »Was ist denn schon passiert? Wenn Herr Hajo schreiben lernen will, dann bringen wir es ihm eben bei. Dem Chef werden wir es schon zeigen, was, Hajo? Sie sind doch ein ordentlicher Bursche.«

Das waren ja interessante Verabredungen, die meine Mutter traf. Wie unterschiedlich doch die Optik der Generationen war. Hätte ich meiner Mutter einen Mann mit Krawatte angeschleppt, dann hätte sie sogleich den Liebhaber gewittert, der mich ums Eheversprechen betrog, während ihr dieser Mensch, dem die Männlichkeit aus allen Poren quoll, völlig harmlos erschien.

»Dann vielen Dank«, sagte Hajo und stand auf.

»Aber bleiben Sie doch zum Essen. Es ist genug da.«

»Danke, sehr freundlich, aber ich muss wirklich gehen. Ich

muss ein Loch im Koppelzaun suchen. Und ehe man sich's versieht, wird es dunkel.«

So wie er redete, musste er mehrere hundert Kilometer per Rad vor sich haben. Mir kam der leise Verdacht, dass er sich von dieser Mittagspause mehr erhofft hatte als ein sittsames Buchstabenmalen in der Küche meiner Mutter und nun schnell wegzukommen versuchte, um den Mittagstisch im Gestüt nicht zu verpassen.

26

Ich lag auf meinem Bett, die Madonna im Auge, und wartete auf den allergischen Schock auf Bremsengift, der längst hätte kommen müssen, nun aber wohl nicht mehr kommen würde.

In den umliegenden Gärten war Mittagsruhe eingekehrt. Meine Gedanken gingen wie Mühlräder und warfen Mistgabeln, Leichenteile und Goldketten aus.

Hatte nun also Heide Bongart vom General die Ehe verlangt, weil sie schwanger war? Hatten sie gar gemeinsam nach Teneriffa fliegen wollen, um verheiratet wiederzukommen? Siglinde hatte es rechtzeitig gemerkt, Heide zum Streit in den Schulstall gelockt und sie mit der Mistgabel in Prinz' Box geschoben. Womöglich war der Mord nicht geplant gewesen, sondern Ergebnis von Siglindes Zorn.

Seit Donnerstagabend soff Aggi und kam nicht mehr aus seiner Trunkenheit heraus. Der Teufel Alkohol lieferte ihm unentwegt Nachschub. Vielleicht, weil Aggi den Mord beobachtet hatte. Vielleicht sorgte Siglinde dafür, dass er nun ständig betrunken war und mit drei Promille im Blut demnächst in der Ars ertrank.

Hätte sie nicht die Leiche besser Donnerstagnacht weggeschafft, um sie beispielsweise im Stausee am Elektrizitätswerk zu versenken? Wahrscheinlich hatte sie es gewollt, denn Schmuck, Autoschlüssel und alle persönlichen Gegenstände hatte sie der Toten ja abgenommen. Aber dann hatte sie das Transportproblem nicht lösen können. Es bestand Gefahr, dass sie einen Finger im Stroh übersah, eine Hand unterwegs verlor, dass überall Blut klebte, an Schubkarren, Plastikplanen, im Kofferraum. Aber nun war die Leiche unkenntlich gemacht, also fuhr sie wenigstens Heides Wagen noch vom Parkplatz. Wenn ich ihre Angst bedachte, als Feil von ihr verlangte, sich die Leiche anzusehen, dann war wohl auch Siglinde nach der Tat nicht kaltblütig gewesen und hatte Fehler gemacht.

Ein Hund kläffte. Ich fuhr aus dem Halbschlaf.

Es sprach viel dafür, dass der General davon wusste. Warum sonst war er Freitag früh nicht zu der gemeinsam geplanten Reise mit Heide aufgebrochen? Vielleicht war Siglinde zu ihm gelaufen wie ein kleines Mädchen zu einem Vater, der sie immer beschützt hatte. Er wollte den Rest seiner Familie retten, grübelte eine Nacht und gab am andern Morgen die Parole aus: abwarten, je nach Lage reagieren, Verwirrung stiften. Er war Kavallerist, ein Stratege mit der Fähigkeit, flexibel die Taktik zu ändern.

Ich lieferte ihm und Siglinde die Vorlagen. Ich schloss, dass die Tote eine Reitschülerin sein müsse. Daraufhin spielte Siglinde Feil und mir Vanessas Karteikarte in die Hand. Der Name Bongart war damit gefallen. Zugleich wirkte Siglinde ahnungslos und schuldlos. Irgendwann würde man auf Heide kommen, spätestens, wenn Vanessa wieder auftauchte. Je mehr Zeit verging, desto mehr Spuren waren bereits verwischt. Für Siglinde ein Vorteil. Inzwischen manipulierten Tochter und Vater mich in Richtung Verdacht gegen Hajo. Siglinde zauberte seine Marbacher Vergangenheit hervor. Als ich seinen Analphabetismus entdeckte, nutzte der General die Gelegenheit, um ihn als polnischen Zigeuner, unentwegt tätigen Beschäler und wortkargen Stoffel bloßzustellen. Wenn Heide identifiziert wurde, musste Hajo überdies als Vater ihres Kindes dastehen. Deshalb bestritt der General eine Beziehung mit ihr.

Ich wünschte, jemand würde den Kläffer im Nachbargarten vergiften. Er störte beim Denken.

Zugleich besorgten sie Hajo noch ein viel besseres Motiv für einen Racheakt. Siglinde erzählte mir vom vergifteten Arabal. Sie hatte Bongarts Schließfachschlüssel, deponierte Eibenzweige in der Tüte mit Pferdekuchen und warf den Schlüssel wieder zurück in Prinz' Box, damit die Polizei ihn fand. Es hätte mir schon gestern auffallen können, dass es sich um Heides Schließfach handelte, nicht um Vanessas, als uns Zoros weiße Haare aus den Bürsten entgegenflogen, nicht die schwarzen von Prinz.

Wo war nun aber Heides Goldschmuck? Er war nicht im Stausee versenkt, jedenfalls nicht vollständig, denn Aggi, den der Alkohol umtrieb, hatte einen Ohrring gefunden, und zwar zusammen mit nicht mehr ganz frischem Eibengrün. Aber wo? Mein intuitives Orakel gegenüber Hajo fiel mir ein: »Dann wollen wir hoffen, dass man Heides Klunker nicht unter deiner Matratze findet.« Siglinde hatte die Schlüssel für alle Gesindezimmer. Einen besseren Beweis gab es nicht als blutiges Gold unter Hajos Matratze. Vielleicht hatte Aggi, getrieben vom Teufel Alkohol, heute Klinken probiert und in Hajos Bude nach Fusel gesucht und den Ohrstecker gefunden. Aber wieso auch Eibe?

Nachbars Köter kläffte wieder.

Auf der Achterbahn zwischen Schlafsucht und Ärger über den Hund suchte ich nach meiner Pflicht. Was sollte, was musste ich tun? Den General zur Rede stellen? Feil alles erzählen? Aber wozu noch? Todts Tod zu rächen, war ich zu müde. Das brachte ihn nicht wieder. Und die Polizei würde letztlich von alleine draufkommen, ohne mich und ohne dass ich das Gestüt noch einmal betrat. Aggi befand sich bereits in Polizeigewahrsam und brabbelte Dinge, die Feil nicht ignorieren konnte. Bongart würde damit rausrücken, dass er den Wagen seiner Exfrau Donnerstagabend um halb zehn noch auf dem Gestütsparkplatz gesehen hatte. Unter diesen Umständen musste er nicht einmal mehr selbst den Totschlag im Affekt auf sich nehmen, um seine Tochter zu schützen.

Aber die Indizien gegen Siglinde waren außerordentlich dünn. Der einzige mögliche Zeuge war ein betrunkener Stallknecht. Auch die Mistgabel aus dem Schulstall, die Feil wahrscheinlich nicht einmal sichergestellt hatte, taugte nicht viel. Sie trug in jedem Fall Siglindes Fingerabdrücke, denn sie hatte sie am Freitagvormittag erneut ergriffen, als Julia besinnungslos herumschrie.

Feil würde in jedem Fall zuerst Hajo verhaften. Vielleicht sogar zu Recht, denn warum hätte Siglinde, drei Wochen bevor sie Heide im Affekt umbrachte, Arabal vergiften sollen, ein Pferd, mit dem sie viel Geld verdienen konnte?

So ein Irrsinn passte eher zu einem Mann. Hajo konnte es missfallen haben, die Herrschaft über Arabals Samen an Siglinde abtreten zu müssen, weil er ihr das Geschäft mit Rennpferdfohlen missgönnte. Er könnte Arabal als sein geistiges Eigentum betrachtet haben. Die Polizeistatistiken sind voll von Männern, die das umbringen, was ihnen zu entgleiten droht, ein Pferd oder eine Frau wie Heide, die mit Hajos Spross im Bauch die Ehe mit dem General anstrebte. Dann hätte auch Aggis Eibenfund unter Hajos Matratze mit der Raubbeute einen Sinn.

Die Mühlräder malmten mich in Schlaf. Tonnen von Heu lagerten auf mir. Irgendwann wachte ich auf und schnappte nach Luft.

Etwas war da noch, etwas stimmte nicht.

27

»Kind, was ist denn?« Meine Mutter taumelte im Sofa hoch.

»Ich brauche ein Taxi. Ich muss noch mal ins Gestüt. Hast du die Nummer von der Taxizentrale? Wo ist das Telefonbuch?«

Sie schwang benommen die Beine von der Couch, suchte mit verkrümmten Zehen die Schlappen und zippelte das schwarze Hauskleid über die Knie. »Wo es immer liegt, im Flur unterm Telefon. Was bist du denn so kopflos, Kind?«

Ich atmete aus. Hab doch ein bisschen Gottvertrauen! Intuition ist der Gott der Gottlosen.

Das Gestüt war schwarz vor Menschen und Pferden. Es war kaum ein Durchkommen. Schweife pfiffen, Leute eilten, Pferde kreuzten. Mütter, haltet eure Kinder fest, die Wochenendreiter stürmen im Galopp die Feldwege.

Ich probierte die Bürotür. Verschlossen. Die Tür des alten Bauernhauses war zu, aber nicht verschlossen, der Herd kalt und verlassen. Ich stieg im Haus die Treppe hoch. Der Sessel des Generals unter der Eichenwand war leer. Ich drang bis in sein Schlafzimmer vor. Auch hier war er nicht.

Das Fenster wies auf die Westweide, auf der einst der Kirschbaum gestanden hatte, von dem an einem heißen Mittag wie diesem Siglinde stürzte. Auf der Kommode zu Füßen des Betts standen zwei Hochzeitsfotos. Das Schwarzweiße zeigte Friedrich Gallion nachkriegsmager, aber mit optimistischem Wirtschaftswunderkinn neben Karoline, der Edlen aus Ostpreußen. Ihre Dauerwellen wirkten wie in Metall gegossen, die Augen blickten gefasst ins Eheschicksal. Ihre Hand hing in Friedrichs Armbeuge.

Das Farbfoto daneben bildete Todt und mich ab. Der Wind fuhr durch meine Dauerwellen. Ich lachte in meinem weißen Kleid. Aus Todts Gesicht hatte sich das Lächeln fast verflüchtigt. Ich spürte wieder den Wind auf dem Rathausplatz von Vingen, fühlte Todts Muskeln unter meiner Hand, hörte den

Anzug rascheln, roch sein Rasierwasser. Die schwarzen Augen hatte er von seinem Vater, Kinn und Mund von seiner Mutter. So oft hatte ich sein Mienenspiel sich wandeln sehen, dass ich mich seit Jahren schon nicht mehr an sein Gesicht erinnerte, wie es solche Fotos festhielten. Nicht mein Auge, sondern mein Körper hatte die Erinnerung bewahrt. Manchmal wachte ich nachts auf, weil er mich besucht, sich an mich gedrängelt, mich mit Armen und Beinen umschlungen hatte. Meine Tage nach solchen Träumen waren Festtage. Denn zu mir kamen die Toten nachts zurück, während meine Mutter tags zum Friedhof ging und Fotos in Schrankscheiben klemmte.

Langsam stieg ich die Treppe wieder hinab und überquerte den Hof. Im Reiterstüble saßen allerlei erhitzte Leute bei Weizenbier und Apfelsaftschorle. Die Tische am Panoramafenster zur Halle waren allesamt besetzt. Unten übten zwei Dutzend Reiter eine Quadrille. Um diese Kunst zu begreifen, durfte man eine Quadrille nicht im Fernsehen sehen. Man musste die Pferde glucksen und keuchen hören, den Brodem von Schweiß, Stallmist und Sägespänen in der Nase haben. Der Bereiter, der den Trupp mit Trillerpfeife von der Tribüne aus dirigierte, war nicht Hajo.

An einem Tisch hinter mir flackerte wieder dieses »Siglindes Schwägerin» auf. Ich erkannte Dr. Norbert Hilgert, den Kinderarzt, der gestern die ohnmächtige Julia betreut hatte. Er fing meinen Blick ein und grüßte eifrig. Drei Reiter saßen bei ihm vor leeren Weizengläsern.

»Falls es Sie interessiert«, sagte er, »Julia geht es wieder gut. Sie haben sie schon gestern Nachmittag aus dem Krankenhaus entlassen. Sie hatte einen Schock. An das, was ihn ausgelöst hat, erinnert sie sich nicht. Vielleicht gut so, nicht wahr. Das muss ein schrecklicher Anblick gewesen sein.«

»Doch ja, schrecklich«, pflichtete ich bei. »Haben Sie eine Ahnung, wo Hajo ist?«

»Auf den Koppeln«, nahm ein gut bebauchter Mann neben

Hilgert das Wort. »Samstags ischer immer bei seinen Stuten und Fohlen, die Zäun kontrolliere, damit koi Pferdle davonläuft.«

Stimmt. Hajo hatte in der Küche meiner Mutter bereits hunderte von Zaunkilometern ins Auge gefasst.

»Und Siglinde?«

»Die han i mit ihrem Hunting Star nausgehe sähe.«

»Ich brauche ein Pferd.«

»Nehmet Sie sich doch oins. 's schtandet ja g'nug da herum.« Die Männer lachten. Dem Bebauchten sprang der Bauch gegen die Tischkante. »Nehmet Se doch 's Hexle. Des wird Ihne scho zeige, wo unte isch.«

Ich wandte mich ab. Die Herren waren zu gut drauf nach ihrem Ritt und ihren Weizenbieren, als dass sie mir weiterhelfen konnten.

»He, Moment, Frau Gallion …«

Ich fuhr herum. »Ich heiße Nerz!«

»'tschuldigung. Aber Sie send doch die Schwägerin von Siglinde, oder net?«

»Ein Irrtum, ein fataler Irrtum.«

Die Sache mit meinem Namen hatte den Vingenern immer schon Schwierigkeiten bereitet. Wer mich als Kind kannte, nannte mich auch verheiratet weiterhin Frau Lisa oder einfach nur Lisa, die anderen aber stolperten ständig über Gallion und Nerz und über die Frage, warum ich den Namen meines Mannes nicht tragen wollte. Der General hatte mir, weil er sich auf dem Standesamt überrumpelt fühlte, gleich auf dem Rathausplatz die Freundschaft aufgekündigt, ehe er sie mir angeboten hatte. Was ich denn gegen seinen guten Namen einzuwenden hätte. Ich hielt ihm seinen Vater, den Gauleiter in Polen, nicht vor, aber er mir meine Mutter, die Betschwester. Ob die sich zu fein sei, zu meiner Hochzeit zu erscheinen? Oder ob für sie die Ehe erst Gültigkeit hätte, wenn wir in der Kirche getraut worden wären? »Aber die Kinder heißen Gallion, dass das klar ist.

Und katholisch sind sie nicht!« Ich entwickelte sofort eine tiefe Abneigung dagegen, kleine Gallions zu werfen.

Als ich wieder unten auf dem Hof stand, sah ich ihn dann jenseits der Bücke. Der General trug Stiefel und gebauschte Jodpurhosen. Gerade führte man ihm einen Braunen vor. Ein Bursche hielt ihm den Steigbügel. Der Alte zog sich immer noch recht rüstig in den Sattel, tippte sich an die Mütze und setzte das Pferd in Gang. Ich schrie, aber er hörte mich nicht. Es drehten sich nur Umstehende um. Im Leichttrab entfernten sich Pferd und Reiter auf dem Hauptweg gen Norden. Eine Weile noch sah ich seine Mütze über dem Pferdehintern auf- und niedergehen. Dann füllten Leute und Pferde die Bresche.

Da stand ich nun, mitten im sonnigen Freizeittreiben zwischen Pferden und Reitern, die Sättel auflegten, und wünschte mir wie in Kindertagen, dass ein mitfühlender Mensch mir sein Pferd anböte, einfach so, allein wegen meiner sehnsüchtigen Augen. Ich musste wohl versuchen, eines aus dem Schulstall zu entführen.

Da klingelte das Handy. Petra! Das hatte ich ganz vergessen. Ihre Stimme kitzelte meine Sinne.

»Also«, sagte sie, »ich fahre jetzt mit Klaus nach Tübingen. Ich habe die Adresse von dem Kumpel von Ronni, wo sie ursprünglich hinwollten. Da fahren wir jetzt erst mal hin.«

Falko fiel mir ins Auge, der von seiner Herrin vom Reitplatz zu den Ställen gezerrt wurde.

»Hast du denn was von Vanessa gehört?«

»Nicht direkt. Aber ich habe mit Ronnis Mitbewohner in Reutlingen gesprochen. Er hat die beiden zwar am Donnerstagabend nicht gesehen, aber als er gestern früh heimkam, hätten zwei Frühstücksteller in der Küche gestanden. Er geht davon aus, dass die beiden in Tübingen sind, wie geplant. Bei diesem Wetter sind sie aber wahrscheinlich irgendwo draußen.«

»Na gut. Solltest du sie finden, dann kommt ins Gestüt, ja?«

Ich machte eilends Schluss, steckte das Handy weg und trat

Falko und seiner Besitzerin in den Weg. Das Pferd war trocken, die Halterin erhitzt.

»Entschuldigen Sie. Würden Sie mir wohl Ihr Pferd mal für eine Stunde leihen?«

»Wie?« Eine Wolke verschwitzten orientalischen Parfüms kam mir entgegen. Die Dame hatte einen wirklich irren Blick, so eine Doppellaufflinte, mit der sie auf alles feuerte, was noch in den Windeln gelegen hatte, während sie schon Umgang mit Pferden hatte. Argumenten waren solche Reiter nicht zugänglich. Aber ich konnte auch nicht einfach aufspringen, denn sie hatte Falko nach dem Ritt ordnungsgemäß den Sattelgurt gelockert.

»Ich brauche ganz schnell ein Pferd. Es ist ein Notfall.«

»Was?«

Ich trat an Falko heran, schlug das Sattelblatt hoch und zog schnell die eine der beiden Gurtschnallen fest.

»He! Weg da. Was machen Sie denn?«

»Bitte! Sie kriegen ihn doch wieder.«

Ich angelte nach der zweiten Sattelgurtschnalle.

Die Dame sprach nicht, sie schubste. Falko legte die Ohren an. Ich wehrte sie mit dem linken Arm ab, bekam aber die Schnalle einhändig nicht zu. Da pfiff mir auch schon die Gerte über den Rücken. Solche Gerten konnten einem das Fleisch bis auf die Knochen durchhauen, aber mein Jackett fing das Schlimmste ab. Doch Falko riss den Schädel hoch und tänzelte. Um ihn zu halten, musste die Dame mit der zweiten Hand nach dem Zügel greifen. Dabei geriet ihm die Gerte fast in die Augen. Er stieg mit zornig verquetschtem Maul, riss sich los und preschte über den Hof. »Ho!«, schrie jemand beim Versuch, Falko im Vorbeigaloppieren am Zügel zu schnappen. Daraufhin legte der Wallach noch einmal zu und war flugs im Durchgang zwischen Wohnhaus und altem Stall verschwunden.

»Blöde Kuh!«, schrie die Dame und hob die Gerte. Aus dem Doppellauf traf mich eine Salve bösen Blicks. Dann drehte sie um und lief ihrem Pferd hinterher, gefolgt von einem Schwung Reiter, die sich die Jagd nicht entgehen lassen wollten.

Ich trödelte hinterher. Am Zaun der Westkoppel versammelten sich die Zuschauer. Falko hatte die Weide gestürmt und galoppierte auskeilend durchs hohe Gras. Sechs Männer stapften zur Unterstützung der Halterin in die Koppel. Der siebte legte den obersten Balken des Tors in die Halterung am Pfosten und eilte dem Trupp dann hinterher. Da wandte sich Falko plötzlich um und trabte mit gesenktem Schädel auf diesen letzten Mann zu. Hengste trieben so die Stuten zu Paaren. Der unter den Widerrist gesenkte Schädel war für eine Stute eine solche Drohung, dass sie sofort in den Schutz der Herde flüchtete. Als Falko losgaloppierte, nahm auch der Reiter die Beine in die Hand, um die andern zu erreichen. Die Zuschauer lachten.

Ich erklomm den Zaun, setzte mich auf den Balken und zündete mir ein Zigarette an.

Falko umtrabte seine kleine Herde, schüttelte Mähne, Kopf und Zaumzeug und machte den Leithengst. Die Fänger hatten gleich zu Anfang jede Chance verspielt, Falko in eine Ecke zu treiben und einzufangen, denn das Pferd hatte einen Mann in die Flucht geschlagen und fühlte sich jetzt nicht als Fluchttier, sondern als Sieger. Mit gesenktem Schädel sprang er auf jeden zu, der die Nase aus dem Grüppchen herauszustrecken wagte. Er war grimmig, hatte das Laientheater um ihn herum satt, das Eingezwängtsein, die ganze mit Gerten und Sporen aufgerüstete Dummheit. Zu Fuß waren die acht Gestiefelten schwach wie eine Herde Schafe.

Nun ist es aber so, dass unter sieben männlichen Reitern auf jeden Fall einer ist, der sich als Held sieht und sich von den Gäulen nicht auf der Nase herumtanzen lässt. In diesem Fall war es einer, den die Zuschauer am Zaun den Herbert nannten. Er sprang, als Falko an ihm vorbeitrabte, plötzlich vor und haschte nach dem hängenden Zügel. »Ja!«, schrie hinter mir einer, denn

Herbert hatte den Zügel erwischt. Doch Falko wich nicht aus, wie man dies von einem Pferd erwartete, versuchte nicht, sich loszureißen, sondern warf sich mit der Schulter gegen den Mann, biss ihn ins Knie, riss ihn mit dem Sattelzeug um und keilte im Davonpreschen aus.

Bis zu mir hörte man Herbert fluchen und die andern dem Pferd hinterherschreien.

Falko schwenkte im Imponiertrab vom Kreis ab und näherte sich mit gespitzten Ohren und geweiteten Nüstern uns am Zaun. Ich faltete die Hände mit der Zigarette zwischen den Knien. Bitte!

Das Maul an meinem Knie kam Falko zum Stehen. Dann geschah das Wunder, das man nie erklären kann, es sei denn, man behauptet, Pferde hätten einen sechsten Sinn für unsere Nöte. Mit der Hinterhand kam der Araber herum und präsentierte sich mir mit Sattel und Zaumzeug. Ich brauchte mich nur vom Zaun auf seinen Rücken gleiten zu lassen.

Kaum hatte ich den Zügel ergriffen, der ihm überm Ohr hing, marschierte er los zum Tor. Dort angekommen hob er den Kopf über den quergelegten Balken und trat bis auf Brustberührung heran. Ich beugte mich vor und schob den Balken von der Auflage. Falko zuckte nicht einmal, als das Balkenende vor seinen Hufen in den Staub knallte. Unverzüglich stieg er über das Holz.

Auf der Weide schrien die Leute.

»Ich bringe ihn wieder!«, schrie ich zurück.

Die Schaulustigen auf dem Weg wichen respektvoll aus. Keiner wagte es, Falko und mir in die Zügel zu greifen, um uns aufzuhalten. Ich warf die Zigarette weg. Falko legte einen ordentlichen Schritt vor, während ich den zweiten Sattelgurt festzog und die Steigbügelriemen auf meine Länge einstellte.

28

Jahrelang hatte ich nicht mehr so viel pralles Leben unter mir und zwischen meinen Beinen gehabt. Wenn ich es recht bedachte, hatte ich überhaupt noch nie auf einem Vollblutaraber gesessen, weil Todt und der General mir den Umgang mit Vollblütern nicht zugetraut hatten. Solch ein Pferd verzieh keinen Fehler und keine Unentschlossenheit. Wer sich auf die totale Bewegung, ihren Eifer und ihre Kraft, nicht einlassen konnte, flog bei nächster Gelegenheit. Bei Falko gab es kein »Nicht so schnell!« Kaum hatte ich meine Füße in den Steigbügeln und nahm die Zügel auf, spannte er sich, hob die Nase und galoppierte los.

Wir donnerten über die Holzbrücke, die an der Scheunenrampe über die Ars führte, und gewannen den Weg, der sich kilometerlang gen Norden außen um die gesamten Koppeln des Gestüts herumzog. Nach den ersten gewalttätigen Sprüngen Falkos spürte ich, dass er mir nicht durchging, sondern nur ein Tempo anbot, das er aus meinen unbewussten körperlichen Signalen als das gewünschte herausgespürt hatte. In solchen Momenten gab es nichts anderes, als dass sich Pferd und Reiter völlig aufeinander einließen, dem anderen Vernunft unterstellten und einander vertrauten, soweit es das gegensätzliche tierische und menschliche Sicherheitsbedürfnis zuließ. So ein Pferd atmete wie ich, sah und hörte und versuchte, Gefahren abzuschätzen und zu entscheiden, wo es langging. Die jeweiligen Auffassungen und Entscheidungen teilten sich dem einen wie dem anderen permanent über die Muskelspannungen mit. Zum Beispiel zuckte Falko zusammen, als hinter einer Wegbiegung unvermittelt eine Bank auftauchte, aber nur, weil ich in der Furcht zusammenzuckte, er könnte scheuen. Ich begriff, dass er sich mir als Reiterin hingab, und helle Freude flutete meine Seele.

Wir flogen zwischen Koppelzäunen und Waldrand den

unbefestigten Weg hinauf gen Norden. Kalter Waldschatten wechselte mit sonnigen Breschen. Die Pferde auf den Weiden hoben die Köpfe. Der Sattel knirschte, die Hufeisen krachten auf wegspratzenden Steinen. Falkos Mähne flatterte, sein Atem tönte.

Hinter der ersten Nordkuppe kam uns der öffentliche Spazierweg in die Quere, der durchs Gestüt schnitt. Leute mit Dackeln und Kinderwagen bevölkerten ihn. Ich musste Falko parieren. Ich hoffte noch, dass es mir gelänge, da fiel er schon in Trab, weil ich mich mit Becken und Knien gegen die Galoppbewegung gesperrt hatte. Im Schritt betrat er den Asphaltweg und umrundete aufmerksam einen kleinen Jungen, der sich uns trotz des Geschreis seiner Eltern in den Weg stellte und mit ausgestreckter Hand den Wunsch äußerte, das Pferd zu streicheln. Weil wir nicht anhielten, schleuderte er uns dann den Stock hinterher, den er in der anderen Hand hielt. Falko zuckte zusammen, als ihm das Stöckchen an die Fesseln hagelte. Aber er raste nicht los. Ein seelisch sehr stabiles Pferd, das nicht leicht den Überblick verlor. Ich entspannte mich. Wieder auf dem unbefestigten Außenweg fiel Falko in einen ruhigen Kantergalopp, einen kurzen leichten Galopp auf der Basis sparsamer Bewegungen, der auch für den Reiter mühelos war und den Araber stundenlang durchhalten konnten.

Wir erreichten die Stutenweide. Die weiße Herde der Shagyas weidete mit den Nasen gen Süden, zwischen ihnen ein gutes Dutzend staksiger Rappschimmelfohlen. Die Muttertiere hoben die Köpfe. Selbst über Kilometer hinweg nehmen Pferde über die Bodenerschütterung galoppierende Artgenossen wahr. Ein Mensch war zwischen ihnen nicht zu entdecken. Hier war Hajo nicht.

Zum Ende der Stutenweide hin verengte sich unser Weg. Die Koppel der Junghengste lag hinter einer zweiten nördlichen Anhöhe. Sie stieg nur ein paar Meter an, war aber hoch genug, dass man auch vom Pferd aus keinen Einblick ins Gelände dahinter hatte. Links rückte uns der Wald zu Leibe, schattig und kühl. Vor uns lag jäh eine Jungfichte quer. Zum Glück entschied auch Falko, dass er da nicht hinüberspringen konnte, und stoppte unwillig grunzend. Der Baum war aus dem ausgetrockneten losen Erdreich des steilen Waldabbruchs über den Weg auf die oberste Zaunlatte der Südwestecke der Junghengstkoppel gefallen.

Ich erinnerte mich, dass Hajo in der Küche meiner Mutter etwas von einem beschädigten Zaun erzählt hatte, den er suchen musste. Schlagartig wurde mir klar, was das bedeutete. Vor einer halben Stunde war der General vom Gestütshof aus gen Norden geritten. Siglinde befand sich schon länger mit Hunting Star draußen. Es war allgemein bekannt, dass Hajo samstags die Zäune abradelte und zu Fuß die Herden besichtigte. Heute konnten Siglinde und der General absolut sicher sein, dass er sich wegen des Bäumchens auf dem Zaun eine Weile auf der abgelegenen Junghengstweide aufhalten würde. Nur kam ich hier nicht weiter und befand mich überdies auf der falschen Seite. Der Eingang zur Hengstkoppel lag am zentralen Hauptweg, den der General vorhin eingeschlagen hatte. Eiseskälte aus dem Wald fiel mich an.

Falko warf sich auf der Hinterhand herum und preschte den Weg zurück. Gelinde Panik erfasste mich. Wir bretterten an der Stutenweide entlang. Ich sah voraus, dass uns die Spaziergänger auf der Querachse zu einer langsamen Gangart zwingen würden. Doch ein Ausweg bot sich plötzlich an, ein Traktorweg zwischen dem Südzaun der Stutenweide und der angrenzenden Koppel. Falko jagte um die Ecke. Die Zäune flogen an uns vorbei, der Kilometer sauste unter den Hufen weg. Wir schlitterten nach links auf den asphaltierten Hauptweg.

Die Herde der weißen Shagyastuten mit ihren Saugfohlen sah inzwischen völlig anders aus. Alle Köpfe wiesen nach Norden, keine Stute graste mehr. Die Leitstuten standen aufgeworfen, die Ohren gespitzt, die Nüstern im Wind, und lauschten.

Hinter der Kuppe auf der Junghengstkoppel ging unsichtbar für sie und uns etwas vor, das sie beunruhigte.

Falko entwickelte eine geradezu gewalttätige Kraft im vollen Galopp den leichten Anstieg zum Hengstweidentor hinauf. Plötzlich tauchte vor uns Hajos Fahrrad auf. Es lehnte neben dem Tor. Falko fuhr zusammen, ich auch, und stoppte unvermittelt. Ich konnte mich gerade eben noch oben halten. Er schnaufte übers Tor, sog Informationen von jenseits der Anhöhe ein, die uns auch von hier aus den Einblick verwehrte.

Das Hängeschloss, das die Jungtierweide gegen Pferdeklau sicherte, baumelte offen am Ring im Pfosten. Um das Tor zu öffnen, musste ich nur den Riegel auf der Innenseite zurücklegen. Falko kannte das Verfahren. Er seufzte zwar, wusste aber, dass er umdrehen musste, damit ich das Tor wieder schließen konnte.

Auf diesen entlegenen Weiden verbrachte immer eine Hengstfohlengeneration zusammen ihre Jugendjahre in fast völliger Freiheit. Nach vier oder fünf Jahren trieb man die Herde in die große Reithalle. Dort wurde den Junghengsten zum ersten Mal der Sattel aufgelegt, und die Bereiter bestiegen die Tiere. Dass dieses allererste Anreiten ohne Tanz und Spektakel vonstattenging, hatte entscheidend damit zu tun, dass die Junghengste ein stabiles Sozialgefüge untereinander aufgebaut hatten und deshalb genug Selbstvertrauen besaßen, um sich dem neuen Leben mit Sattel und Reiter ohne Panik zu stellen. Vielleicht stammte auch Falko von so einer Weide, denn er hatte sein Urvertrauen in sich und den Reiter auch in den Jahren nicht vergessen, da er von seiner halbirren Halterin herumgezerrt worden war.

Neugierig trabte er die Kuppe hinauf.

Vor uns schwang sich die ausgedehnte Koppel zu einem Bach hinab und stieg drüben wieder hinauf bis an die Ränder der Kiefernschonung, die sie im Westen und Norden einfasste.

Unten jagten ein Dutzend Einjährige, geflankt von zwei Reitern, einen Fußgänger.

Es war Hajo, der um sein Leben rannte. Die Herde galoppierte ihm hinterher, auf Kurs gehalten von Siglinde auf einem Fuchs und dem General auf dem Braunen. Vorneweg rannten zwei großrahmige keilköpfige Braune. Als sie Hajo bis auf wenige Meter eingeholt hatten, schlug er einen Haken. Der Schwung trug die Herde an ihm vorbei. Er blieb stehen und keuchte.

Das Spiel funktionierte ganz einfach und war darauf angelegt, dass der Mann zu Fuß irgendwann vor Erschöpfung ins Stolpern geriet und von der Herde überrannt wurde. Nur ein Indianer hätte hinterher anhand der Hufspuren im harten Sommerboden rekonstruieren können, dass es sich nicht um einen tragischen Unfall mit einer plötzlich in Panik geratenen Herde handelte. Die beiden Reiter mussten lediglich darauf achten, dass Hajo niemals einen rettenden Zaun erreichte. Von meiner Kuppe aus konnte ich sehen, wie der General Hajo mit kleinen Attacken beschäftigte, während Siglinde die Hengstherde am Westzaun umrundete und mit Geschrei und Armbewegungen wendete. Der General war immer noch ein vorzüglicher Reiter, der seinen Braunen souverän um Hajo herumtanzen ließ. Es gelang Hajo nicht, so dicht heranzukommen, dass er den Reiter am Bein packen und vom Pferd stoßen konnte. Doch wenn er sich zur Flucht wandte, hatte er die Schnauze des Braunen sofort zwischen den Schulterblättern und musste beiseitespringen.

Ich trieb Falko langsam den Hang hinab. Im vollen Galopp hinunterzubrettern entsprach nicht meinem reiterlichen Können. Schließlich kam es jetzt darauf an, dass es mich nicht aus dem Sattel haute, bloß weil Falko durch ein Mauseloch stolperte.

Das Erscheinen eines neuen Pferdes löste allgemeine Aufmerksamkeit aus. Der General parierte sein Pferd. Hajo begann, den Hang zu mir heraufzurennen. Siglinde, die die Herde gerade neu formiert hatte, gab ihrem Hunting Star die Sporen und jagte über den Bach in den Anstieg.

Was der General ihr zurief, konnte ich wegen der Entfernung nicht verstehen. Aber Hajo drehte sich um, keinen Moment zu früh, denn Siglinde hätte ihn sonst über den Haufen geritten. Sie stieß einen Schrei aus, einen Jauchzer fast, eine Art Kriegsgeheul, und kam direkt auf mich zu. Das schwarze Haar flatterte.

Einem Gefecht, Pferd gegen Pferd, Reiterin gegen Reiterin, war ich in keinem Fall gewachsen. Mit einem Satz schoss Falko los, quer heraus aus Hunting Stars Angriffsrichtung und hinab auf den General und seinen Braunen zu, die uns schräg den Hang hinauf entgegengaloppierten. Siglinde schrie hinter mir und riss ihren Fuchs herum. Wie das Korn in der Kimme ragte die eckige Gestalt des Alten zwischen Falkos Ohren auf. Er schickte seinen Braunen blitzschnell in die Traversale und wich aus. Sonst hätte ich ihn im Vorbeijagen am Arm packen und aus dem Sattel reißen können.

Es gelang mir, Falko auf der Hinterhand herumzuwerfen und unterhalb des Generals wieder den Hang hinaufzujagen, während Siglinde ihren langbeinigen Fuchs in Grund und Boden zügelte, um eine Kehrtwendung zu machen. Da Hunting Star stieg, gewann ich mit Falko ein paar Sekunden Vorsprung.

Hajo hatte mittlerweile den Hang bis auf ein Drittel erklommen und Halt gemacht, wohl um zu sehen, was sich zwischen mir und seinen beiden Jägern abspielte.

»Lauf!«, schrie ich ihm zu.

Es schien mir unmöglich, ihn zu mir aufs Pferd zu ziehen. Solche Kunststücke musste man üben. Aber er blieb stehen, schwankend vor Atemnot, und streckte die Hand nach mir aus. Erschöpfung und Wut hatten sein Gesicht blank gefegt. Ich zügelte Falko und versuchte, seine Hand zu packen. Sie entglitschte mir. Beim zweiten Mal merkte ich, dass er mich vom Pferd zu ziehen drohte, und ließ los.

»Lauf zum Tor«, sagte ich, »ich versuche, sie abzulenken.«

Er wollte es nicht glauben, konnte sich nicht vorstellen, dass ich das nicht konnte, was für ihn ein Kinderspiel war: jemanden hinter sich aufs Pferd ziehen. So nah war für ihn das Pferd und doch unerreichbar, und schon war die Gelegenheit verpasst, denn die Herde kam.

Sie kam im vollen Galopp, angefeuert von Siglinde. Die beiden braunen Keilköpfe vorne waren wie der Wind selbst, der die Horde herantrug. Sie flogen, sie waren schon da. Nichts konnte sie aufhalten, auch Falko und ich nicht. Sie rissen uns einfach mit. Ich verlor Hajo aus den Augen. Erst als die Einjährigen auf der Kuppenhöhe ausliefen und stoppten, hatte ich wieder Gelegenheit, mich umzusehen.

Hajo wich eben zurück, weil Siglinde ihren Hunting Star gegen ihn steigen ließ. Sie lachte, als er versuchte, ihr Bein zu erhaschen. Ihr Fuchs sprang mit einem irren Satz in die Höhe und nach vorn. Warum es Hajo dabei umriss, konnte ich nicht erkennen. Als er wieder aufstand, fasste er sich an die Rippen.

Siglinde hetzte ihren Fuchs aus dem Sprung den Hang hinauf. Der General kam von der anderen Seite heran. Die Junghengste kannten das Scheißspiel mittlerweile genügend, um zu wissen, dass es wieder losging. Sie wendeten sich hangabwärts, Falko mit ihnen. Da die Reiter die Herde nicht treiben mussten, konnten sie sich nun an die Spitze setzen, links und rechts neben die beiden Keilköpfe. Damit bekamen sie zum ersten Mal die Möglichkeit, die Richtung der Herde vom Kopf her zu bestimmen und sehr flexibel und schnell auf die Haken zu reagieren, die Hajo schlagen würde, um zu entkommen. Das war tödlich.

Und ich befand mich eingeklemmt mitten unter den Jägern. Links vor mir galoppierte der General, rechts von den Keilköpfen Siglinde. Hajo stand hundert Meter weiter unten, sah uns kommen, sah, was die Formation bedeutete, wich ein paar Schritte zurück, unschlüssig, wohin er sich wenden sollte, wandte sich um und rannte los. Siglinde jauchzte und ich schrie.

»Mörder!«, schrie ich. »Ihr seid Mörder!«

Das Folgende geschah in einer Sekunde. Der General fiel mit seinem Pferd zurück. Falko sprang nach vorne, vielleicht getragen von meinem Schrei, vielleicht auch von seinem Ehrgeiz, unter den Junghengsten der Erste zu sein. Plötzlich war er das Pferd mit der Nasenlänge vorne, respektiert von den jungen Keilköpfen. Rechts von uns verteidige Siglinde mit Hunting Star die Führung. Also zog ich Falko nach links und mit mir die beiden Keilköpfe und den ganzen Rest der Herde ausgreifender Leiber, nickender Köpfe und flatternder Mähnen. Hajo schlug einen Haken.

Hätte er ihn nach links gemacht, hätten wir ihn augenblicklich unter uns gestampft. Aber er warf sich nach rechts. Und so erwischte ihn nur Siglinde mit ihrem Hunting Star. Wie schwer, konnte ich wieder nicht sehen, weil die Herde mich erst einmal forttrug, bevor sie zerfiel, sich an der Spitze spaltete, abbröckelte, auslief und anhielt. Die Flanken flogen, die Ohren rätselten nach vorn und hinten. Auch Falko keuchte.

Ich konnte die Lage peilen.

Hajo rappelte sich weiter unten eben wieder auf die Füße. Eine Katze hatte sieben Leben und ein polnischer Zigeuner mindestens drei. Siglinde fing ihren rennwütigen Vollblüter unten am Bach wieder ein. Der General hatte seinen Braunen auf halbem Hang zum Stehen gebracht.

Ihm musste schlagartig klargeworden sein, dass seine Strategie nicht mehr aufging, als ich ihn Mörder nannte. Denn genau das war er nicht. Mich als Zeugin hätte er ermorden müssen, wenn Hajos Tod vor der Welt als Unfall Bestand haben sollte. Mich hätte er nicht hinrichten können, so wie er Hajo hinrichten wollte, offenbar in der echten und ehrlichen Überzeugung, den Mörder Heides zu bestrafen, bevor er der Polizei entschlüpfte und seine Scheune anzündete. Ich hatte mich geirrt, als ich dachte, er habe seiner Tochter geholfen, ein Verbrechen zu vertuschen.

Doch wer glaubte, dass sich die Tochter des Generals ebenfalls geschlagen gab, der kannte Siglinde schlecht. Ihre Attacke kam so schnell, dass ich überhaupt nicht reagierte und Falko sich gerade noch herumwerfen konnte, um den Aufprall mit der Flanke abzufangen. Er quietschte wütend. Siglinde packte mich am Arm. Als beide Pferde auseinandertaumelten, verlor ich den Halt im Sattel und krachte auf den steinharten Weidenboden. Falko galoppierte davon.

Nun stand ich wie Hajo auf der endlosen Wiese fern vom Zaun, umgeben von langbeinigen schnellen Tieren. Aber unsere Lage hatte sich überraschend gebessert. Siglinde musste die Herde allein treiben. Wenn Hajo und ich der Versuchung widerstanden, uns zu vereinigen, dann hätten selbst zwei Treiber kaum eine Chance gehabt, uns beide zu überrennen. Sie konnten ja immer nur einen hetzen. Unterdessen nutzte der andere seine Pause, um zu einem Zaun zu rennen. Der Abstand zwischen uns vergrößerte sich, die Herde musste immer weitere Strecken gescheucht werden, um uns den Fluchtweg abzuschneiden. Zwar konnte sich im schlimmsten Fall nur einer von uns retten, aber ein Überlebender brachte sie ins Gefängnis. Man konnte es getrost ein Patt nennen.

Das musste auch der General erkennen.

»Sei vernünftig«, schrie ich Siglinde entgegen, »es hat doch keinen Sinn mehr.«

Aber Hunting Star schien genauso erbittert wie sie, genauso aufgepumpt von der irrsinnigen Rennerei. Er kämpfte um Freiheit, er stieg, er sprang gegen mich, wenn sie ihm die Zügel locker ließ. Siglinde lachte und jauchzte, scheuchte mich, zwang mich auszuweichen, wegzuspringen, mich zu retten. Zu Fuß kann man einem Pferd mit Reiter immer ausweichen, wenn man den Nerv besitzt, ihm nie fliehend den Rücken zuzuwenden. Man muss nur so lange warten, bis man das Rot in den Nüstern des heranstürmenden Pferdes sieht, bevor man beiseitespringt. Doch es dachte sich leichter. Maulwurfshügel stolperten gegen meine Füße. Die Grasnarbe rutschte weg. Hunting Stars Schulter warf mich zu Boden. Eine Todessekunde nach der anderen flutete mich mit Adrenalin pur.

»Hör auf, Siglinde«, flehte ich. »Hör doch auf.«

Doch sie riss ihren Fuchs auf der Hinterhand herum. Einmal gelang es mir, ihren Stiefel zu packen. Aber sie hieb mir die kurze Springgerte ins Gesicht, ausgerechnet ins Gesicht.

»Du hast Todt umgebracht!«, brüllte ich.

Sie lachte.

»Ich werde es deinem Vater sagen«, schrie ich. »Er hat noch immer unser Hochzeitsfoto auf dem Nachttisch! Das verzeiht er dir nie.«

Hunting Star rammte mich, und Siglinde stieß mir die Stiefelspitze in die Rippen. Ich fiel wieder, rollte mich aus der Reichweite der Hufe, sprang auf.

Es war ein Hass besonderer Art, der Hass der Herrin, ein Triumph über das wilde Pferd, eine Vorführung von Reitkunst, ein kindliches Spiel an der Grenze zum tödlichen Ernst. Siglinde strafte mich, weil ich ihre letzte Schlacht mit Hajo gestört hatte, ihre Abrechnung mit dem sturen Hauptbereiter, der sie zu lange an der langen Leine hatte kreiseln lassen. Außerdem hasste sie mich, seitdem ich mich mit Todt zusammengetan hatte.

»Ich hab's immer gewusst«, schrie sie und ließ Hunting Star steigen. »Immer warst du gegen mich. Bei Papa hast du dich eingeschmeichelt, damit er euch das Gestüt gibt, Todt und dir.«

Meine schweißverklebten Jeans brachten mich zu Fall. Hunting Stars Hufe knallten vor meiner Nase in den Boden. Aber er wollte mich nicht treten. Da half auch Siglindes Gerte nicht.

»Und jetzt«, fluchte sie, »hast du es auf Hajo abgesehen.«

Ich bedeckte Ohren und Kopf mit den Armen und betete, dass sich Hunting Star mit seinen beschlagenen Hufen beim Tänzeln, Steigen und Herabfallen nicht verschätzte.

Erst ein Aufschrei Siglindes riss mich aus meiner Lähmung, ein Schrei voller Schrecken und Angst. Der Boden bebte unter den Hufen eines herangaloppierenden Pferdes. Siglinde wendete ihren Hunting Star und jagte davon, ihr auf den Fersen Falko und Hajo.

29

Falko schloss an Hunting Stars Flanke auf. Siglinde ließ ihn seitlich ausbrechen, doch Falko und Hajo machten den Schwenk mit. Den Fuchs packte der Rennehrgeiz. Beide Pferde rasten die Kuppe hinauf am General vorbei, wendeten und rasten wieder herab, wieder am General vorbei, dessen Brauner wie ein Denkmal stand. Falko und Hajo waren zu einem Pferdemenschen verschmolzen, während Siglinde sich bereits im Widerstreit mit ihrem durchgehenden Vollblüter befand. Sie rasten auf den Bach zu. Einige der Junghengste spritzten beiseite. Hunting Star flog mit einem gewaltigen Satz über den Bach und bretterte drüben den Hang wieder hinauf.

Falko und Hajo machten jedoch am Bach kehrt.

Der Araber hatte inzwischen nicht mehr viel von dem prallen Prachtpferd, das auf der Weide den Übermut austobte. Er war nass bis zu den Fesseln, scheckig vor Schweiß, eckig und hohläugig. Sein Atem rasselte, der Schaum flockte ihm aus dem Maul. Aber wenn wir gewollt hätten, hätte er sich für uns zu Tode gerannt. Schnaufend schmierte er den Schaum an meinen Ärmel. Hajo streckte mir die linke Hand hin. Ich ergriff sie, setzte den Fuß auf seinen und saß hinter ihm auf dem Pferd, ehe ich begriff, wie es ging. Falko setzte sich in Schritt. Ich krallte mich in Hajos T-Shirt. Das zentaurische Gebilde hielt mich fest. Zu dritt auf vier Beinen wankten wir bergan auf den General zu, während Siglinde weit weg am Nordzaun ihren Hunting Star wendete.

Gallion war auf seinem Braunen zu einem Reiterstandbild erkaltet. Das Pferd stellte nur kurz die Ohren, denn wir näherten uns von schräg vorn, was ein Pferd als friedlich interpretiert. Kinn und Nase des Generals ragten in die Sonne. Seine Augen lagen im Schatten des Mützenschirms. Die Jodpurhosen bauschten, die Stiefelspitzen glänzten exakt parallel zum Pferdebauch.

Falko hielt an.

»Das wirst du büßen«, sagte ich. »Das war ein Mordversuch und ich bin Zeugin.«

Er hob das Kinn. »Willst du mich anzeigen? Aber was ist denn geschehen? Eine Herde ist außer Kontrolle geraten. Wenn wir, meine Tochter und ich, nicht gewesen wären, dann wäre dieser …«, er hob das Kinn noch ein Stück, »… polnische Zigeuner jetzt tot.«

Hajos Bauchdecke zuckte unter meinen Armen.

Gallion sah uns an. Seine Augen glühten. »Wer glaubt dir denn, wenn du was anderes sagst? Du hast dich mit einem Mörder gemeingemacht. Und der wird seine Strafe bekommen, so wahr ich Gallion heiße.«

»Du irrst«, sagte ich.

Aber er wandte sein Pferd ab.

»Du irrst dich, Schwiegervater«, schrie ich. »Heide Bongart ist von demselben Menschen umgebracht worden, der auch deinen Sohn in den Tod geschickt hat. Du willst es bloß nicht wahrhaben.«

Der Braune zauderte, schien halten zu wollen, doch der General trieb ihn weiter mit steifem Nacken und mageren Schultern, trieb ihn in den Trab und schickte das Pferd den

Hang hinauf. Auf der Kuppe stieß Siglinde mit ihrem Hunting Star zu ihm. Sie drehte sich noch einmal nach uns um. Das Haar wehte ihr übers Gesicht. Dann verschwanden sie jenseits der Anhöhe.

Die Sonne blieb.

30

Wir fielen gemeinsam von Falko. Eigentlich hatte Hajo wohl absteigen wollen, aber ich war so erschrocken, den Halt zu verlieren, dass ich ihn nicht losließ und abrutschend mit mir zog. Wir entflochten uns im Gras. Falkos weiße Haare klebten überall. Hajo stand auf und begann, die Steigbügel hochzuziehen und den Riemen hindurchzuflechten.

»Was hast du vor?«, fragte ich.

»Wir lassen Falko allein zum Stall laufen. Ich gehe nach Polen.«

Das *Wir* gefiel mir nicht. Zwischen Hajo und mir gab es kein *Wir*. Ich war nicht auf der Flucht, schon gar nicht mit ihm.

»Das gefällt mir nicht.«

Hajo kam um Falkos Kopf herum. »Mir auch nicht.« Er schnallte die Zügel auf und schlang die beiden Riemen dem Pferd um den Hals, damit sie nicht herunterhängen oder ihm über den Kopf rutschen konnten. »Aber was bleibt mir anderes übrig. Der Alte wird jetzt die Polizei holen. Und wenn man dann Heides Halsketten und Ohrringe in meinem Zimmer findet …«

Hajo prüfte eingehend den Sattelgurt, während Falko das Maul ins Gras senkte, um sich zu vergewissern, dass er ein ganz normales Pferd war, dessen Lebensinhalt darin bestand, immer mit vier Hufen im Fressen zu stehen.

»Sind sie denn dort?«, sagte ich.

Um seine Lippen spielte ein äußerst fataler Zug. »Ich habe heute Mittag nachgeschaut, nachdem du mir unterstellt hast, ich könnte Heides Gold haben. Es liegt zwischen meiner Wäsche.«

Es war gar nicht schön, dass sich meine Prognose erfüllte. »Und was hast du damit gemacht?«

»Wo sollte ich denn so schnell hin damit? Komm, steh auf, wir müssen Falko bewegen.«

Ein überhitztes Pferd musste man immer bewegen, sonst erkältete es sich oder kollabierte. Hajo zog mich auf die Füße. Falko folgte uns unwillig grunzend. Auch wenn Hajo sich in die Büsche nach Polen schlug, würde die Polizei ihn kriegen. Sie schrieb ihn zur Fahndung aus, notfalls per internationalem Haftbefehl. Etwa eine Stunde hatte der General jetzt Zeit, Kommissarin Feil davon zu überzeugen, dass nur Hajo Heide umgebracht haben konnte. Und er würde es umso entschlossener tun, je mehr ihm dämmerte, dass einzig seine Tochter ein Interesse an Heides Tod gehabt haben konnte.

»Auf eine Frage«, sagte ich und blieb stehen, »bist du mir bislang immer eine Antwort schuldig geblieben. Wer hat deinen Arabal vergiftet?«

Falko runkste mir mit dem Schädel gegen den Rücken und grunzte.

»Arabals Tod«, sagte Hajo, »hat nichts mit Heide zu tun.« Er ließ den Blick über die mittlerweile wieder friedlich grasende Herde der Einjährigen schweifen und streckte den Arm aus. »Siehst du die beiden Braunen dort, die mit den Keilköpfen. Du siehst, dass sie im größeren Rahmen stehen als die Shagyas? So sehen die Söhne des Mu'niqi Arabal aus. Es sind Fohlen von den beiden stärksten Stuten unserer Herde, die beide in der Linie von Kuhaylan stehen. Schau sie dir an, diese beiden Fohlen. Vor allem Samhun, der größere, hat alle Chancen, nächstes Jahr in Iffezheim den Preis der Zweijährigen zu gewinnen. Er wurde früh im Jahr geboren, und er hat die ranghöchste Stute,

Sahara, als Mutter. Er hat das Zeug, ganz vorn mitzulaufen. Ich habe dem alten Gallion gesagt, er soll ihn an einen Rennstall verkaufen, und er wird sehen, dass ich recht habe. Er soll dreihunderttausend verlangen, denn dem Rennstall, der ihn kauft, wird er innerhalb eines Jahres das Dreifache an Preisgeldern bringen. Aber Gallion hat nur einen Blick für Military-Pferde. Er hat mich ausgelacht. Ob ich mein Leben darauf verwetten würde, hat er gesagt ...«

Hajo blinzelte in die Sonne hinter mir.

»Ich habe Nein gesagt. Da hat er mir eine Wette vorgeschlagen. Wenn Samhun nächstes Jahr in Iffezheim gewinnt, dann hätten mir die beiden nächstjährigen Fohlen von Arabal und den Leitstuten gehört.«

Unnötig zu sagen, dass er damit schlagartig zum Millionär geworden wäre.

»Und was hast du dagegengesetzt?«

»Er hat meine Freiheit verlangt, meine Dienste lebenslänglich für das Gestüt, freie Kost und Logis und Taschengeld nach seinem Gutdünken und ...« Hajo biss sich auf die Lippen und blickte mich scheel an. »Und ich sollte Siglinde heiraten.«

»Wie bitte? Was ... was seid ihr Männer doch für Pferdehändler.«

»Hätte ich ablehnen sollen? Siglinde war dabei. Hätte ich vor ihr sagen sollen: Nein, diese Wette will ich nicht? Wovor hast du Angst, hätte der General gefragt: dass du verlierst und meine Tochter heiraten musst? Ja, willst du sie denn nicht?«

»Aber genau das hast du doch gesagt, als du die Wette annahmst. Du willst zwei Fohlen gewinnen, aber nicht sie. Du hast sie tödlich gekränkt. Sie hat sich gerächt und Arabal vergiftet. Sie hat der Wette die Basis entzogen. Du kannst deinen Gewinn nicht einstreichen, wenn Samhun den Pokal holt. Aber wenn du verlierst, dann könnte sie ihren Gewinn fordern, denn dann braucht Arabal keine Fohlen mehr zu zeugen.«

»So haben wir nicht gewettet.«

»Doch, genau so, du Dummkopf. Das war die Wette des Generals, aber nicht mit dir, sondern mit seiner Tochter. Er wollte sie unter Druck setzen. Er hat sie vor die Wahl gestellt, entweder zuzulassen, dass ihr Hauptbereiter mit dem Vertrag eines Stallburschen zwei erstklassige Pferde sein Eigen nennt und sich zum freien Züchter mausert, oder dafür zu sorgen, dass du sie heiratest. Dich hat er vor zwei in seinen Augen glänzende Alternativen gestellt: zwei Fohlen oder seine Tochter und das gesamte Gestüt. Daran hättest du merken können, dass er nicht mit dir gewettet hat, sondern mit seiner Tochter. Er wusste nicht, dass du sie nicht haben willst. Er glaubte, sie wolle dich nicht, weil sie ihre Vorrangstellung mit keinem Mann teilen will. Aber er traut ihr nicht zu, dass sie das Gestüt allein leiten kann. Er wollte ihr einen Mann an die Seite stellen. Das war allerdings, bevor ihm klar wurde, dass du Analphabet bist. Darum hat Siglinde das auch bei ihm gegen dich ausgespielt. Um diesem Kuhhandel zu entkommen, hättest du die Wette ablehnen müssen. Du hättest sagen müssen: Ich will die Wette nicht gewinnen. Dann hätte Siglinde sich geschmeichelt gefühlt und der General hätte dich für einen klugen Mann gehalten.«

Es war furchtbar zu sehen, wie Hajo das Paradoxon der Wette begriff, die er in jedem Fall hatte gewinnen sollen, und sein Scheitern daran, das sich zu all denen fügte, die er in seinem Leben bereits erlitten hatte, und wie ihm klar wurde, dass der General ihn benutzt hatte wie einen Tölpel, um seine Tochter zu überlisten. Er sah wieder so verletzt aus wie gestern auf der Weide, als ich mich fragte, was ihm Siglinde angetan hatte. Hajo war zwischen die Mühlsteine des Gallion'schen Dramas geraten. Er hatte nicht analysieren können, welches Spiel der General angezettelt hatte, aber seit Arabals Tod ahnte er sehr deutlich, dass Siglinde sich dafür nicht an ihrem Vater, sondern an ihm rächte. Wortlos wandte er sich ab und schritt den Hang hinauf.

Falko setzte sich seufzend wieder in Bewegung.

»He«, schrie ich Hajo hinterher, »lauf nicht weg. Du kannst nicht immer kneifen. Außerdem schuldest du mir Dank. Die beiden wollten dich eben umbringen, falls du das nicht gemerkt haben solltest.«

Hajo drehte sich um und kam blitzschnell den Hang herab. Er rutschte herab, rutschte mit den Ledersohlen auf dem Gras aus und in mich hinein. Er packte mich, verlor das Gleichgewicht, riss mich runter und lag plötzlich auf mir.

Falko blieb knucksend stehen, das schaumtropfende Maul genau über mir, die Hufe neben mir.

Eine Sekunde lang geschah gar nichts. Hajo lag auf mir, wie ein Raubtier beim Kehlbiss darauf lauernd, dass das Opfer durch Bewegung Leben signalisiert, um es sofort totzubeißen.

»Was willst du eigentlich?«, fragte er schließlich. »Du mühst dich ab, damit ich meinen Namen schreiben kann. Du kommst und rettest mir das Leben. Wozu denn? Wozu so viel Aufwand für einen Stallburschen, eh? Ist das wirklich nichts weiter als Nächstenliebe? Du erscheinst in einem unverschämt unpassenden Kostüm im Stall, lässt dir von Hamsun einen Knopf abbeißen und schaust Palas beim Sprung zu. Gib zu, seitdem denkst du daran. Seitdem spielst du mit dem Gedanken. Was wolltest du denn sonst gestern Nacht bei mir und Hamsun im Stall, hm?«

Er griff mir ins Haar.

Ich hieb ihm den Unterarm gegen den Kehlkopf. »Nein!«

»Was heißt hier nein?«

»Nein heißt nein. Ich will nicht. Ich will nicht mit dir. Ich will nichts mehr mit Pferden zu tun haben. Ich gehe nach Stuttgart zurück. Ich komme nie wieder.«

»Du willst. Und heute ist heute.«

»Ich werde dir empfindlich wehtun«, sagte ich so ruhig wie möglich, »wenn du nicht augenblicklich loslässt.«

»Das kündigt man nicht an, wenn man es tatsächlich vorhat.«

Ich hakte den Fuß des Beins, auf dem er nicht lag, unter seinen Schenkel, zog den Arm weg, auf den er sich stützte, und kippte ihn von mir. Das waren zwar nicht die angekündigten Schmerzen, aber Hajo brauchte einen Moment, um sich zu orientieren. Währenddessen sprang ich auf. Ich hätte wegrennen müssen, bekam aber nicht genügend Energie zusammen, auch weil ich gar nicht damit rechnete, dass er so frech war, mich erneut anzuspringen. Ich konnte zwar ausweichen, aber er bekam mich am Handgelenk zu fassen. Gute Reiter ließen nie einen Zügel los, den sie einmal ergriffen hatten. Hajos Kondition war außerdem sichtlich besser als meine. Reiten war ein Zähigkeitssport.

»Mit mir spielst du nicht«, sagte er mit der Humorlosigkeit in den Augen, die Männer anfällt, wenn ihnen das Liebesspiel zur Strafaktion missrät.

Ich fasste mit der freien Hand nach seiner an meinem Handgelenk und drehte sie ab, dass ihm die Gelenke bis hinauf in die Schulter knirschten. Er zog den Atem an. Das tat nun doch weh.

»Ich habe dich gewarnt«, sagte ich.

Seine Augen verengten sich.

Fast tat er mir leid. Aber ich musste sein Konzept von Männlichkeit prinzipiell ablehnen. Er durfte nicht durchkommen mit dem Anspruch, den er aus dem Umstand ableitete, dass ich kurze Röcke trug und mit ihm um Mitternacht ein Fohlen zur Welt brachte. Allerdings hätte mir auch klar sein müssen, dass ein Mann wie Hajo, der täglich seinen Willen gegen die Kreatur durchsetzte, die er zwischen die Beine nahm, sich nicht geschlagen gab, wenn ich ihm bei der ersten Abwehr nicht wenigstens den Arm brach.

Er fiel mich so schnell an, dass ich auf dem Rücken vor Falkos Füßen lag, ehe ich Luft holen konnte. Seine Hand lag an meiner Kehle, sein Schwanz knüppelte gegen meinen Schenkel. Der polnische Zigeuner hatte nichts mehr zu verlieren. Er befand sich so gut wie im Gefängnis. Und er hatte wohl auch in Marbach den Willen eines Mädchens missachtet.

Du kannst dich wehren, ging mir durch den Kopf. Ich beherrschte genügend Kampftechniken, um ihn loszuwerden und bewusstlos zu würgen. Aber gleichzeitig wurde mir klar: Ich wollte. Er hatte recht. Ich wollte. Sogar eine Banalität rechnete ich mir aus, nämlich, dass Hajos Deckakt keinen Nachwuchs zeugen würde. Vielleicht war es die Gefahrlosigkeit, eben das reine Spiel, das mich verführte. Wie ein Hengst spürte Hajo augenblicklich, wann der Gegner die Rangelei abbrach und sich geschlagen gab. Er lächelte, wie ich noch nie einen Mann hatte lächeln sehen, triumphierend, aber auch überrascht, geschmeichelt und dankbar, zugleich rücksichtslos und auch wieder respektvoll.

»Aber«, ächzte ich, »dafür gehst du mit mir auf den Hof zurück.«

»Von mir aus.« Zärtlich fingerte er mir die nassen Haare aus der Stirn.

Falko spitzte die Gazellenohren, schnaubte, senkte den Schädel, beschnoberte mein Gesicht und Hajos Hand, versprühte grashalmhaltigen Schaum, kitzelte mit den Barthaaren meinen Hals und knabberte an Hajos Schulter. Vorsichtig hob er den Huf mit dem blanken Eisen und setzte ihn bedachtsam über unsere Köpfe hinweg. Hajo kümmerte es nicht, dass wir zwischen Falkos Vorderbeinen lagen. Das Pferd schnaubte, schnorchelte anteilnehmend, stupste gönnerhaft und stellte die Ohren. Wie eine Wolke blähte sich Falkos weißer Bauch über uns, wie Bettpfosten säulten die vier Beine in den Himmel.

So ging das mit dem freien Sprung auf der Weide.

31

Jahrelang habe ich mich gefragt, ob das eine Vergewaltigung war. Mir hatte es nicht an der körperlichen Fähigkeit gefehlt, mein Nein durchzusetzen. Ich hätte mich wehren können. Ich hatte gewusst, dass einer wie Hajo nicht mit Worten abzuwehren war, aber sehr wohl, wenn er spürte, dass ich bis zum Letzten zu gehen bereit gewesen wäre. Doch mir war unterwegs der Wille abhandengekommen. Sein männlicher Zorn hatte mich überrumpelt, seine Gier mir geschmeichelt, sein Feuer, alles zu riskieren, mich fasziniert. Meiner Keile war er nur ausgewichen wie ein Hengst den Hufen der Stute, die noch nicht so weit ist, wissend, dass es ihr letztlich egal ist, welcher Hengst sie bespringt, wenn er nur stark genug war, Konkurrenten zu vertreiben, mich zu isolieren und genau dann präsent zu sein, wenn mich die Hormone kirre machten. In diesem Moment war der erklärte weibliche Wille nur eine verkopfte Spielerei, die hinter der Gewalt männlicher Bestimmung zurückstand. Archaisch, aber erfolgreich. Ich hätte mich ja wehren können. Ich war nicht etwa vor Angst gelähmt gewesen.

Falko rupfte wieder Gras. Die Junghengste weideten sich gen Westen. Nicht schuldbewusst, aber überraschend scheu klopfte Hajo mir Pferdehaare und Schaum vom Jackett. Der gemeine Zug war vorübergehend von seinen Lippen verschwunden. Er nahm meine Hand wie einer, der das nie in seinem Leben getan hatte, zaghaft beseligt, dass der Umgang unter Menschen nach dem Akt eine zärtliche Nachsorge erlaubte.

Mit der anderen Hand zog er Falkos Maul aus dem Gras. Wir erklommen die Kuppe und erreichten endlich das Koppeltor, vor dem Hajos Fahrrad lehnte. Er ließ Falko und mich raus, zog das Tor zu und verschloss das Hängeschloss. Dann griff er an den Lenker seines Fahrrads und mit der freien linken Hand wieder nach mir. Nach Süden streckte sich der Asphaltweg hinunter und dann eine Anhöhe hinauf, hinter der die Dächer der Hauptgebäude hockten. Nach Norden verfranste sich der Hauptweg zwischen Koppelzäunen und Gebüsch gen Polen.

Hajo drehte das Fahrrad nach Süden. Mir kamen Bedenken.

»Vielleicht sollte ich dich von deinem Versprechen mitzukommen entbinden.«

Er lächelte. »Versprechen gelten ohnehin nichts, wenn man sie einer Frau im Liebesrausch gibt. Da verspricht ein Mann alles.«

»Du Hurenbock!«

Er schnalzte mit der Zunge. »Aber ich hoffe doch, du wirst mir helfen. Ich habe keine Lust, als Mörder für den Rest meines Lebens auf der Flucht zu sein.«

Ah, so war das. Nicht er hatte mir ein Versprechen gegeben, als ich ihn zu mir unter Falkos Bauch ließ, sondern ich ihm. Interessant, wie männliche Denkmuster im linken Winkel immer gleich wieder ins Egozentrum führten. Ein Wunder, dass die Herren der Schöpfung nicht überhaupt alle Analphabeten waren.

»Und wenn du nun aber doch der Mörder bist? Hast du diese Möglichkeit bedacht?«

»Das Risiko gehe ich ein.«

Hand in Hand gingen wir ein Stück, Falko zu meiner Linken und das Fahrrad zu Hajos Rechten. Die Sonne stand bereits ziemlich tief über der Fichtenschonung jenseits der Stutenkoppel. Die weiße Herde der Shagyas weidete weit verteilt. Einige der schwarzen Fohlen hatten sich hingelegt und schliefen eingerollt wie Hunde. Die meisten Menschen meinen, dass erwachsene Pferde nur noch im Stehen schlafen. Es gehörte zu den heitersten Erinnerungen an meine zwei Jahre auf dem Gestüt, dass immer wieder Sonntagsspaziergänger aufgeregt in den Hof einliefen mit der Mitteilung, da liege ein totes Pferd auf der Weide, wenn sie eines dickbäuchig im Tiefschlaf auf der Seite hatten liegen sehen.

»Bringen wir es hinter uns«, sagte Hajo, bestieg das Fahrrad und bot mir den Platz auf der Stange an. Er nahm mich zwischen die Arme und biss mir ins Ohr. Falko schob seinen Schädel dazwischen. Das hätte uns beide fast samt Fahrrad umgeworfen. Die ersten paar Meter fuhren wir Schlangenlinien. Dann trabte Falko friedlich schnaufend neben uns her.

32

In Grüppchen standen die Leute auf dem Hof. Die Pferde dösten mit den Nasen an den Mauern, halb geputzt, halb abgesattelt.

Ein Mann in grauem Anzug löste sich aus der Menge. Bongart kam auf uns zu. »Es ist nicht Vanessa«, sagte er und nahm meine Hand, als ob er mir danken wollte. »Ich habe mich geirrt. Frau Feil hat mir gerade eben gesagt, dass es wahrscheinlich Heide ist.«

Er warf Hajo einen abschätzigen Blick zu, den Hajo frech erwiderte.

Gleichzeitig sprang aus der nächsten Gruppe Falkos Halterin auf uns zu und fasste ihm nach Zügel und Gesicht. Das Pferd schrak hoch und zog missmutig die Nasenflügel zurück. »Was haben Sie mit ihm gemacht? Zuschanden geritten haben Sie ihn mir.«

»Kommen Sie lieber weg von hier«, raunte mir Bongart unterdessen ins Ohr. »Dieser Hajo ist unberechenbar. Wer weiß, was er tut, wenn die Polizei …«

Da bahnten sich auch schon vom Wohnhaus her zwei Schutzpolizisten den Weg durch die Grüppchen, gefolgt von Hauptkommissarin Feil und Siglinde mit ihrem Vater.

Hajo hob das Kinn. Bongart brachte sich vorsichtshalber in Sicherheit.

»Herr Lem, Sie sind vorläufig festgenommen«, sagte Feil.

Wenn sie zur Festnahme auf zwei Vingener Schutzpolizisten zurückgreifen musste, dann waren ihr ihre eigenen Leute am Samstag davongelaufen, und zum Kriminaldauerdienst hatte sie auch keinen Draht. Sie hatte alles falsch gemacht und war entschlossen, es zu Ende zu bringen.

Einer der Polizisten nahm Hajo das Fahrrad weg und stellte es ab. Der andere schloss ihm die Hände auf dem Rücken.

»Jetzt sagen Sie ihm noch, warum Sie ihn festnehmen«, sagte ich.

»Wegen des dringenden Verdachts der Tötung von …«, Feil geriet kurz ins Schlingern, »… von Heide Bongart.«

»Ah, hat Bongart inzwischen nun doch lieber seine Frau identifiziert?«

»Sparen Sie sich Ihren Spott«, rüffelte Feil. »Sie rennen doch schon seit heute Morgen herum und behaupten, die Tote sei nicht Vanessa, sondern Heide Bongart. Herrn Gallion haben Sie damit konfrontiert, wie ich eben erfahren musste. Ich werde den Verdacht nicht los, dass Sie mir Beweismittel vorenthalten haben. Nehmen Sie sich in Acht, sonst haben Sie am Ende noch ein Verfahren wegen Beihilfe am Hals. Warum haben Sie zum Beispiel den Eibenzweig aus der Tüte in Bongarts Fach entfernt?«

Feil wandte sich zum Gehen. Die Polizisten gaben Hajo einen Schubs. Siglinde grinste. Der General wich meinem Blick aus.

Aber mein Herz machte einen Hüpfer. Wenn Feil wusste, dass sich in der Tüte nicht nur Eibennadeln, sondern ein ganzer Zweig befunden hatte, dann konnte sie das nur von Gallion oder Siglinde erfahren haben, und denen hatte ich nie erzählt, was ich in Bongarts Fach gefunden hatte. Ich hatte lediglich einen Eibenzweig auf Gallions Tisch geworfen.

»Moment, Frau Feil!«

Die Dame drehte sich um. »Bitte?«

»Das mit dem Eibenzweig in Bongarts Fach ist Täterwissen!«

Die Skepsis war ihr anzusehen, aber auch der Bann, in den

das Wort *Täterwissen* die Polizistin schlug. Offenbar hatten tatsächlich erst Siglinde oder Gallion die Eibe auf den Tisch gelegt.

»Nur zu Ihrer Information«, sagte sie. »Wir haben diverse Schmuckstücke, die Herr Bongart bereits teilweise eindeutig als die seiner Frau identifizieren konnte, zwischen der Wäsche in Herrn Lems Quartier gefunden.«

Bongart nickte und rief Hajo zu: »Da kommst du nicht mehr raus. Jetzt hat's dich erwischt. Du Hurenbock.«

»Gehen wir, meine Herren«, sagte Feil.

»Moment«, sagte ich. »Ich möchte mich rechtfertigen. Frau Feil, Sie haben mich hier eben vor allen Leuten beschuldigt, ich hätte gemeinsame Sache mit einem Mörder gemacht. Das müssen Sie beweisen oder zurücknehmen, hier vor allen Leuten.«

»Nun regen Sie sich mal nicht so künstlich auf.«

»Hören Sie, meine Mutter lebt in Vingen. Wenn Sie solche Behauptungen über mich aufstellen, dann machen Sie ihr das Leben hier zur Hölle. Sie ist katholisch. Dass ich die Gehilfin eines Mörders sein soll, das überlebt sie seelisch nicht.«

Feil unterdrückte ein Grinsen. »Darauf kann ich nun wirklich keine Rücksicht nehmen.«

»Sollten Sie aber. Sie sind nicht mehr in Hannover in Ihrem Büro. Sie befinden sich hier auf einem Dorf. Und Sie klären diesen Fall nur, wenn Sie versuchen, uns zu verstehen, statt uns für Idioten zu halten, uns alle, wie wir hier stehen, Dr. Hilgert, den Kinderarzt, oder Herrn Gallion, den mächtigen König von Vingen, und diesen polnischen Stallburschen sowieso. Es ist ein sensibles Gefüge, wo jeder mit jedem sein Hühnchen zu rupfen hat. Und Sie merken gar nicht, dass man Sie nur benutzt. Weil Sie uns für blöd halten, für Dörfler, für unter Ihrer Würde. Sie sind viel zu sehr mit sich selbst beschäftigt. Sie können es nicht verwinden, dass man Sie hierher versetzt hat.«

Feils seelisches Gefüge knackste hörbar. »Niemand hat mich

versetzt. Ich habe um Versetzung gebeten, aus rein privaten Gründen. Mein Mann hat die Firma seines Vaters in Reutlingen übernommen.«

Oh, oh! So einen Wechsel der Polizeidienste pflegte man niemandem zu versüßen. Auf einmal fand sich die Kriminalhauptkommissarin aus dem Innendienst von A12 auf A11 degradiert im Außendienst in einer Klitsche auf dem Land wieder und hatte mit schwäbelnden Kollegen, dörflichen Totschlägern, Saufköpfen und bockigen Bauern zu tun. Welches Opfer für einen Ehemann. Für ihn hatte sie die Karriere aufgegeben. Nun nagten Reue und Scham unter der rosa Bluse.

»Ja«, sagte ich, »was tun wir nicht alles wegen der Männer. Schauen Sie sich Siglinde an. Keiner will sie. Bongart hat sie sitzen lassen und Hajo gefiel sie nicht.«

In der Runde der Schaulustigen flackerte Gelächter auf.

»Und nun will sie den Burschen, der sie verschmäht, lieber im Gefängnis sehen, als ihn einer anderen zu gönnen.«

»Ich leide doch nicht an Geschmacksverirrung«, schrie Siglinde sofort. »Dass ihr es nur alle wisst. Ich wollte ihn nie. Er hat Heide gefickt. Und so einen soll ich noch wollen? Er kann nicht einmal lesen und schreiben.« Sie schnaufte und fuhr dann mich an. »Und du verteidigst ihn natürlich. Weiß er denn …« Sie grinste plötzlich. »Weiß er, dass du eigentlich auf Frauen stehst, eh?«

»Siglinde, halt den Mund!«

»Warum soll ich das nicht sagen? Du hast es mir doch auch unterstellt. Was wolltest du denn vorhin von mir in der Scheune? Du hast mich angemacht. Dass ihr es alle wisst, tierisch geil war sie auf mich, angefasst hat sie mich. Hat mich überhaupt nicht wieder gehen lassen wollen. Schlagen habe ich mich mit ihr müssen. Und jetzt will sie mich natürlich aus Rache in die Pfanne hauen.«

»Siglinde«, sagte ich sanft, »sei still. Du verrätst am Ende noch alles.«

»Von dir lasse ich mir nichts befehlen. Von dir nicht!«,

»Nimm dich zusammen. Du weißt nicht, was du redest. Dann sagst du Dinge, die du besser nicht sagen solltest. Das weißt du doch. Du schadest dir selbst damit am meisten. Erinnerst du dich nicht mehr, wie Todt dich immer reingelegt hat? Er hat es mir erzählt und wir haben darüber gelacht. Sogar dein Versteck in der Scheune hast du ihm verraten. Er sagte: ›Kleine Mädchen verstecken ihr Schätze unterm Kopfkissen.‹ Und du hast gesagt: ›Gar nicht wahr, mein Versteck ist unter einer Latte in der Scheune. Da findet's niemand.‹ Also halt besser deinen Mund.«

Ohne Vorwarnung sprang sie mich an, knallte mir fast den Kiefer aus dem Gesicht und prügelte mich unter Falko. Die Umstehenden waren viel zu perplex, um zu reagieren. Nur Falko fuhr auf, legte die Ohren an und feindete in die Runde. Siglinde war Amazone genug, den Faktor Pferd nicht außer Acht zu lassen. Falko sah durchaus kampfbereit aus. Sie wich zurück.

»Ja«, sagte ich und trat aus dem Schutz des Wallachs hinaus. »Dir fällt nie was anderes ein, wenn du Argumenten nicht mehr gewachsen bist. Schlimm, wenn man für seine Wut keine Worte hat, wenn man immer gleich zuschlagen muss, wenn man die nächstbeste Mistgabel ergreifen muss und zustechen, bis das Blut spritzt.«

»Gar nicht wahr!«, schrie Siglinde.

Der General machte Anstalten, sich abzuwenden.

»Bleib hier, Schwiegervater! Bleib einmal hier und übernimm die Verantwortung für deine Fehler! Sag uns, was für ein Verhältnis du mit Heide Bongart hattest!«

Friedrich Gallion hob das Kinn.

»Heide hat für euch beide Flugtickets gekauft. Was sollte aus eurer Reise nach Teneriffa werden?«

»Schnapsidee«, bellte Gallion widerwillig. »Ich bin zu alt für solche Geburtstagsüberraschungen. Ich habe ihr gleich gesagt, als sie abends damit ankam, daraus wird nichts. Ich mache mich doch nicht in einem Hotel lächerlich mit einem jungen Weib. Such dir jemand anderen, wenn du schon einen Kerl dabeihaben willst, habe ich gesagt. Frag Hajo. Frag Siglinde, ob sie Hajo Urlaub gibt.«

»Heide war schwanger. Wusstest du das?«

Gallion presste die Lippen zusammen und wandte sich ab.

»Bleib hier!«, schrie ich. Noch nie hatte ich so geschrien. Es gellte über den Hof und hallte in den Hauswänden wider. Noch nie hatte einer den Alten so angeschrien. Er drehte sich um.

»Schrei nicht so. Ich weiß, dass Heide schwanger war. Sie behauptete, es sei von mir.«

»Und?«

»Gott, ich bin ein alter Mann. Man probiert es zwar, wenn sich eine Stute so anbietet, aber …«

Einer der umstehenden Reiter lachte.

»Und dann musste Heide nun deine Tochter fragen gehen, ob sie Hajo Urlaub für eine Reise mit ihr gibt«, sagte ich. »Ging es nicht noch ein bisschen gemeiner? Du schickst deine trächtige Gelegenheitsgeliebte zu deiner eigenen Tochter. Was glaubtest du denn, was da passiert? Hast du das gewollt? Heide trumpft mit ihrem Balg im Bauch auf. Erst erklärt sie, es sei von Hajo, damit Siglinde ihn gehen lässt. Aber Siglinde sagt, nein, Hajo kriegt keinen Urlaub. Daraufhin legt Heide nach und behauptet, das Kind sei sowieso von dir. Notfalls werde sie die Vaterschaft auch nach deinem Tod mit einem Gentest beweisen. Uneheliche Abkömmlinge erben, das weißt du, und Siglinde wusste es auch. Da musste sie doch den Kopf verlieren. Du hast Heides Todesurteil gesprochen. Du bist schuld.«

Gallion wandte den Blick ab.

»Aber du willst doch selber alles haben!«, schrie Siglinde auf. »Und weil du nichts kriegst, soll ich jetzt auch nichts kriegen. Darum sagst du, dass ich Heide umgebracht habe. Aber warum sollst du denn was erben? Was hast du schon groß getan für den Hof? Nicht mal unseren Namen wolltest du tragen. Nur Geld und schicke Klamotten und mit dem Porsche nach Stuttgart ins Ballett. Wer hat denn die ganze Arbeit gemacht, als Papa mit seinem Rheuma nicht mehr konnte? Wer war denn immer im Stall, wenn die Stute fohlte? Aber wenn die Leute aus Marbach kamen, dann du immer vorneweg mit Arschwackeln und Todt hinterher und groß auf Gestütsleitung machen. Dazu war ich ja zu dumm. Das kann nur der große Bruder, weil er ja studiert hat. Aber die Saftfabrik hat er runtergewirtschaftet, und das Gestüt hätte er auch versiebt. Aber ich nicht. Schau dich um. In fünf Jahren habe ich die bedeutendste Schagyazucht Europas aufgebaut.«

»Ja, dank Hajo. Er hat dir den Hengst Palas besorgt. Und wenn dein Vater nicht die Buchhaltung machen würde, sähest du alt aus. Leider hast du ja dafür gesorgt, dass es Todt nicht mehr machen kann. Du hast die Bremsen am Porsche manipuliert.«

»Gar nicht wahr! Ich wollte nur …« Siglinde biss sich auf die Lippen.

Keiner tat einen Mucks.

Feil kniff die Augen zusammen. Unter ihrer Föhnfrisur war kein Platz für Nachsicht gegenüber der Familie des Königs von Vingen. Für Politik und Diplomatie fehlte ihr der Sinn. Sie hätte niemals weggeschaut wie die Dorfpolizisten, wenn Gallion junior mit achtzig durchs Dorf raste oder der Alte mit einem Promille erwischt wurde. Ihr war nicht bange vor dem Spender von Schmuckpflaster, Kriegsdenkmal und Festhalle. Vor ihrem Dünkel waren alle gleich.

»Ja«, fragte ich leise. »Was wolltest du, Siglinde? Was dachtest du denn, was passiert, wenn du an einer Bremse herumschraubst?«

»Halt die Klappe, Siglinde«, blaffte der General. »Was verstehst du schon von Autos?«

Siglinde stand da wie ein Pferd, das nicht weiß, aus welchem Unterholz die Wolfsmeute brechen wird.

»O Gott«, tönte es unvermittelt aus einer anderen Ecke. Es war Dr. Hilgert. »O Gott, Siglinde, was hast du getan? Jetzt kenne ich dich, seit du ein kleines Kind warst.« Der Kinderarzt und Autoliebhaber ordnete das Haupthaar und die Erinnerung.

»Sie können mich mal!«, sagte Siglinde. Ihr war mehr als nur die Idee unbehaglich, dass der Arzt nun allen erzählte, wie sie einst dreikäsehoch durchs Dorf geradelt war und nasebohrend gegafft hatte, wenn die Sau geschlachtet wurde oder der Doktor sein Auto reparierte.

»Du hast dich von allen Kindern am meisten für meinen Opel Kapitän interessiert«, erinnerte sich Hilgert. »Stundenlang hast du mir zugeschaut. Zündkerzen, Batterie, Ölwanne, alles habe ich dir erklärt, alles wolltest du wissen. Sogar in die Werkstatt habe dich einmal mitgenommen. Da haben wir die Bremsflüssigkeit ausgewechselt und du warst der sechste Mann. Ich weiß es noch, wie stolz du warst, als du an einer der vier Entlüftungsschrauben beim Reifen sitzen durftest, während der Meister nachfüllte und ich im Wagen saß und pumpte. Du wolltest sogar Kfz-Mechaniker werden. Konnte ich damals ahnen, dass du dein Wissen so gewissenlos anwenden würdest?«

Der General wurde knochig. »Du hast …« Er musste die Kehle freihusten. »Du hast wirklich meinen Sohn …«

»Er hat doch angefangen«, keifte Siglinde. »Er hat mich zuerst umbringen wollen. Das hast du immer gesagt.«

»Aber doch nicht so!« Friedrich Gallions Stimme hatte keinen Ton mehr. »Todt hat es doch nicht absichtlich getan. Es war … es war ein Unfall. Was anderes habe ich nie gesagt.«

Mir wurde flau. »Zu spät, Schwiegervater. Die Klarstellung kommt zu spät. Immer hast du deine Kinder gegeneinander aufgehetzt. Das Gestüt sollte der bekommen, der dir zuerst Enkel bringt. Das hast du gesagt, mehr als einmal. Was sollte Siglinde denn tun? Ich wurde in deinem Haus immer fetter, und sie hatte immer noch keinen Mann. Den Gedanken an Menschlichkeit, Verzicht, Großzügigkeit gab es in deinem Haus nicht. Was lag für Siglinde da näher, als zwei Konkurrenten in den Tod zu schicken, die du überdies täglich als güste Stute und Schwestermörder gebrandmarkt hast? Was hat sie schon gemacht? Sie hat doch nur ein paar Schräubchen geöffnet. Es lief wie ein Gottesurteil. Kein Grund, sich ein Gewissen daraus zu machen. Es war nur ein Streich, Siglinde, nicht wahr? Dass wir wirklich sterben könnten, war dir nicht so klar. Du wolltest uns nur weghaben.«

Siglinde biss sich die Unterlippe blutig.

Friedrich Gallion schwankte auf dünnen Beinen in seinen Reitstiefeln. Es traf ihn nicht weniger vernichtend, nur weil er es seit heute Vormittag ahnte. Er hatte es wegdiskutiert, er hatte die Wahrheit vertreiben wollen, als er versuchte, Hajo zu Tode zu hetzen. In seiner Not hatte er sogar Kommissarin Feil zu Hilfe gerufen, damit sie Hajo amtlich zum Mörder erklärte. Friedrich wollte seine Zweifel mit ins Grab nehmen, statt sich den Rest seines Lebens zu fragen: Warum? Warum meine Kinder?

Ich hatte es so satt. ›Man muss auch verzeihen können‹, hatte meine Mutter leichtsinnig gepredigt, als sie mich zu seinem Jubiläum einlud. Um zu verzeihen, hätte ich erst einmal hassen müssen, aber ich hatte so viel um Todt getrauert, dass ich jetzt keine Kraft mehr hatte, um zu hassen. Sein Tod war Teil der Gallion'schen Tragödie, in die ich blind hineingeraten und zwar mit Blessuren, aber lebendig wieder herausgekommen war. Für mich gab es nun nichts mehr zu klären.

»Dein Fehler war nur«, sagte ich an Siglinde gewandt, »dass du noch einmal an die Bremsen meines Autos gegangen bist. Dabei hättest du nur bis morgen warten müssen. Dann wäre ich wieder weg gewesen. Für immer. Aber so ist mir klar geworden, dass Todt ermordet wurde. Und es kam nur jemand in Frage, der damals schon auf dem Hof war. Also Hajo nicht.

Außerdem hätte er ein S nicht von einem RT auf dem Nummernschild unterscheiden können. Es war pure Dummheit von dir, darauf zu setzen, dass ein Bremsversagen immer den Tod der Insassen zur Folge hat. Das klappt nur einmal. Außerdem hat meine Mutter einen Schutzengel.«

»Wollen Sie damit sagen«, sagte Feil, »dass Ihr Unfall gestern kein Unfall war? Wieso steht davon nichts in Weckerles Protokoll?«

»Weil es nicht beweisbar ist.«

»Du kannst überhaupt nichts beweisen«, sagte Siglinde. Es klang so kindlich und so unschuldig, dass es mir kalt den Rücken hinunterlief. Als ob sie wirklich nicht gewusst hätte, dass sie ihre Taten längst zugegeben hatte.

Auch Feil hätte gern einen Beweis gehabt. Schmuck des Opfers in der Wäsche eines Hauptverdächtigen war in jedem Fall erfolgversprechender als die Rekonstruktion dessen, wer zu welchem Zeitpunkt etwas von einem Eibenzweig in Bongarts Fach gewusst haben könnte. Der dringende Tatverdacht gegen Siglinde ließ sich einem Ermittlungsrichter nur schwer vermitteln.

»Hajo war's«, sagte Siglinde schon fast wieder siegessicher.

»Aber«, sagte ich, »auch der dümmste Verteidiger würde das Hauptindiz der Anklage, nämlich Heides Schmuck zwischen seiner Wäsche, entkräften, wenn er deine Schlüsselsammlung für die Gesindezimmer und Schließfächer auf den Tisch des Richters legt. Oder hast du etwa daran gedacht, Heides Blut an Hajos Reithosen zu schmieren, die er Donnerstag anhatte und wahrscheinlich jetzt noch trägt?«

Man musterte Hajos speckige Hosen. Feil schluckte insgeheim. Sie hatte eben doch noch nicht so viel Erfahrung mit Mordfällen, um auch die Strategie der Verteidigung zu bedenken.

»Aber«, fuhr ich fort, »an deinen Klamotten wird man Blut finden.« Mir fiel ein, dass Mimi freitags die Waschmaschine füllte. »Und wenn dort nicht, dann unter deinen Fingernägeln oder an deiner Armbanduhr. Es reicht eine mikroskopische Menge. Du musstest dem Kadaver den ganzen Schmuck abnehmen, Ohrringe, Ketten …«

Mir entfiel plötzlich, worauf ich hinauswollte. Feil zog die Brauen zusammen. Falko seufzte. Der kleine Lapsus wurde zu einem Riesentrichter in meinem Hirn, in dem alles verschwand. Blackout. Allgemeine Verwunderung schwappte mich an. Hajo hob den Kopf, so als beginne er erst jetzt, da mir die Logik abhandenkam, zu hoffen, dass man ihm die Handschellen noch auf diesem Hof wieder abnehmen würde. Der trotzige Zug um seinen Mund nahm die Ruhe der Abendsonne in sich auf. Sein Blick ging über meinen Scheitel hinweg zum Dachfürst des alten Stalls, hinter dem sich die Scheune erhob. Aggi und die Scheune!

Ich fasste wieder Tritt. »Darum hast du Aggi fast totgeschlagen, als du sahst, dass er einen Eibenzweig hatte. Er hat dein Versteck in der Scheune entdeckt, in dem du Eibenzweige von der Hecke in Neu-Vingen aufbewahrt hast. Dort hast du auch erst mal Heides Schmuck untergebracht. Du konntest ihn ja nicht gleich Hajo in die Wäsche schieben. Es war Nacht und Hajo schlief in seinem Bett. Also musstest du das Zeug zwischenlagern. Erinnerst du dich: Nur kleine Mädchen haben ihr Versteck unter Kopfkissen. Du hast deines in der Scheune, links vom Eingang. Aggi hat es gesehen. Er folgte dir. Der Teufel Alkohol ist schlau. Du hast ihm Schnapsflaschen zugesteckt. Also folgte er dir. Also suchte er auch in deinem Versteck in der Scheune. Er fand aber nur Eibengrün und einen Ohrstecker, den du übersehen hast. Ein einziger Blutfleck dort und irgendwo an deinen Stiefeln, deinem Uhrarmband, und du bist überführt.«

Der General wandte sich ab, bahnte sich die Gasse durch die Umstehenden und schwankte aufs Haus zu.

Siglinde nutzte die geteilte Aufmerksamkeit. Mit einem

unglaublichen Satz sprang sie Falko in den Sattel. Das Pferd knuckste erschreckt, hatte aber schon die Fersen im Bauch und preschte los. Die Leute schrien und spritzten zur Seite. Die Polizisten griffen reflexhaft an die Pistolentaschen. Hajo riss an seinen Handfesseln.

Vom Parkplatz her betraten drei junge Leute den Hof, Petra, ein Mädchen mit dunklen Haaren und glatter Stirn und ein Junge mit gescheckktem Haar. Sie versperrten Pferd und Reiterin den Ausgang zur Landstraße. Mit den Eisen über den Asphalt schlitternd schwenkte Falko herum und bretterte auf die Arsbrücke zu.

»Vanessa!«, schrie Vater Bongart und rannte los.

Falko scheute an der Brücke, bockte und schlug himmelhoch aus.

Siglinde stürzte über seinen Hals in die Ars.

33

Ich klaute aus einem Sack, der in einer Sattelkammer herumstand, einen Scheffel Hafer und leerte ihn Falko in den Trog. Er verspritzte die Körner mit schnellen Kopfbewegungen nach allen Seiten und klaubte sie dann einzeln vom Trogrand, den waagrechten Holzbalken und der oberen Türkante. Manche Pferde wollten sich die Illusion erhalten, die rupften nur wenige der energiereichen Körner mit der Ähre vom Halm.

Ich hatte, nachdem man Siglinde bewusstlos aus der Ars gefischt und mit dem Notarzt weggebracht hatte, Falkos Herrin angeboten, ihr Pferd zu versorgen, und etwa eine Stunde damit verbracht, den Wallach wieder aufzumöbeln. Ich hatte ihn geduscht, ihm den Schweiß aus dem Fell gewaschen, ihn mit Stroh trockengerieben, ihn auf den Sandplatz geführt, damit er sich wälzen konnte, ihn gebürstet.

Währenddessen hatten Petra, Ronni, Vanessa und Dieter Bongart ihre Tränen, Beschuldigungen und Versöhnung unbedingt bei mir austragen müssen. Petra wollte die Einzelheiten ihrer Jagd in Tübingen nach Ronni und Vanessa loswerden. Sie waren in eine Demo geraten, auf der Neckarwiese über Liebespaare gestiegen und hatten sich schließlich auf der Treppe der Stiftskirche getroffen. Vanessa war ernst und hager und trug ein schwarzes Kleid, an dessen Dekolleté Ronni stark interessiert war. Der Bursche mit dem gescheckten Haar und den zwei T-Shirts übereinander kapierte nicht, dass seine Hübsche den Tod ihrer Mutter verarbeiten musste und überdies ihrem Vater Rechenschaft schuldete.

Sie hatte sich Donnerstagabend kurz nach acht von Heide verabschiedet, als sie Zoro in den Stall führte. Sie müsse noch was mit Gallion besprechen, hatte die Mutter gesagt, Vanessa solle nicht auf sie warten. Sie fahre dann gleich nach Frankfurt. Vanessa verbrachte die Nacht in Reutlingen bei Ronni, das Handy neben sich am Bett, falls die Mama anriefe. Nach der Schule am Freitag fuhren sie dann nach Tübingen. Es hatte ein Traumwochenende werden sollen mit Liebe satt, mit Tintenfischumarmungen, Disko und Nacktbaden am Baggersee von Kirchenstellinsfurt, so recht nach dem Sinn eines zweiundzwanzigjährigen Mannes: heiße Lippen, feuchte Muschi. Doch unterdessen verlor Vanessa die Mutter. Der kleine Betrug, mit dem sie sich das Wochenende ergaunert hatte, wuchs sich unter den Augen des Vaters zu tränenreichem Schuldbewusstsein aus. Und schon hatte Ronni mit seinen Stielaugen für Vanessas Dekolleté verloren. Vanessa merkte es nur noch nicht. Noch glaubte sie, der Junge sei ihr Ein und Alles, aber schon hing sie am Arm des Vaters. Und als sie endlich alle gingen, legte er den Arm um seine Tochter.

Ich hatte Petra nur ein schnelles »Gut gemacht!« ins Ohr küssen können, mehr nicht.

Der Hof hatte sich gelehrt. Wer noch da war, saß im Reiterstüble. Die Stallknechte begannen mit dem Ausmisten. Hajo war in Pflichterfüllung unterwegs. Er hatte sich, als man ihm die Handschellen abnahm – zu spät, als dass er Siglinde selbst aus der Ars hätte ziehen können –, die Gelenke gerieben, sich per Handschlag bei mir bedankt und war davongeeilt.

Ich zündete mir eine Zigarette an. Falko schnaubte in seinen Hafer. Sein Bauch gluckste, die Sprunggelenke knacksten. Ich konnte versuchen, ihn zu kaufen. Aber ich war nicht mehr die Sekretärin mit Dauerwellen, die ihr Glück auf Pferden suchte und glaubte, die dominante Harmonie mit der kraftvollen Kreatur sei genau das, was eine Frau vom Leben mit einem Mann erwarten dürfe. Doch ich trennte mich nicht von Falko, ohne ihm ins Ohr zu flüstern, dass Stuttgart nicht weit weg und ich jederzeit mit dem Auto in einer halben Stunde in Vingen sei, um ihn zu einem Ausritt einzuladen. Er nickte.

Mimi Kobel stopfte in der Küche Salatabfälle in einen Eimer. »Da kannst du jetzt nicht rauf«, sagte sie, nahm den Eimer und ging zu den Kaninchen hinaus.

Ich stieg die Treppe hinauf. Friedrich saß in seiner finsteren Ecke, während draußen der Abend das Gestüt vergoldete.

Ich setzte mich ans fernere Ende der Couch.

Er schwieg den Herbst und Winter herbei, ließ es frostig werden, zog das Totenhemd an und setzte schwarzen Marmor auf sein Grab. Ich schwieg etwa eine halbe Stunde. Dann räusperte er sich.

»Das Krankenhaus hat vorhin angerufen. Sie hat eine Gehirnerschütterung und einen gebrochenen Arm.«

Das Schwarz seiner Augen war ihm rot in die Augäpfel gelaufen, während die Iris von den Rändern her fast weiß geworden war.

»Und du hast wirklich nichts gewusst«, fragte ich, »nicht einmal etwas geahnt?«

Er hustete. »Siglinde hat doch immer wieder erzählt, dass Heide Hajo nachsteigt. Ein Weib, habe ich gedacht, das auf zwei

Hochzeiten tanzt, braucht sich nicht wundern, wenn einer von beiden sauer wird. Warum nicht Hajo? Ich verstehe Siglinde nicht. Wie konnte sie nur glauben, dass ich mich von einer wie Heide reinlegen lasse. Das Kind war nicht von mir.«

»Siglinde hat deinen Humor nie verstanden.«

»Man wird sagen, dass ich die Schuld trage. Man wird mich für alles verantwortlich machen. Es wird die Rede sein von Mangel an Liebe und Verständnis, von seelischer Grausamkeit. Man wird sagen, ich hätte meine Kinder für den Tod meiner Frau büßen lassen, ich hätte sie gegeneinander aufgehetzt. Wenn man sie verurteilt, wird man eigentlich mich verurteilen.«

»Ich glaube nicht«, sagte ich, »dass es zu einer Verurteilung kommt. Man wird sie in psychiatrische Behandlung überweisen, wenn du ihr einen Anwalt besorgst, der ein Gutachten in Auftrag gibt, mit dem Siglindes stark verminderte Schuldfähigkeit erklärt wird.«

»Aber sie muss doch bestraft werden, wenn sie all das getan hat, was du ihr vorgehalten hast.« Er blinzelte. »Sie hat meinen Sohn getötet. Sie hat ihn kaltblütig ermordet. Sie hat ihn mir genommen. Sie hat Todt auf dem Gewissen.«

»Siglinde hat kein Gewissen. Sie hat unseren Begriff von Schuld nicht.«

Friedrich Gallion zerbröselte innerlich, wurde kleiner in seinem Sessel.

»Siglinde weiß zwar«, sagte ich, »dass auf Mord Strafe steht, aber sie hat nicht unsere moralische Scheu, einen Menschen zu töten, der ihren Wünschen im Weg steht. In ihrem Kopf gibt es keine Verbindung zwischen Denken und Fühlen. Darum handelt sie rein logisch. Sie hat ihren Bruder nicht geliebt. Sie konnte sich den Schmerz nicht vorstellen, den sie dir zufügt. Er bedrohte einfach nur ihr Erbe und machte ihr Leben kompliziert. Es war einfach, ihn zu beseitigen. Dabei war ihr durchaus klar, dass sie nicht herumerzählen durfte, was sie getan hatte, aber nur, weil sie gelernt hat, unsere Konventionen einzuhalten.

Sie hat unsere Sprache gelernt, hat gelernt, sich durchzusetzen in einer Welt, an deren emotionalen Aspekten sie keinen Anteil hat. Nicht, dass sie keine Gefühle hat, aber sie kann sie nicht benennen. Sie wirken nur auf ihr Zentralnervensystem, Wut zum Beispiel. Sie hat ihre Wut als Impuls zu handeln erlebt, als Erfolgsstrategie und Stärke. Aber sie hätte nicht sagen können, dass sie wütend ist. Es gibt keine Verbindung zwischen den Teilen ihres Gehirns, wo die Gefühle stattfinden, und dem, wo ihre Sprache sitzt.«

»Aber sie hat doch nach dem Sturz ganz schnell wieder sprechen gelernt. Die Ärzte haben mir versichert, es werde keine bleibenden Schäden geben.«

»Ein kindliches Gehirn ist sehr flexibel. Wird ein Teil zerstört, aktiviert es andere Teile. Siglinde ist nicht dumm. Sie ist vermutlich ähnlich intelligent, wie Todt es war, denn sie hat gelernt, sich gesellschaftskonform zu verhalten. Auch Blinde benutzen Worte wie hell oder dunkel und Rot und Blau, ohne zu wissen, was es heißt, wenn Helligkeit uns blinzeln macht und Rot uns alarmiert. Auch ein Blinder sagt zum Abschied: ›Wir sehen uns‹, denn es ist ja nur eine Formel. Siglinde hat alle Formeln gelernt. Sie lächelt, sie schimpft, sie flirtet. Aber sie ist gefühlsblind.«

»Wahrscheinlich glaubst du, ich hätte es merken können, wenn ich selbst nicht so gefühllos wäre.«

»Im Gegenteil. Du warst immer viel zu erregt, wenn es um deine Kinder ging. Sie sollten die Besten sein. Du hast dich über Siglinde lustig gemacht, wenn sie sich mit den Worten vertat, weil du dich über ihre Schwächen geärgert hast. Hättest du sie kalten Sinnes beobachtet, so hättest du gesehen, was auch psychologische Tests gezeigt hätten – dass viele Begriffe für Siglinde keine Bedeutung haben. Hättest du dich weniger für den Täter, deinen Sohn, interessiert und mehr für das Opfer, für deine Tochter, dann hätte man ihr schon eher helfen können.«

»Mit anderen Worten: Ich bin an allem schuld.«

Er sagte es wie meine Mutter, wenn im Rückblick Kausalketten über ihr einstürzten und alle einstmals guten Absichten sich verkehrten.

»Das, Schwiegervater, musst du mit dir ausmachen. Aber für Siglinde wäre es sicherlich von Vorteil, wenn du das Gutachten über ihre verminderte Schuldfähigkeit unterstützt.«

»Nur damit meine Tochter in die Klapsmühle kommt.«

»Da kommt sie auch wieder raus.«

»Soll ich sie dann etwa wieder aufnehmen, als wäre nichts gewesen?«

»Friedrich«, sagte ich, »wenn es so weit ist, liegst du längst unter der Erde zwischen deiner Frau und deinem Sohn.«

Die Linie seines Mundes schwankte. Fast sah es aus wie ein ironisches Lächeln. »Und was willst du jetzt noch von mir?«

»Sagen wir es so«, sagte ich. »Jetzt, da Hajo unschuldig ist, würde man mir auch glauben, was vorhin auf der Enterkoppel geschehen ist. Dein Irrtum mag zwar verzeihlich und Selbstjustiz verständlich sein, aber rechtens ist auch der Versuch nicht.«

»Willst du mich erpressen?«

»Genau.«

»Du wolltest immer das Gestüt. Siglinde hatte recht.«

»Hör zu, Friedrich, was du mit deinem Erbe machst, ist mir egal. Meinetwegen lass es in der Familie. Vielleicht kann Siglinde das Erbe sogar eines Tages antreten. Aber jetzt brauchst du einen Verwalter und einen guten Zuchtwart.«

»Du kannst doch nicht einmal richtig reiten.«

»Ich nicht, aber Hajo Lem.«

»Der kann nicht schreiben.«

»Das bringt ihm meine Mutter bei. Für die Zuchtpapiere wird es reichen. Das Gestüt verwandelst du in eine Gesellschaft im Sinne des Bürgerlichen Gesetzbuchs oder einen Reitverein mit Vorstand und Kassenwart und allem Drum und Dran.«

34

Meine Mutter bespritzte meine Reisetasche mit Weihwasser.

»Aber, Mama, ich habe doch keine Weltreise vor.«

»Es kann überall was passieren«, sagte sie und besprengte kurzerhand auch noch mich. »Ich will doch, dass du gesund wiederkommst.« Sie strich mir sogar übers Haar, als ich in den Mietwagen stieg, und winkte mir hinterher. Ich sah sie im Rückspiegel klein werden, während die Kirchenglocken von St. Georg zum Gottesdienst riefen. Kaum war ich um die Ecke, würde sie ins Haus gehen, die Handtasche holen. Nach der Kirche würde das, was in den nächsten Wochen Tagesgespräch in Vingen war, bei ihr seinen Ausgang nehmen, weil sie eine Tochter hatte, die alles aufgeklärt und Gallions Tochter überführt hatte, weil sie in der Stadt Journalistin war.

Ich fuhr am alten Backhaus vorbei auf die Hauptstraße. Dabei gelang mir ein kurzer Einblick in die Berggasse mit dem ockergelben Haus von Petra. Sie hatte mich in der Nacht noch angerufen. Ich saß auf dem Bett in meinem Zimmer, im Begriff mich auszuziehen. Ihre Stimme klang nach Kleiderbergen und Tapferkeit. Aber wir fanden beim besten Willen keinen Ort in und um Vingen, wo wir uns noch einmal alleine zwischen Wäschebergen treffen konnten. In unseren Wohnungen hockten die Mütter. Darum schlug ich ihr vor, mich in der Stadt zu besuchen. »Wir haben auch das *Sarah*, ein Café nur für Frauen.« Als ob es solcher Verlockungen bedurft hätte. Petra plante sogleich das Täuschungsmanöver. Ihrer Mutter würde sie sagen, sie besuche Vanessa bei ihrem Vater in Stuttgart.

Ich fuhr nach Osten aus Vingen raus. So musste ich nicht noch einmal am Gestüt vorbei. Das *Hotel König*, *Gallion Obstsäfte* und das Polizeirevier entließen mich auf die Landstraße, die sich vor dem grünen Riegel des Albtraufs durch die Obstbaumwiesen gen Metzingen schlängelte. Ich sah mich nach dem Birnbaum um, aber ich erinnerte mich immer noch nicht an den Unfall mit Todt. Dafür erinnerte ich mich an die vergangene Nacht.

Nach dem Telefongespräch mit Petra machte ich das Fenster auf und sah unten im Garten einen Mann stehen. Als ich mich aus dem Fenster lehnte, trat Hajo aus dem Mondschatten des Kirschbaums meiner Mutter, die nebenan im Bad plätscherte. Ich winkte ihn vom Fenster aus ums Haus herum und huschte, solange das fließende Wasser meiner Mutter die Ohren verstopfte, die Treppe hinunter, um ihn einzulassen – leise, leise, den Finger auf den Lippen – und erst einmal in die dunkle Küche zu sperren. »Mach kein Licht. Die Nachbarn könnten sich was denken.«

Oben im Gang trat ich meiner Mutter entgegen, um sie in ihr Schlafzimmer zu begleiten. Sie zog sich die Nadeln aus dem Dutt. Das weiße Haar fiel. Es umstrahlte ihren Kopf auf dem Kissen. Ich setzte mich auf die Bettkannte und hörte ihr zu, wie sie von künftigen Krankenbesuchen bei Friedrich Gallion schwärmte und sich mit Brühen und Kräutertees, die sie ihm bringen würde, in den Schlaf murmelte.

Unten in der dunklen Küche umschlang mich Hajo mit gierigen Armen. Das Licht der Straßenlaterne fiel ihm seitlich ins Gesicht, tränkte mondseesilbern das eine Auge, das ich sah, und verwischte den sonst so gemeinen Haken an seinem Mundwinkel. Ich legte den Finger auf die Lippen und nahm ihn bei der Hand. Stufe für Stufe zwerchfellkrampfende Selbstbeherrschung, schlichen wir über knacksendes Holz die Treppe hinauf. Aus dem Bad miefte trocknende Seife, hinter der Tür meiner Mutter lauerte trügerischer Schlaf. Aber Hajo dominierte mit seinem intensiven Geruch nach Heu und Pferd. Ich schob ihn und mich in mein Zimmer. Einen Schlüssel hatte meine Tür nie besessen. Auf der Kommode schimmerte nussholzbraun die Madonna. Sie hielt die Pupillen nachsichtig auf das Jesuskind gesenkt, das uns mit seinen zwei erhobenen Fingerchen töricht segnete. Hajo lächelte infam und langte nach mir.

Erst jetzt bei Licht fiel mir auf, dass er sich in Schale geworfen hatte wie für einen Heiratsantrag. Die dunkelbraune Hose war aus geripptem Polyester, das Hemd war weiß. Mit so viel DDR-Schick hatte er nicht einmal den General zu seinem Geburtstagsessen beehrt. Ich machte schleunigst das Licht aus.

Dass wir leise sein mussten, brauchte ich ihm nicht zu sagen. Mehr als ich war er darauf bedacht, dass meine Mutter nicht aus dem Schlaf gerissen wurde und plötzlich in der Tür stand. Mir war nämlich keineswegs so klar, ob ich das wirklich vermeiden wollte. Doch energisch, aber wortlos und leise belehrte Hajo mich, dass man Tabus im Elternhaus ohne Spektakel und Grundsatzdebatten brach. Er streute Sensationen über meinen Körper, so schnell und so viele, erst in die Kniekehlen, dann schon in die Achselhöhlen und nun schon in den Bauchnabel, dass ich mich konzentrieren musste, um dem Schrecken totaler Sinnlichkeit zu begegnen. Er verstand es, das Hirn auszuschalten und den Körper unter sich in Reflexe zu versenken, sodass die Idee verschwand, bestimmen zu wollen oder sich zu wehren. Ich verlor Ort und Zeit unter seinen Händen und zwischen seinen Beinen und trabte und galoppierte in gedankenblanker Lust am Gehorsam. Hajo ignorierte das Abenteuer, das ich mit ihm gesucht hatte, er ließ nicht locker, bis ich nichts mehr fühlte als die explosive Glückseligkeit der Ohnmacht. Er ließ mich nicht ausbrechen und hielt mich so lange fest, bis ich den Verstand vollständig aufgelöst hatte und es mich grauenvoll zerriss.

Irgendwann schwang kühle Nachtluft sich zum Fenster herein und ließ uns die Bettdecke suchen.

»Hast du eigentlich«, wisperte Hajo mit der Zunge in meinem Ohr, »dem alten Gallion eingeredet, er müsse mich zum Chef machen?«

»Hast du was dagegen?«, raunte ich. »Willst du etwa kneifen?«

»Ich will, dass du das machst.«

»O Gott, das ist mir viel zu viel Arbeit. Außerdem halte ich den ständigen Machtkampf mit einem Hauptbereiter nicht durch, der nicht mal den Hengst beim Sprung von der Leine lässt und der sich zum Moralisten aufwirft, wenn ein Pferd eingeschläfert werden muss.«

Er zog sich an mich und beleckte mein Schlüsselbein. »Du willst nicht mit mir leben, habe ich recht?«

»Es würde nicht gutgehen.«

»Du willst doch nicht etwa auf unseren Bildungsunterschieden herumreiten, eh?«, flüsterte er und fasste mich am Handgelenk. Seine Fingerkuppen fanden und betasteten die Brandblase, die ich auf den Bremsenstich gesetzt hatte.

»Der Punkt ist der«, wisperte ich, »ich habe in der Stadt schon einen Mann, der sich nicht aufführt wie ein Hengst, wenn ich ihm hin und wieder eine Stute entführe.«

Es war eine Weile still an meiner Schulter. Dann bewegte sich sein Daumen über den Hubbel an meinem Handgelenk. »Was ist das?«

»Da hat mich eine Bremse gebissen. Ich habe den Stich mit einer Zigarette behandelt. Sonst befände ich mich jetzt im Krankenhaus. Ich reagiere nämlich ziemlich allergisch auf Bremsengift.«

Erst spürte ich es nur als kleines Beben, dann hörte ich sein leises Gelächter. »Damit bist du wirklich total ungeeignet für die Arbeit mit Pferden. Mich beißen sie ständig, die Bremsen.«

Es lag in der Natur seines Berufs, dass es mir nicht gelang, ihn am Frühstückstisch meiner Mutter zu präsentieren, und es entsprach seinem Bedürfnis, keinen Wind um sich zu machen, dass er kurz nach Morgengrauen aufstand, sich die Polyesterhose anzog und leise und ohne Abschied die Treppe hinunterschlich und das Haus verließ.

Vielleicht, dachte ich, als ich in Metzingen eintrudelte und auf mehrspurige Bahnen geleitet wurde, vielleicht würde ich eines Tages die Bremsengiftallergie überwinden.

Nach noch einmal gut sechs Jahren hat sich die Zahl meiner Allergien allerdings vermehrt und Hajos Charme vermindert. Soviel ich weiß, ist er was geworden im Haupt- und Landesgestüt Marbach. Und Friedrich Gallion hat sich dann doch noch eine patente Amazone geangelt. Und um das auch noch zu erwähnen: Siglinde ist nicht verurteilt worden. Sie lebt in der psychiatrischen Anstalt Weissenau am Bodensee und töpfert.

Und Schluss

In Metzingen verzweigten sich die Straßen in die Welt, und hinter Metzingen verflachten meine Erinnerungen. Einkaufszentren, Autohäuser und Möbellager riefen ins Leben zurück. Obstbäume rückten von der Straße ab. Häuser kamen, Abfahrten, Ampeln, Leitplanken. Schließlich entlud man uns auf die Schnellstraße Tübingen–Stuttgart. Die geschlossene Walddecke des Schönbuchs lagerte sich gen Nordwesten ins Land. Bempfingen, Neckartenzlingen. Am Horizont nadelte der Fernsehturm aus dem Stadtdunst. Dahinter befand sich, wenn mich meine Erinnerung nicht trog, Stuttgart.

Kriminelle Heimat

Christine Lehmann

»Christine Lehmann schreibt mit Herz und, eine Rarität im D-Krimi, (Wort-)Witz.« Tobias Gohlis, *Die Zeit*

»Lehmann ist den meisten deutschen Krimischreibern stilistisch haushoch überlegen. Man kann sich diesen Sound nicht antrainieren. Bei Lehmann beruht er auf Menschenkenntnis, Lebenserfahrung, Selbstironie und Belesenheit.« *Perlentaucher*

»Einsam, aufsässig und notorisch respektlos – ein klarer Fall von hardboiled woman.« *Konkret*

»Eine provokante, schnoddrige, nie slangprotzige Sprache … Lehmann lässt ihre Heldin weder ihre Gewöhn-dich-dran-Manieren noch ihr Rempelmaul zügeln. Gerade dass es uns nicht recht gemacht werden soll, bindet uns an die Figur.« *Stuttgarter Zeitung*

Harte Schule

Ariadne Krimi 1157 · ISBN 978-3-88619-887-0

Lisa Nerz, narbengesichtige Zeitungsreporterin mit beträchtlicher Erfahrung und guten Verbindungen, trägt gern Männerkleidung und genießt es, ihre arrogante blonde Volontärin zu triezen. Als auf einem Stuttgarter Schulhof ein ermordeter Lehrer liegt, nimmt sie die Fährte auf und folgt ihr bis in allerhöchste Kreise, wobei sie Kopf und Kragen riskiert …

Höhlenangst

Ariadne Krimi 1161 · ISBN 978-3-88619-891-7

Dunkel sind die Höhlen der Schwäbischen Alb. Doch das kann eine Journalistin vom Kaliber der Lisa Nerz nicht schrecken – wenn Gerüchte von Mord und Korruption umgehen, steckt sie ihre Nase auch ins finsterste Fledermausnest. Auf der Suche nach einem Staatsanwalt, einer Leiche, die eben noch da war, und ein bisschen Liebe nimmt Lisa Nerz waghalsige Klettertouren auf sich und entreißt dem unterirdischen Labyrinth die Wahrheit.

Kriminelle Heimat

Christine Lehmann

»Es sind nicht nur die Figuren, die Lehmanns Krimis haushoch aus den Niederungen der deutschen Kriminalliteratur hervorstehen lassen. Wunderbar geformte Bilder aus der Wirklichkeit, literarischer Realismus verdichtet in wenigen Worten: witzige und kunstvolle Krimis mit Klassikerqualitäten.« *krimiblog.de*

Allmachtsdackel

Ariadne Krimi 1169 · ISBN 978-3-88619-899-3

»Ganz stark! Ein Kommentar zur globalen Situation, situiert im Schwabenland. Christine Lehmann kann das, souverän und überzeugend.« Thomas Wörtche, *kaliber38*

»Lehmanns Schwaben-Western: Rinder, Söhne, Pietisten. Do legscht di nieder!« *arte / Krimiwelt*

»In *Allmachtsdackel* verbinden sich dynamischer Vorwärtsdrang und fortgesetzte Seitwärtsbewegung zu einer durchweg unterhaltsamen Provinzinvestigation. Mehr davon!« *Perlentaucher: Mord und Ratschlag*

Vergeltung am Degerloch

Ariadne Krimi 1165 · ISBN 978-3-88619-895-5

Junge Frau erschlägt jungen Mann auf Stuttgarts nächtlichen Straßen. Beziehungskrach? Missverständnis? Oder steckt mehr dahinter? Erster Auftritt der Journalistin Lisa Nerz, großspurig, narbengesichtig und sexuell hemmungslos.

Gaisburger Schlachthof

Ariadne Krimi 1167 · ISBN 978-3-88619-897-9

Der zweite Fall der hartgesottenen Journalistin aus Stuttgart: Lisa Nerz ermittelt im Fitnessstudio und stößt auf durchtrainierte Kriminelle, mysteriöse Drogen, einen geheimnisvollen Staatsanwalt, Leichen und Wirtschaftsbetrug.

Kriminelle Heimat

Merle Kröger

»Ein üppiger Genreroman, der alles hat, was des Krimilesers Herz begehrt: Action, Intelligenz, Wortwitz, Situationskomik, Liebe, Verzweiflung, Leidenschaft, Kampf, Korruption, Bedrohung, Aufbegehren, Abschied, Erkenntnis, Aufklärung. Respekt!.« Ulrich Noller, *WDR*

»So beherzt wie überzeugend … Merle Krögers Krimi ist auf der Höhe der Zeit, ihre Figuren sind so rund und bunt wie das Leben.«
Sylvia Staudte, *Frankfurter Rundschau*

Kyai!

Ariadne Krimi 1166 · ISBN 978-3-88619-896-2

In Berlin wird das erste Bollywood-Musical geprobt! Regisseur Cal Mukherjee reist aus Bombay an, und Mattie Junghans besorgt das filmische Begleitprogramm. Parallel kommt es zu dramatischen Ereignissen am Ostseestrand: Eine Politikerin legt sich mit der Bundeswehr an, und Mattie deckt eine düstere Realität hinter blühendem Raps und Windenergie auf … Am Ende ist die Nord-Idylle um eine Illusion ärmer, aber das Musical tritt zur Premiere an. Dazwischen Kung-Fu, geheimnisvolle Tote, ein norddeutsches Watergate, Filmschnipsel, Liebe und Songs.

Cut!

Ariadne Krimi 1146 · ISBN 978-3-88619-876-4

Ein Programmkino gibt seine letzte Vorstellung vor dem Abriss. Für Madita Junghans, die Norddeutsche mit den indischen Genen, endet eine Ära. Sie lässt sich überreden, in einem sehr privaten Fall Ermittlungen anzustellen, und verstrickt sich in den losen Fäden eines dunklen Kapitels deutsch-indischer Geschichte. Und dann gibt es Tote …

»Es gibt sie tatsächlich, die kleinen Wunder in der Kriminalliteratur. Merle Krögers Sprache ist einfach und bildstark, ihr Sinn für Dramaturgie und Spannung überzeugt. Nach Jahren der Dürre scheint sich ein Frühling im deutschsprachigen Kriminalroman abzuzeichnen: Merle Kröger könnte sich zur Avantgardistin in diesem Bereich entwickeln.«
Ulrich Noller, *WDR*

Kriminelle Heimat

Monika Geier

»Monika Geier verfügt über die Bösartigkeit aller guten Krimiautorinnen, über Witz und die Raffinesse für wirklich subtile Plots. Ihre Bücher sind mehr als eine Entdeckung, sie sind eine Befreiung.« T. Gohlis, *Die Zeit*

»Monika Geier ist eine versierte Stilistin und hierzulande eine der besten des Geschäfts.« Ulrich Noller, *Deutsche Welle: Bücherwelt*

Wie könnt ihr schlafen

Ariadne Krimi 1110 · ISBN 978-3-88619-840-5

Leichenfund in Kreimheim: Bettina Boll wird in die Pampa geschickt. Als Verstärkung gibt man ihr den »kleinen« Willenbacher mit und informiert sie in letzter Sekunde, dass die fragliche Babyleiche seit 25 Jahren da liegt. Viel Glück beim Ermitteln, Frau Boll!

Neapel sehen

Ariadne Krimi 1136 · ISBN 978-3-88619-866-5

Die Lehrerin Aurelie betreute Sorgenkinder der Gemeine – nun liegt sie tot im Steinbruch. Kommissarin Boll ermittelt in brütender Hitze und stößt auf menschliche Abgründe ...

Stein sei ewig

Ariadne Krimi 1150 · ISBN 978-3-88619-880-1

Boll soll die Provinzvariante eines Kunstraubes aufklären. Dann gibt es eine böse Überraschung: Ein eiskalt inszenierter Mord erschüttert die Architekturfakultät Lautringens!

Schwarzwild

Ariadne Krimi 1174 · ISBN 978-3-86754-174-9

Zwei Wandersfrauen entdecken verdächtige Knochen im Wildschweingehege. Eine verschwindet spurlos in den Wäldern. Verirrt? Kriminalkommissarin Bettina Boll forscht nach. Was hat es mit dem geplanten Nazi-Trainingscamp auf sich? Und wo blieb der mazedonische Koch, der so unheimlich gut schlachten konnte?